信阳师范学院学术著作出版基金资助

墨白小说
关｜键｜词

杨文臣 著

中国社会科学出版社

图书在版编目(CIP)数据

墨白小说关键词/杨文臣著. —北京：中国社会科学出版社，
2016.8
ISBN 978 - 7 - 5161 - 8733 - 3

Ⅰ.①墨…　Ⅱ.①杨…　Ⅲ.①墨白—小说研究　Ⅳ.①I207.42

中国版本图书馆 CIP 数据核字(2016)第 189861 号

出　版　人	赵剑英	
责任编辑	熊　瑞	
责任校对	闫　萃	
责任印制	戴　宽	

出　　　版	中国社会科学出版社	
社　　　址	北京鼓楼西大街甲 158 号	
邮　　　编	100720	
网　　　址	http://www.csspw.cn	
发　行　部	010 - 84083685	
门　市　部	010 - 84029450	
经　　　销	新华书店及其他书店	

印　　　刷	北京君升印刷有限公司	
装　　　订	廊坊市广阳区广增装订厂	
版　　　次	2016 年 8 月第 1 版	
印　　　次	2016 年 8 月第 1 次印刷	

开　　　本	710×1000　1/16	
印　　　张	16	
插　　　页	2	
字　　　数	245 千字	
定　　　价	59.00 元	

凡购买中国社会科学出版社图书，如有质量问题请与本社营销中心联系调换
电话：010 - 84083683
版权所有　侵权必究

目　录

前言 ……………………………………………………………… （1）

上　篇

颍河镇 ………………………………………………………… （13）

苦难 …………………………………………………………… （33）

欲望 …………………………………………………………… （58）

焦虑 …………………………………………………………… （79）

时间 …………………………………………………………… （98）

梦境 …………………………………………………………… （115）

寻找 …………………………………………………………… （133）

神秘 …………………………………………………………… （149）

多余人 ………………………………………………………… （166）

下　篇

内视角 ………………………………………………………… （179）

色彩 …………………………………………………………… （189）

意识流 ………………………………………………………… （199）

复调 …………………………………………………………… （212）

题记 ……………………………………………………………………（224）

元小说 …………………………………………………………………（233）

构架 ……………………………………………………………………（243）

后记 ……………………………………………………………………（253）

前　言

墨白，本名孙郁，1956 年 11 月 12 日（丙申年十月初十）出生于河南省淮阳县新站镇。这个地处中原腹地的豫东小镇，就是后来墨白小说中的颍河镇。墨白兄妹七人，他排行老三，大哥是后来在当代小说界鼎鼎大名的孙方友。虽然墨白那一代人——尤其是在农村成长起来的，几乎大都经受过艰苦生活的磨砺，但墨白遭受的苦难说来仍然令人唏嘘悲慨。因"四清运动"父亲蒙冤下狱，墨白一家陷入了生存困境，不仅在极度的贫困中苦苦挣扎，还要承受巨大的精神压力。大哥因此失去了相恋的女友，并于 1972 年远走新疆。墨白也失去了被推荐上大学的资格，1976 年春天，高中没毕业的墨白就外出独自谋生。他从事过装卸、搬运、油漆、烧石灰、打石头、长途运输等各种工作，过着颠沛流离、寄人篱下的生活，由于生存条件恶劣，他身上生了黄水疮，头发蓬乱，衣着肮脏，一度被当作盲流关押起来。这一切在墨白的生命中留下了深深的烙印，难以磨灭。

在《我的大哥孙方友》中，墨白写道："在我们经历生生死死的时候，我们那个时候根本就没有想到以后会去当一个作家，但当我们现在重新来认识那些经历的时候，它们就像被雨水从泥土里冲出来的金子一样，在我们的注目下闪闪发光。"① 其实，每个人的经历都耐人寻味，每个人的世界都像海洋一样浩瀚，只是大多数人都没有能力去观察和发现，因而也无法将自己的经历保存下来，导致过去的一切像流沙般从指缝滑过，只剩下几

---

① 墨白：《我的大哥孙方友》，《时代文学》2010 年第 3 期。

颗粗粝的礓石。这种观察和发现的能力就是一种艺术能力。在那段无比晦暗的岁月里，墨白有幸接触了艺术并培养起艺术的眼光。从小学五年级开始，他就跟着镇上有名的画家张夫仲先生学习绘画，初中的两年时间里张先生还是他的班主任。从张先生那里，墨白知道了吴昌硕、齐白石、徐悲鸿，以及列宾、达·芬奇、拉斐尔、梵高等中外绘画名家，值得一提的是，张先生最喜欢的是油画。在"文革"时期，绘画是无产阶级专政的宣传舆论武器，墨白在张先生的指导下绘制庆祝各种节日的画刊，到各地画伟人像以及各种批判内容的壁刊。从那时起，墨白开始注意结构、物体和空间的处理，注意层次、笔触、光和影、色彩变化的运用。① 墨白说："对我创作技巧的影响，一些画家要比一些作家更重要，像达利、莫奈等等。这些画家最早地影响了我对艺术形式的理解和认识。"② 绘画也始终在滋养着墨白的创作，有关绘画的文字不仅构成了小说的一部分，而且往往指向小说的深层表达，更重要的是，墨白对小说氛围的营造、时间和空间的处理、创作立场和叙事角度的选择、形式和技巧的不倦探索等都和他对绘画艺术的深刻理解有着莫大的关系。

"文革"结束之后，墨白从外地赶回，参加了1978年的高考，并顺利进入淮阳师范艺术专业学习。在淮阳师范期间，墨白进一步系统学习了绘画的专业知识，同时，受大哥孙方友的影响，爱上了写作，并将其作为自己的毕生追求，为此他把大量的时间花在县图书馆和学校的资料室中。毕业后，墨白带着一箱子书重新回到颍河镇，在小学当美术老师，一待就是十一年。

笔者大学毕业后也曾回到偏僻的家乡，在中学待了几年，那时距离墨白回颍河镇教书已经整整过去了 20 年。闭塞、单调、微薄的收入、镇上那些小暴发户们鄙视的目光、基层官员土皇帝式的官僚做派，还有同僚们为了一点蝇头小利进行的无聊的争斗，都让笔者感到深深的孤独和绝望，浪费了 4 年光阴后，笔者通过考研逃离了那个让笔者的精神几近崩溃的地方。基于这种亲身体验，笔者对墨白充满了敬意。他没有在抱怨和浮躁中虚度

---

① 这段经历墨白写进了小说，参见《欲望·蓝卷》中"谭渔回忆黄秋雨的文章"一节，湖南文艺出版社 2013 年版，第 532—534 页。

② 雷霆：《对文本的探索——墨白访谈录》，《山花》2003 年第 6 期。

光阴，而是贴近那片土地，潜心追求自己的写作之梦。

　　我的故乡是一个非常古老的镇子，太多的民间传说像夏日的地气一样，在阳光里不停地摇晃，就像一些不散的灵魂，常常聚在你的身边，你赶都赶不走。当然，那里也经历了在我们这块土地上所经历的一切，每一次的政治风云，都会像海水一样从远方汹涌而来，把她淹没。一丝又一丝的人生苦难，浸透了她的每一个毛孔，生生死死，悲欢离合，涂满了她身体上的每一片空间。邪恶像脓疮一样在那里生长并成熟，欲望像春天的花朵一样在那里开放，我几乎就像一个外科医生一样，用手术刀去剖开她身体上的每一片肌肉。这就是我熟悉的镇子，这就是后来常常出现在我的小说里的颖河镇。①

写作就要深入生活，就要用生命去体验和感受。这话说来轻松，但在那样一种孤独、封闭、贫厄的生存环境下，坚持下来谈何容易！墨白做到了，他把颖河镇变成了自己创作取之不尽的矿藏，变成了自己的文学家园。十一年的光阴里，他发表了57个短篇、16部中篇，其中包括一些在思想上和艺术上都臻于极致的作品，这需要怎样坚定的信念和意志，又要付出怎样艰辛的努力！

三十多年在底层摸爬滚打的艰辛经历，也让他坚定了自己的创作立场。墨白写道：

　　我的童年和少年时代是在恐慌和劳苦之中度过的。……我的青少年时代是在孤独和迷茫之中开始的。苦难的生活哺育并教育我成长，多年以来我都生活在社会的最下层，至今我和那些仍然生活在苦难之中的人们，和那些无法摆脱精神苦难的最普通的劳动者的生活仍然息息相通，我对生活在自己身边的那些人有着深刻的了解，这就决定了我后来写作的民间立场。②

---

① 墨白：《梦中之梦》，《山花》2009 年第 24 期。
② 墨白：《我为什么而动容》，《梦境、幻想与记忆——墨白自选集》，河南大学出版社 2013年版，第 415 页。

虽然这个阶段墨白创作的题材大都取自颍河镇的社会生活，但墨白的写作和通常我们理解的民间写作或乡土写作是不同的。他对搜罗民间的逸事传奇不感兴趣，也不愿矫情地给乡土披上一层温情脉脉的面纱，甚至没有凸显颍河镇地域特征的意向，他惯于用冷峻的笔触去书写生存的艰难、历史的沉重、权力的张狂、人性的晦暗，以及触目皆是的病态、沉沦和荒诞。墨白的作品追求叙事的真实性，但又具有一种形而上的品质，那些事件都喻示了超出其本身的象征性意义，引领我们对人性、历史、存在展开抽象的思考。墨白是一个作家，也是一个思想者，左右他创作的不只是炽热的情感，还有深沉的理性。他的理论素养很高，对文学的使命、对自己的创作有着清醒的认识：

> 我可能是这样一种人：对世间苦难的人类充满了同情心，或者悲悯之情。我想这应该是我的本质，一个作为具有人道主义精神的普通人应该具有的一种本质。但是当我作为一个作家出现的时候，我需要的是用另一只眼睛来正视人类真正的苦难和精神的迷惘，而不应该是一般意义上的悲悯和同情。我希望世上的每一个人都生活得很幸福，正因为这一点我的写作才正视苦难，我应该记住人类的苦难，人类肉体和精神上的苦难，并且以小说的形式使这苦难再现出来，使我们已经麻木的心灵慢慢地觉醒。①

墨白关注的是普遍性的生存状态和精神状态，所以他极其注重文学的隐喻性和象征性，这使他与那些局限于呈现和描绘的底层写作和乡土写作有了层次上的不同。

这要归功于墨白海量的阅读。在那些孤独和寂寞的日子里，墨白阅读了大量的西方现代主义和后现代主义的作品，并且对梵高、莫奈、蒙克、达利等现代艺术大师们有了更深刻的认识，这使他有能力从颍河镇这样一个扯动着他日常生活和情感的场域中跳出来，用深邃的、哲思的目光打量

---

① 墨白：《我为什么而动容》，《梦境、幻想与记忆——墨白自选集》，河南大学出版社 2013 年版，第 415 页。

她、穿透她。在那群蝼蚁般为生存而奔忙的颍河镇民众中，居然隐藏着墨白这样一个思想者，他生活困窘，职位低微，前路漫漫，却孤独地咀嚼着、思索着整个民族的苦难和命运，想想真令人有无限的感慨！直到现在，墨白依然保持着大量阅读的习惯，这为他的创作提供了源源不断的滋养，他的艺术创造力永远不会枯竭。

墨白开始发表作品的时候，恰逢先锋文学走上文坛，那时墨白尚不为人所知，他初期的作品在形式技巧上也远没有苏童、格非他们那样新奇花哨。等到 20 世纪 90 年代初墨白显山露水并以不倦的形式探索引起关注的时候，先锋作家已经开始减弱形式实验和文本游戏，在一定程度上向现实主义传统回归。所以，评论界通常把墨白定位为"后起的先锋"或者"错位的先锋"——多少有点揶揄的味道，暗讽墨白在观念上的滞后。这种定位是有问题的。如果我们把 20 世纪 80 年代后期的先锋文学作为典范，以其为标准对这一文学形态进行界定，那么墨白的创作就不能划入先锋文学的领域。游戏是先锋文学最重要的标签，他们用语言游戏和叙事操作消解了意义和价值，用文本的拼贴和自我指涉取代了对历史真实和现实真实的追问，游走在虚无主义的边缘。墨白从来没有走到这一地步，无论形式上多么新异，他的作品中总是回荡着思之沉重。虽然和先锋文学一样，墨白的作品中充斥着对荒诞、病态、残忍、神秘的书写，但墨白是把它们作为具有特定的社会历史根源、可以批判和超越的存在状态，而非一种修辞风格。墨白清楚地知道，单凭形式技巧的翻新是无法产生好的文学作品的：

> 我不止一次说过如下的观点：一个好的作家，必然是立足于本土经验和本土意识的，无论他接受了多少外来的观念和叙事手法，最终他还要回到他熟悉的那片土地，所有的观念和方法都是为了表现他所处的社会的精神实质，为了表达他对所处世界的真实感受和发现。只有基于自身的文化传统的开放式写作才具备更为深远的价值。因为一个作家的情感和责任不可能与生他养他的土地分离开来，这样他的作品才能根植大地。①

----

① 墨白：《汉语叙事的多种可能性》，杨文臣编《墨白研究》，河南大学出版社 2015 年版，第 9—10 页。

　　但艺术形式非常重要，只有不断进行形式的创新，才能给读者新的阅读体验，才能传达出作家对于历史、现实、生命和存在的独到认识。墨白认同并以先锋小说家自居，绝不是为了先锋文学的光环，20世纪90年代后先锋文学早已褪掉了潮涌之初的荣光，在得到学界肯定的同时也受到了严厉的批评，博闻多识的墨白当然清楚这一点，上面那段话也隐约看出他对先锋文学的批评。墨白说，好的文学不能不是先锋的。这显然不是奉已经成为过去的先锋文学为圭臬，而是提出了一个动态的判定文学的标准，即文学必须不断突破既有范式，为人们提供新的经验和看待世界的方式。所以说，墨白扛起先锋小说的大旗，并没有把自己向任何一个群体和流派归拢的意思，而是对自己的创作提出一种很高的要求和督策。对墨白没有深入了解的人很容易把墨白的这种先锋姿态误解为对先锋文学滞后的追随，即所谓"后起的先锋"，但墨白并不因此而更改口径，让我们看到他温和的外表下内心的坚定和强大。

　　按照上述墨白对先锋的理解，可以说他一直都走在先锋的路上，只不过是后来他才找到先锋这个概念作为他的文学立场的表述。不可否认，先锋文学会对墨白的创作产生一定的影响，但不是决定性的，即便没有这种影响，墨白也终会走上现在这样一条创作道路。在墨白那些形式上尚不引人注目的早期作品中，我们已经可以看到很多不同于传统小说、和墨白成熟期的创作具有连续性的因素。比如，传统小说重视人物的性格塑造，把心理描写作为性格塑造的重要手段；而墨白对性格不怎么看重，他用意识流代替了传统的那种分析的、合乎性格和逻辑的心理描写，并且格外注重书写感觉和情绪。在墨白看来，性格和心理都是对精神分析意义上的自我的描述，远不能揭示人的性格和精神的真实。而一个人细腻微妙的感觉和情绪则包含着无比丰富的信息，远远超出他有限的意识，后者总是理性、道德和各种意识形态过滤后的产物。又如，传统小说是把环境作为人物的活动空间来描写的，注重准确、细致和客观；而墨白多写人物眼中的、被情绪和心境濡染过的景观，色彩和光线的描写受到特别的重视，因为它们能够直接折射出人的情绪和心境。这些从一开始就出现在墨白小说中的因素和先锋文学的影响没有多大关系，它们的影响先于先锋文学，来自墨白对现代绘画艺术和各种现代主义和后现代主义文学的浸淫——这些已经渗透进了墨白的精神气质中。

1991 年年底，墨白因为创作上的成就被调入周口地区文联，担任《颍水》杂志社的编辑，进入了城市。后又于 1998 年调入河南省文学院成为专业作家。生活和工作环境的改善使墨白能够把更多的精力投入创作中，也丰富了他的生命体验，拓宽了他的创作视野。此后，墨白的文笔日益洗练、纯熟，作品的诗性和哲思色彩也越来越浓。而且，他对形式和技巧卓有成效的探索开始引人注目，几乎每部作品中他都尝试在艺术形式上实现突破，力求给读者以不同的阅读体验。墨白讲述的故事都和颍河镇有着不同程度的联系，从而构成了"颍河镇系列"。当然，并不是所有的故事原型都和颍河镇有关，一些外部世界发生的事件也被移植到颍河镇或与颍河镇扯上了干系，因为"一旦进入颍河镇，我想象的翅膀，我自由的翅膀，我语言的翅膀就会自动地张开"①。但我们要知道，和那些由雷同的篇章构成的"系列"不同，墨白"颍河镇系列"中的篇章在经验领域、思想主题和艺术形式上都各不相同。墨白不愿重复自己，他是一个写作路子很宽的作家。

对于墨白来说，写作就是对生活、对生命、对时间的认识过程，写作过程和生命过程是统一的。② 从乡村到城市，墨白承受着生存环境的改变带给心灵的巨大冲击，他敏锐地意识到，自己的这些体验——城乡二元对立带来的精神创伤，进入城市后的焦虑、迷茫和挣扎，等等，在由乡入城的巨大社会运动中是具有典型性的，"在我们身边，在中国版图上大大小小的城市，每一片可以生存的空间都漂泊着来自异乡的身影和陌生的声音，我们能从他们身上折射出来的向往和梦想、幸福和痛苦、希望和无奈、欢乐和尴尬、情爱和仇恨里感受到，这一切，都和我们的形与质的改变有着密切的关联"③。他开始筹划写作"欲望三部曲"，一部心灵史诗巨

---

① 墨白：《颍河镇地图》，杨文臣编《墨白研究》，河南大学出版社 2015 年版，第 4 页。
② 墨白：《生命在时间里燃烧》，《梦境、幻想与记忆——墨白自选集》，河南大学出版社 2013 年版，第 426—427 页。
③ 墨白：《欲望》，湖南文艺出版社 2013 年版，第 567—568 页。

著。这一巨大的工程到 2011 年 9 月中旬最终完成，成为墨白的扛鼎之作。在《欲望》中，墨白巧妙地将历史、政治、文化等社会生活的各个维度编织进性的叙事和言说中，描述了社会转型期的欲望膨胀所导致的人性的沉沦与蜕变，揭示了历史和现实中的种种畸形权力格局给个人乃至整个民族带来的精神创伤，并艰难地思索、追寻精神重建的可能和路径。

　　写作是一件耗费心力的事情，尤其是对墨白这样用生命写作的作家。在完成《欲望》后他不禁慨叹，19 年间，《欲望》耗去了他太多的心血。① 从开始写作到现在 30 多年的时间，墨白一直虔诚地对待文学，坚持自己的创作立场和态度，不理会文坛的泡沫，不迎合当权者的喜好，自然，喝彩者寥寥。但他不以为忤。就在笔者对这本书进行构思时，墨白打来电话，他又要沉入鸡公山的寂静和孤独中，开始又一项构思宏大的写作工程。他说："我的写作才刚刚开始。"敬佩之余，笔者也真诚地祝福他。

　　在这篇简短的前言中，笔者没有论及其他评论者们的言论，不是因为笔者没有下这方面的功夫，而是因为笔者觉得那是一种讨巧的做法，笔者不愿借他人的文字来充实和装点自己。笔者希望诚实地向读者道出自己眼中的墨白。如果大家想要了解墨白的影响和他人对墨白的评价，可以去参阅笔者编选的研究资料汇编——《墨白研究》。② 笔者也没有提及除《欲望》以外的墨白的其他作品，是为了避免使读者产生误解，以为提到的才是值得关注的好作品。笔者承认，因为和墨白相似的经历，他的作品引起了笔者的共鸣和偏爱，但多年的训练还是给了笔者可以秉持客观公正的学术态度来评价墨白的自信。从另一个角度说，共鸣和偏爱也是一个难得的机缘，有助于评论者更好地进入和解读作品，这也是笔者在遍览了众多的研究成果之后依然决意写一本墨白研究专著的信心所在。

　　在《墨白研究》的后记中，笔者写下了下面的文字："我个人认为

---

　　① 墨白：《欲望》，湖南文艺出版社 2013 年版，第 567 页。
　　② 墨白还是很受评论界欢迎的，2013 年刘海燕教授编《墨白研究》的时候，就舍弃了数量不少的研究论文，2014 年笔者所在的信阳师范学院文学院组织编写"中原作家研究资料丛书"，笔者发现一年多的时间又涌现出了二三十篇关于墨白的研究论文。

目前的墨白研究还停留在粗浅开发的层面上。我们说了很多，大多似曾相识，貌似深刻，其实空洞，墨白作品的意蕴和价值还未得到很好的阐发。……墨白的作品是非常适合细读的，他的行文中遍布着隐喻和象征，那些不起眼的碎片，那些裂痕和空白，都有着微妙而丰富的意味。墨白的小说并不以故事见长，或者说他无意于此，他孜孜经营的是细节，是情绪和意念。对于墨白的作品，我们不能只关注其'构架'，更应该重视其'肌质'。① 归根结底，对于文学来说，感性是首要的。而现有的墨白研究多关注思想，轻视了感性。这不是说思想不重要，思想必须寓于感性之中，也只有寓于感性之中，思想才更能震颤心灵。而且，感性本身就是思想，感性上迟钝的人往往在思想上也是麻木不仁的。期待能有大量基于'细读'的研究，向我们呈现墨白的艺术世界的无穷魅力。"这本书便是"细读"的产物。受戴维·洛奇的启发，笔者用关键词的形式结构全书，上篇的关键词来自主题思想层面，下篇来自形式技法层面。在每个词条中，笔者都力避空泛，尽可能选取一些小说细节进行深入阐发，以帮助读者领略墨白的匠心所在。当然，鉴于水平所限，如有偏颇之处，还请墨白和读者们见谅！

---

① "构架""肌质"是美国新批评理论家兰塞姆的诗歌批评概念。"构架"指诗歌的逻辑内容，"肌质"指诗歌闪光的细节。在兰塞姆看来，对于诗歌来说，"肌质"更重要。约翰·克劳·兰塞姆（1888—1974），出生于美国田纳西州的普拉斯基，诗人、评论家。他的批评理论强调认真分析诗歌的文本，这些理论在《新批评》（1941 年）以及其他书籍中得到了很好的体现。

上　篇

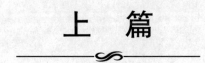

颍河镇

颍河镇是墨白的故乡，也是他孜孜经营的文学空间和文学家园。

20 世纪末叶，"空间转向"成为知识界举足轻重的事件之一。之前，空间通常被视为一个中立的舞台或者是容器，与在其中上演的历史和社会实践没有什么关涉，这种观念导致空间一直被排除在知识界的视野之外。空间文化理论研究最杰出的学者爱德华·索雅指出，这种空间观只涉及了空间的一个维度，关注的可测量的、物质性的空间——"第一空间"；而文学和艺术中，我们感知到的是与此截然不同的空间类型，是一种通过话语和艺术手段构建起来的、承载着主体的精神和观念的"第二空间"。索雅认为，只有把这两种空间观综合起来，才能对空间做出全面的描述和言说，他由此提出了"第三空间"的概念。"第三空间"并不是独立于"第一空间"和"第二空间"的新的空间类型，它就是空间本身，是去除了流俗观念的遮蔽、恢复了其复杂性和开放性的空间本身。索雅认为博尔赫斯的"阿莱夫"形象地呈现了"第三空间"（即空间）的性质，它包罗万象，物质和精神、真实和想象，以及各种社会实践和关系，都包含其中并极其复杂地缠绕在一起。

文学是空间理论家们在构建自己理论时非常倚重的话语资源，而空间理论也为我们审视文学提供了新的理论维度和视野，并催生了目前正蓬勃发展的文学地理学。在这样一种背景下，墨白的文学空间和文学家园——颍河镇——就具有了十分重要的意义。许多杰出的文学家都有自己的文学家园，比如沈从文的湘西、汪曾祺的高邮、贾平凹的商州，以及墨白兄长孙方友的陈州。墨白的颍河镇和这些文学家园有着很大的不同。沈从文们似乎着意于凸显他们引以为傲的故园在景观和精神上的独特之处，他们或者将笔触停留在某一个历史阶段，或者在历史的书写中更关注传承而相对忽略变迁，这种做法成功地为我们呈现了种种独具特色的文化和风华各异的生命存在，使他们的文学家园具有浓郁的理想化色彩和鲜明的地域色彩，但另一方面也或多或少地将它们封闭化、本质化了。墨白与此相反，他要打造一个"非地域化"的颍河镇，一个具有涵盖力和象征性、具有典型性和普遍性的颍河镇，一个开放的、不断变动着的颍河镇。① 在颍河镇里，我们看到的不是异于我们的生命存在，而是我们自己。如评论家们指出的，颍河镇是"乡土中国的隐喻"，是"中国的精神镜像"。也可以说，颍河镇就是博尔赫斯的那个"阿莱夫"，我们可以从中看到我们的过去、现在和未来。那些沉积和被遗忘的记忆，那些正在弥荡的焦虑、欲望和沉沦，那些模糊却又强烈的逃离和回归的渴望，也真切地发生在我们的生命中。进入颍河镇，是进入墨白小说的一条重要路径。另外，对于我们更好地理解空间，理解我们自己和我们所处的世界，都是非常有价值的。

一

从地理空间上看，颍河镇（即现在的淮阳县新站镇）地处中原腹地三个城镇的中心，西北二十公里是周口（墨白小说中的锦城），东南十公里是项城，东北二十公里是淮阳。颍河发源于中岳嵩山，蜿蜒东南而下，在流经周口时又注入了沙河与贾鲁河，再往东南流经颍河镇、项城、沈丘、阜阳，到安徽的正阳关汇入淮河。在当下中国的政治经济和交通版图中，这些城镇并不显眼，但过去曾经非常辉煌。淮阳即著名的陈州，是人祖伏羲的故里，战国末期一度为楚国都城，陈胜、吴广曾在此建立张楚政权，两汉后多次在此设郡置府。周口在明清时期是西北与江南物资流通的重要枢纽，曾被称为河南四大商业重镇之一。项城则是鼎鼎大名的民国总统袁世凯的故里。现在已少为人知的颍河也曾十分有名，在西周时期的地图上

---

① 林舟：《以梦境颠覆现实——墨白书面访谈录》，刘海燕编《墨白研究》，大象出版社2013年版，第11页。

叫颍水。① 20 世纪五六十年代，颍河的航运还很繁忙，颍河镇也相当昌盛，远近闻名。墨白回忆道：

> 那个时候我们镇上有四个码头：镇子最西边是盐业仓库、粮食仓库和木材公司的码头，从漯河漂来的竹排和原木都停泊在那里。镇中是过河的渡船码头，镇东是土产仓库码头，再往东就是煤业公司的码头。货船来了，一排靠在河岸边，船舱那样深，那样大，装载着无数的秘密，船民南腔北调，带有异国的风情。②

那之前的颍河镇，人烟阜盛，客商云集。镇子里建有私塾、道馆、延庆寺、清真寺、基督教堂，汇聚了中外最重要的几种宗教信仰，还有来自山西和陕西的商人建造的山陕会馆，以及相当宏伟的城墙，其繁盛程度可以想象。当然，除了清真寺，这些建筑都被一次次的政治运动和利益驱动下的盲目开发所破坏，我们只能在墨白的小说中对它们进行缅怀。但是，任何事物只要存在过，就不会彻底消失。虽然那些建筑已被毁掉，但它们承载的文化和精神会流传和沉淀下来。只有接通过去，才能更好地认识我们现在的精神构成，这正是墨白书写颍河镇记忆的初衷和价值所在。

在水运兴旺的岁月里，颍河镇与周边的城镇大致呈一种平等交流的格局，它有自己独特的文化景观。但随着陆路交通取代了水运，颍河镇失去了在经济格局中的地位，加之新中国成立以来政治生活、社会生活的巨大变革，颍河镇逐渐褪掉了曾经的光华，在不平等的城乡二元对立格局中，她日益破败凋敝，丑陋不堪。较之东南沿海地区，身处中原腹地的颍河镇与周围城市之间的这种城乡对立更为典型。除此，令人印象深刻的还有一次次政治运动——河南是"大跃进"和"文革"中表现最激进的省份之一——留下的废墟，比如在墨白小说中多次出现的那个高大阴森的渠首。相应地，生活在这片土地上的人们的生命和精神状态，以及他们与家

---

① 谭其骧主编：《中国历史地图集：原始社会·夏·商·西周·春秋·战国时期》，中国地图出版社 1996 年版，第 15—16 页。

② 龚奎林：《历史、经验、责任与创作——墨白访谈录》，《西湖》2010 年第 2 期。

园的关系，也在不断衍变。昔日那种丰盈昂扬的酒神式的生命状态与富于节奏和韵味的生活方式不见了，代之以令人切齿心痛的委顿、麻木和愚昧，人们匍匐在权力的阴影下，盲目而无助地在苦难和欲望的旋涡中挣扎。颍河镇不再是安顿生命之所，人们纷纷向城市逃离，带着难以消除的精神创伤。墨白亲历了颍河镇的衰落、变迁，饱经苦难而又对故园满怀深情的他一直用冷峻的现实主义精神审视着这片土地，用诗意而沉重的笔触书写人们的存在状态，剖析权力和人性、传统与当下之间造成的种种复杂扭结，探索精神重建的路向。在艺术上，墨白借鉴和吸收了各种现代主义艺术和文学的表现手法，最大限度地消除了读者与作品之间的疏离，消融了我们的灵魂和情感被社会生活风化出的坚硬外壳，引领我们和他一起进入小说人物的精神世界，进入颍河镇的景观、记忆和血脉深处，也进入我们自己的生命存在之中。墨白说，在叙事语言中隐含一种诗性，使整个作品隐喻着一种象征性的主题，是他的梦想。[①] 从社会地理学来看，颍河镇的位置、地理条件、辉煌的过去，以及典型性的衰落和变迁，都为把她打造成"乡土中国的隐喻"提供了可能，在这个意义上，墨白拥有这样一个故园是幸运的。但我们更应该说，颍河镇拥有墨白是幸运的，因为墨白，她不再是地图上一个微不足道的小点，而是一个有文化意蕴和独特个性的地方，一个对我们具有永久吸引力的精神圣地。

二

墨白小说给人的总体感觉是阴冷的、晦暗的，对丑恶、病态、欲望、荒诞、疯狂和死亡的书写构成了小说的主旋律。墨白承认，无论是从形式上还是从精神上，他都服膺于西方的现代主义和后现代主义文学。对于颍河镇，他似乎非常苛刻，淡雅古朴、旖旎如画的颍河镇风光下，掩盖的往往是愚昧、麻木和残忍。然而，墨白并不是一个虚无主义和悲观主义者，悲天悯人的情怀、强烈的责任感和批判意识使他把笔触更多地对准了现实和人性的种种阴暗之处。但也不乏一些篇章，让我们看到颍河镇血脉深处

---

① 墨白：《梦游症患者·后记》，河南文艺出版社 2002 年版，第 283 页。

那些崇高的生命和文化精神。

《酒神》① 讲述了颍河镇汪记酒坊的一段秘史。将汪记酒坊推至鼎盛的汪老泉看上了船主的女儿梅枝，但却只能按照算命先生的谕示把梅枝娶作自己的儿媳妇。后来，儿子神秘失踪，汪老泉走进梅枝的房间，用清澈透明的黄酒把她那白色的肉体擦洗得遍体通红，直至三年后梅枝生下一个男婴。当欣喜若狂的汪老泉打开一口口封闭已久的酒缸要大宴宾客时，却在其中一口缸里看到了当年失踪的独生儿子。"遗忘"了三年的往事重上心头，汪老泉用死惩罚了自己弒子的罪孽。多年以后，长相酷似姥爷汪老泉的福来进入汪记酒坊做工，被每天在盛着黄酒的木澡盆中洗澡、已经白发苍苍的梅枝摄去了魂魄，不可抑制的欲望让他在恍惚中闯入梅枝的房间，而梅枝看到的是汪老泉回来了，他们像两条鱼一样倒在木盆里。这些恰好被酒坊现任掌门人汪丙泉撞见。第二天，人们看到了被泡在酒缸中的福来。在福来的尸体被点燃的时候，梅枝也变成一个蓝色的火团滚来，和福来身上的大火合为一团。那团火烧得轰轰烈烈，把整个汪记酒坊化作了灰烬，曾堪与绍兴黄酒相媲美的汪记黄酒制造业从此灭绝。

在尼采的哲学中，酒神是生生不息、历万劫而永存的生命意志的象征。在我们的文化中，酒也不是一种普通的饮料，它总是关联着旺盛的生命力和创造力，关联着种种悲壮的或崇高的生命体验和精神境界。这部小说是超越道德的，触目惊心的谋杀、乱伦和死亡在小说中不过是无法湮灭的酒神精神的反面配角。每天浸泡在酒盆中的老女人梅枝是酒神的化身，蓬勃的生命激情始终在她已老迈的躯体中燃烧。与其说福来被她诱惑，不如说是无法抗拒的强大的生命意志本身。死亡被赋予了形而上的意味，它总是发生在盛满黄酒的器皿中。如题记所说："酒神被斩成碎片是对生命的承诺：他会由毁灭中再生与回归。"这部并不为评论界重视的小说向我们呈现的生命和文化精神是颍河镇的精神底色，也始终萦回在墨白的颍河镇系列小说中：无论遭遇怎样的重压、灾难乃至死亡，生命都无比顽强地生长着、延续着。装满颍河水酿制的米酒的货船扬帆起航，穿越淮河，驶

---

① 墨白：《酒神》，原载《小说林》1994 年第 3 期。

入运河，游遍蚌埠、高邮、扬州、镇江一带。这是多么值得追忆的场景，那时的颍河镇，弥荡着浓烈的酒香，也弥荡着醇厚丰盈的生命气息。颍河，一条生命之河。

这种文化精神也在《失踪》①中表现出来。这是一篇别出心裁的抗战题材的短篇小说，通常我们看到的抗战小说都把弘扬民族大义放在首位，慷慨陈词、共同御辱、抛却儿女情长是这类小说的"标准配置"。《失踪》中没有这些元素，其显扬的不是"抗战意识形态"，而是一种无比强大的生命和文化力量。为了掠夺刻有《大藏经》的经板，日本人来到延庆寺。小说的视角人物——觉生和尚——生性懦弱，狡猾的日本军官山川丘大佐看清了他这一弱点并加以利用。在目睹师父三藏法师引日本兵进沼泽的壮举后，觉生还是无法战胜内心的恐惧，把日本兵带到颍河镇上许木匠家。之后，他目睹了许木匠毅然焚毁经板和被残忍杀害的过程，目睹了戴着面具的颍河镇人在刺刀下狂野地示威呐喊，目睹了日本兵惨绝人寰的杀戮，他终于战胜了恐惧，效仿三藏法师和日本兵一起葬身在沼泽之中。

那些怒目獠牙的面具，是颍河镇人（也是中华民族）原始的、狂野的生命强力的象征。戴上面具，被理性和文化掩盖的生命强力重新回归，在日本人的刺刀面前，戴面具的颍河镇人手舞足蹈，狂叫呐喊，无所畏惧。作为生命的形式，有些文化——比如当下的消费文化——会压抑和窒息生命活力，导致生命的异化。但那些优秀的文化则会赋予生命意义和目的，将生命冶铸得精纯而崇高，从而与生命水乳交融、合为一体。刻有大藏经的经板就是这样的文化和信仰的象征，它给人以超越苦难、对抗苦难的力量，绝不容许外在强力的劫掠和破坏。面具和经板，苍茫的沼泽和庄严的古刹，两组意象形成巨大的张力，其中蕴含的力量可以埋葬任何气势汹汹的侵略者。

对于传统的尤其是民间的文化和艺术，墨白满怀深情。《民间使者》②中，他带我们踏上了往颍河镇的民间艺术寻访之旅，泥坝、泥泥狗、桃雕、剪纸……这些艺术形式无不蕴含着深沉而崇高的生命精神和文化精

---

① 墨白：《失踪》，《新历史小说选》，浙江文艺出版社1993年版。
② 墨白：《民间使者》，《爱情的面孔》，花山文艺出版社2000年版。

神。比如泥埙，用采自大地深处的泥土制成，吹奏出的是一种纯粹而又无比丰富的本质的声音，一种来自土地腹部的"寂静之音"，它道出了人类的苦难、忧伤、期望和生生死死，召唤我们回归大地，回归存在本身。当冷姨因难产濒于死亡，"我"的父亲束手无策近于绝望之际：

> 不知什么时候，父亲和冷姨同时听到从外面传来一种乐声。那声音仿佛来自土地的腹部，又仿佛走了很远很远的路途；那乐声如同在雨季里滑过枝头的水丝，洗涤着冬季残留的尘土，一切都在那乐声中变得清新起来。冷姨在那乐声里慢慢地稳定下来，她仰望着低矮的草庵子泪流满面，她知道那乐声来自姥爷为她做的泥埙，那种来自土地腹部的声音使她得到了力量，她在那泥埙的乐声里产下了一男婴。

比如泥泥狗，和泥埙一样也是用胶泥做成。人来自尘土，终将归于尘土，胶泥这种材料相比其他材料更能引发我们关于生命的本真的思考。不仅如此，泥泥狗都用桃胶做的黑色颜料作为底色，以衬托其他各种明艳的颜色。桃胶是桃树的伤口中流出的泪水，黑色是苦难的颜色。生命何尝不是如此。那些如草芥般平凡的底层民众默默地忍受着各种不期而至的屈辱和摧残，怀着对生的喜悦，对死的坦然，一代又一代，生生不息。在泥泥狗超现实主义式的怪诞形象中，还隐含着难以穷尽的深奥意味，生命与大地、肉体与精神，死亡与再生，等等。再比如桃雕，其坚硬一如桃园人那坚不可摧的生命意志。在一群魔鬼般的溃军残兵残酷地洗劫了桃园之后，桃园的栖居者们变得沉默，他们默默地整理着残破的桃园，把桃核放在河水中淘洗干净，然后冷姨的母亲开始在上面不停地雕刻各种传说中的神话或历史人物：

> 她手中的刻刀走进桃核的表面，或走进桃核的内部，发出哧哧的叫声，这种艺术的语言在冗长的黑夜里慢慢地融进了冷姨和我父亲的血液。

陈畅环作品：墨白小说《一夜风流》插图（原载《广州
文艺》1998 年第 5 期）

小说中所有的民间艺术，虽然表现形式各有不同，但都有着共同的血脉。泥泥狗、泥坝、桃雕、剪纸、面人，都来自桃园，那些民间艺人们都存在亲缘关系，桃园作为一个象征性场所是民间艺术的家园，也是我们终将皈依的精神家园。

在与诗人江媛的对话中，墨白谈道："那些能勾起我们对过去生活回忆的，和历史相连的，隐藏着无数秘密，飘荡着生活气息的实物都消失了，我们很惆怅。……当这一切都消失之后，我们拿什么回忆那些已经流逝的时光呢？……我们曾经聆听过的东西，我们曾经闻尝过的东西，我们的爱和恨，我们的愁和乐，这些灵魂深处的东西，我们去哪儿寻找呢？"[1]好在，我们还拥有墨白的小说，他带领我们走入已逝的生活，为我们营造了一个可以安顿灵魂的精神家园。

---

① 江媛：《灵魂栖居的地方——与墨白对话》，刘海燕编《墨白研究》，大象出版社 2013 年版，第 38 页。

三

墨白不是一个天真的浪漫主义者，他深知传统中既有我们需要的精神滋养，也有还在侵蚀我们灵魂的毒素，而且他更关注后者。在《同胞》①和《霍乱》② 等作品中，他带我们走进颍河镇阴暗霉湿的深宅大院，去剖挖深植在传统文化中的精神固瘤。

《同胞》和《霍乱》都把抗战时期作为历史背景，这是个富有意味的选择：战争，革命，外部世界已经巨浪滔天，而颍河镇却风雨不动，依然在封建家长制和封建道德的统治下上演着一出出丑剧。

　　六年了，这个坐落在偏僻角落里的小镇依然如故。
　　他在这荒野里奔走了一夜却又回到他出发的地方。

《同胞》讲述了分离六年后马氏一家的重聚。马孝天、马仁义、马仁武、马仁文，马氏父子的名字可谓正气浩然，但我们看到的却是他们骨肉相残、人伦尽丧。老大马仁义谋弑父亲马孝天篡夺了家长位置，之后又霸占了三弟的女人荷花。马仁武和马仁文也非良善之辈。马仁武也对得不到荷花始终耿耿于怀，即使已经有了花枝招展的姨太太，即使发现荷花已经成了他的大嫂，这次回家他终于如愿以偿，残忍地侵占并杀害了荷花。马仁文似乎是三兄弟中最温和的一个，他和荷花的遭遇也令人同情，然而，小说暗示出他和小福子的死有着脱不开的干系，无论如何，孩子是无辜的。最终，作为封建势力代表的马仁义暗算了两个同胞兄弟，独占了马家财产，这个长着突暴的马眼、额头刻满抬头纹的长兄更贪婪、更阴毒。封建意识和人格是如此丑陋邪恶，又如此强大，不禁令人喟叹。"镇上的人普遍认为，马家兄弟之间一定会有好戏看"，好戏是有，但却出乎人们的意料：人们期待马仁义弑父的行为会遭到兄弟们的谴责和惩罚，然而没有；马仁义霸占了荷花，他们没动过反抗大哥的

---

①　墨白：《同胞》，《收获》1991 年第 1 期。
②　墨白：《霍乱》，《花城》2003 年第 6 期。

念头，只把荷花和小福子作为发泄他们仇恨的牺牲品。考虑到三兄弟代表的不同的社会势力，我们可以看出这一情节中深长的隐喻意味：脱胎于旧社会的新阶层、新势力并不像看上去那么新，他们在情感和思想上并没有背弃自己的过去。是的，相比政治体制和社会形态，思想层面的变革更艰难，国民性批判和改造对我们来说仍是一个沉重的课题。

《霍乱》延续和拓展了这样一种思想。在林家大院中，老一代人围绕女人和财产展开了你死我活的争斗，开烟馆、通奸、下毒、绑架、撕票，无所不用其极。他们的死去和老去并没有终止这种种丑恶，新一轮的厮杀在下一代人之间继续展开。谷雨已经在事实上成为林家大院的主人，并有了一个官方身份——国民党淮阳县第九区党支部书记，但这个具有新时代标志的身份并没有使他成为新人，他仍和自己的父辈们一样欲壑难填，思谋占有已成为米陆阳妻子的表姐林夕萍。效命抗战大业的国军将领青龙凤也卷入了争夺，为了占有林夕萍并掩盖自己的野心，他以治理霍乱和军事需要为借口，杀死米陆阳和谷雨，将几百人的吴家湾化为灰烬。这些情节意味深长地表明：封建强权意识和人格不会随封建体制的瓦解而消散，它像霍乱一样是具有传染性的，新的历史时期，它会潜藏在新的意识形态之光照射不到的地方，或者就在这种新的意识形态的内部，以伪装后的面目重新出现。青龙凤是一个南方人——墨白刻意指出这一点，但其行径却和林家大院中的人那样的合契，颍河镇的隐喻意味由此凸显。在反思"文革"的小说《梦游症患者》的后记中，墨白写道："这场剥夺人类独立意识崇拜神像的运动和封建社会里的任何一个封建帝王惟我独尊的本质没有什么区别。当然我们不能一味地去指责这场运动的发动者，我们要做的是应该更多地从我们自身找一找原因，找一找这场运动的思想根源和土壤在哪里，我们应该拿起手术刀来咬着牙对着自己身上的恶疮或脓疱狠狠地划去，这样对我们自己有好处。"① 由此我们可以看出《同胞》、《霍乱》与《梦游症患者》的关系，看出墨白在国民性批判上做出的不懈努力。

封建文化和意识形态的本质是什么？一言以蔽之，用虚伪的道德维护和

---

① 墨白：《梦游症患者》，河南文艺出版社 2002 年版，第 282 页。

掩盖丑陋的权力欲望。君权、族权、父权、夫权，总归是一个权字，绝对的权力，不受限制的权力。拥有这样的权力意味着可以获得不受限制的欲望满足，封建政体和封建家长制因而也就是一个欲望体系。为了维护这样一个非正义的欲望体系，他们构筑起禁欲主义的封建伦理，在漫长的历史阶段持续地对人们施加精神暴力，造成了国民性格的严重扭曲和分裂。精神分析大师拉康指出，禁忌往往会刺激欲望的进一步膨胀。① 这一论断对于封建伦理尤其有效，虚伪的禁欲主义反而会刺激那些权力觊觎者的野心。他们不择手段地攫取权力，满足自己狂热的欲望，而这一切行为又在暗地里或者在冠冕堂皇的借口下进行。《霍乱》和《同胞》中人物是这样，《梦游症患者》中的那些"革命者"们也是这样。它的源头在封建传统之中，直到现在我们依然没有将其完全清除。

从性别的角度，权力总是男性的权力。诗人江媛站在女性立场上对封建专制和意识形态进行了愤怒的谴责："小说《霍乱》中青龙凤、谷雨对林夕萍的抢夺没有林夕萍情感的参与，她的归属，取决于男人权势较量的输赢。女人是战利品而非有血有肉有感情的人。这一时期的男性符号是霸权、性饥饿、占有、阴谋、杀戮，是对女人具有绝对支配权的暴君；女性符号则展现出被蹂躏的鸽子、疾病、婚姻中的寡居、死亡、屈从、无判断力、蠢笨、附属品、男权统治下的牺牲典范。"② 《同胞》中的荷花和林夕萍一样，情感和选择权被剥夺；大嫂则是先被日本兵侮辱，又受到马仁义的囚禁和迫害，后者将日本人对自己的侮辱发泄到妻子身上借对妻子施虐报复日本人。江媛指出，直到今天，女性仍然没有得到真正的解放，仍然是权力和欲望的对象，性解放不过是男性借助权势和财富满足私欲的淫乱宣言。

---

① 拉康指出，法律作为他者，对欲望具有指导价值，欲望的追求因法律的指导价值而变得有意义，比如，禁止觊觎邻居之妻的戒律会使占有邻居之妻的欲望愈加强烈。见纳塔莉·沙鸥《欲望伦理——拉康思想引论》，郑天喆等译，漓江出版社 2013 年版，第 16 页。

② 江媛：《1945 年前后：主观的历史》，杨文臣编《墨白研究》，河南大学出版社 2015 年版，第 176 页。

四

在《梦游症患者》、《苍凉之旅》①、《风车》②、《雨中的墓园》③、《映在镜子里的时光》④ 等以"文革"为背景的小说中，墨白揭示了根深蒂固的封建意识形态在新的政治形态和历史时期的延续。《梦游症患者》拆穿了打着"反封建"旗号的所谓"革命"不过是权力的重新分配，并没有带来社会的结构性改变，专制主义、等级制、血统论这一套封建主义的东西依然如故，只不过是披上了革命的外衣。小说中的三爷对革命和领袖无比"忠诚"，是因为革命实现了他的梦想，使王家成为颍河镇上最有权势的家族，把他从攞大粪笭头的王老三变成了人人敬畏的三爷。他俨然新中国成立前的太爷，时时摆出一副很威严的姿态，人们在小心翼翼地和他搭茬说话时，他的回应往往令搭话者局促不安。孙子文玉去外地串联带回的挂满毛主席像章的褂子，是他的至宝。他恩准整天给他的茶馆挑水、企望能得到一枚像章的老鸡摸摸这件褂子以炫耀自家的荣耀，之后对他说：

> 我知道你心里想啥，别往那上想。就这谁有你有福？你见天往茶馆里挑水，见天都能饱饱眼福，你还想弄啥？

权力的好处太多了，所以权力的占有者竭力维护既得权力，不惜骨肉相残，王洪良和王洪涛兄弟间的"政治斗争"和《同胞》、《霍乱》中的家族内斗本质上没有什么区别。受到权力压迫、一直觊觎权力的老鸡们，则在内心渴盼着"革命"的再次到来，以颠覆现有的权力格局，宣泄心中的愤恨和屈辱。而那些"右派们"、"老修们"，作为革命的手段和牺牲品，永无翻身的可能，无论文宝怎样人伦尽丧地对待地主成分的父母，都无法跻身"革命阵营"。

---

① 墨白：《苍凉之旅》，《山花》2011 年第 7 期。
② 墨白：《风车》，《跨世纪文丛·墨白作品精选》，长江文艺出版社 2007 年版。
③ 《雨中的墓园》，《守望先锋——先锋小说十年选》，江苏文艺出版社 2010 年版。
④ 墨白：《映在镜子里的时光》，群众出版社 2004 年版。

　　和封建道德掩盖下的专制权力相比，以"革命"的名义张扬的个人极权更加猖狂。它不仅肆无忌惮地剥夺人们的尊严和生命，而且妄图把自己的淫威施加于自然之上，无视自然规律的存在。《风车》用轻松调侃的语言讲述了一个荒诞无比的闹剧，为了"放卫星"，党委书记决定要大兴土木，在北方的平原上架起一架庞大风车，付出了巨大的代价之后，"干涸的北方土地只搁给人们一个经久劳作后空洞的土坑，无水可车的风车竖起了一个意味深长的寓言"。《雨中的墓园》讲述了同样历史时期修建水利工程时发生的一起多人死亡事件，虽然不同见证人的讲述相互冲突，但无不令人震惊。小说的主体是一个梦境，恰恰象征了我们现在回看那个时代时的感受：荒唐得像梦境一样不真实。但那样一个时代的确存在过，依然矗立在颍河岸边的高大阴森的渠首是那个时代留下来的证物，也是令人窒息、狰狞可畏的权力的象征。

　　《映在镜子里的时光》把《风车》和《雨中的墓园》纳入自己的文本之中，巧妙地沟通了文学、历史和现实。小说讲述了以浪子和丁南为首的剧组前往颍河镇为即将投入拍摄的电视剧寻找外景地时一系列的离奇遭遇，电视剧本是根据《风车》改编的，《雨中的墓园》是《风车》作者的另外一部小说。随着向颍河镇的挺进，小说中的环境、人物和事件意外出现，丁南他们发现自己越来越深地走入了历史。而且，历史并没有因为人们的遗忘而远去，浪子和田伟林之间的恩怨仍在继续，并导致了浪子的死亡和田伟林的疯狂。因为，他们还是昨天的他们。如墨白在《梦游症患者》后记中所说："在公交车上，在烩面馆里，在你生活的每一处地方，只要你留心，或许你就会重新遇到这本书里的一些人的影子。是的，是他们，他们还生活在我们的身边，那些经历过'文革'的人还都生活在我们的身边。"[①] 导演浪子死去，剧组再去颍河镇已无必要，但他们还是继续踏上了旅途。颍河镇在这里是一个象征，象征着我们轻率地遗忘了的过去，象征着依然生长在我们心灵深处的来自过去的霉菌，我们必须进入颍河镇，必须深入地追问和反省，否则，悲剧还可能会重演。

---

① 墨白：《梦游症患者》，河南文艺出版社 2002 年版，第 283 页。

五

封建传统文化长期规训下的另一个恶果是萎缩型人格的形成，这尤其体现在那些处于社会底层的民众身上。他们缺乏平等和独立意识，压抑自己的权利和诉求，对强权者敬畏有加乃至顶礼膜拜。比如《霍乱》中那些饱受男性摧残的女性，"最可怕的禁锢来自女性自身——愚昧和放弃反抗精神"①。比如《风车》中那些任由专权者摆布、对邪恶和残忍视而不见的社员们。这种性格既是封建传统文化长期规训的结果，也是中国的封建社会能够延续两千多年的思想和社会基础。在民主和平等之光已经普照城市——至少在观念和意识层面上——的时候，依然生长着这种人格的颖河镇显得格外触目惊心。

《真相》② 中底层权力的肆无忌惮令人触目惊心。镇派出所和村级权力组织公然勾结，包庇盗窃集体电线并行凶打人的罪犯，因为罪犯中有村委书记的侄子。面粉厂因为会计抽烟导致火灾，派出所把"我"当电工的哥哥抓起来做替罪羊，"我"道出了真相，还了哥哥清白，就遭到一连串的打击报复。小说中更令人震撼的是那些乡民们深入骨髓的奴性和麻木：

> 让我迷惑不解的是，在这个冬天是一片银装素裹，春日里是一片桐花紫雾围绕的村庄里，为什么却养出一些目光灰暗的人来？

二大爷不明原因地死亡，他的兄长也就是"我"的父亲不仅拒绝追问真相，而且为村支书送来的二百块钱感激涕零，村里人也因此十分眼红，都说他该死，死得值。莲姐被村里会计强奸后喝农药惨死，父亲却息事宁人，怕的是传出去自己脸上不光彩——"咱闺女死也得死个清白，省得人家说闲话"。族里议事的老人都说爹想得开，这事儿办得妥当。"我"要给

---

① 江媛：《1945 年前后：主观的历史》，杨文臣编《墨白研究》，河南大学出版社 2015 年版，第 176 页。

② 墨白：《真相》，《山西文学》1988 年第 10 期。

被罪犯打伤的哥哥争取公道，父亲百般阻拦，而在因为媒体介入，哥哥成了英雄模范并得到了很多经济实惠后，父亲却同哥哥一起去监狱看望罪犯，理由是，"要不是他们几个打你哥一顿，咱家咋会有今天？"这一切令生活在城市中、在精神上与颍河镇格格不入的"我"感到深深的绝望。权力的猖狂固然和不完善的政治体制有关，但乡民们的奴性和麻木无疑起到了推波助澜的作用。

在《事实真相》① 中，这种萎缩型人格得到了进一步的呈现。二圣、三圣和歪嘴之流是改革开放后涌现的暴发户，他们没有能够控制和欺压人们的权力，然而人们内心里却把他们和那些基层的掌权者一样加以供奉。二圣侵吞了民工们三个月的工钱，大伙默默承受，没有人用行动抗议，性格暴烈的黄狗只会虚张声势。当二圣分发那几块本来就是他们的可怜的饭钱时，他们已经忘记了被吞掉的血汗钱，把他当成了恩主。相反，来喜私藏了几段钢筋想回家换点钱，却成了众矢之的。二圣把这事当成赖掉大伙工资的借口，他的流氓逻辑居然得到大伙的认同，结果所有的罪责和道德污垢都被强加于来喜身上，二圣却置身事外，这显然已不能用对权力的畏惧来解释了。强者，无论是政治上的还是经济上的，都会获得尊崇，即便他们像流氓一样为所欲为。人们的仇恨和愤怒只会投向自己的同类，所谓的道德舆论也只用来对同类进行攻击。这就是奴性，就是那种荒诞的、不受约束的权力机制得以树立的精神土壤。

在传统与现代、愚昧与开化、奴性和平等的对立中，颍河镇代表了前者，城市代表了后者，从而构成一种文化的地理学。但二者并非单纯的横向毗连关系。颍河镇还是城市的背景，是城市的过去，是城市文明尚未完全消解掉的存在。我们的城市现代化了，但精神上的独立和平等并没有真正实现。在没有公权力现身的场合，比如商场，人们表现得很善于维护自己的权益，但一旦有公权力出场，人们还是会明智地息事宁人。

六

城乡二元对立结构是当下中国社会的最基本特征。虽然从整个人类文

---

① 墨白：《事实真相》，《花城》1999 年第 6 期。

明史来看，农村和城市走向分化是一个普遍的趋势，但我们这种不啻鸿沟的城乡对立世所罕见，它是新中国成立以来国家在政治、经济、文化等各个领域的发展战略和相应体制造成的。各种资源纷纷向城市集中，农村则因不断失血而日益破败。在国民待遇上，农民和城市居民也有天壤之别，城市居民能享受到较为优裕的物质生活和丰富的精神生活，而农民只能在贫穷的泥潭中苦苦挣扎，精神世界和物质生活一样匮乏。在这样一种不合理的城乡格局下，颍河镇成了无法固守的家园，人们别无选择，只能纷纷逃离，带着对城市的美好憧憬。

进入城市绝不是件容易的事。那些蜂群一样涌入城市的农民工很快发现，城市并不是他们想象中的乐园：

> 在我们的想象里，城市是金钱和美女伸手可及的地方。可是当我们成群结队地涌进城里之后，我们所看到的却完完全全是另一码事儿，一切离我们的想象都是那样地遥远，深秋的风好像在片刻之间就吹焦了城市的空间。（《事实真相》）

城市的空间不属于他们，他们只能在城乡的夹缝地带（《寻找乐园》①），或者是高楼大厦阴影下的那些犄角旯旮里（《事实真相》），做一些城里人不愿去做的工作以维持生活，同时还要忍受城里人的白眼和提防的目光。这让他们生出无限的怨恨：

> 这城里人呀……真的没有咱们颍河镇人厚道，他们心黑，他们光讲钱，他们的良心都让狗给吃了，这个熊地方把我给憋弄坏了，我一会儿也不能在这个狗屁城市里待下去了，小巧……

《事实真相》中来喜的这种怨恨并不真诚。内心里他向往城里的一切：那些放着臭屁的汽车，嘴唇涂得像猴腚似的"鸡"，还有那个被杀害的气

---

① 墨白：《寻找乐园》，《事实真相》，四川文艺出版社 2001 年版。

质优雅的女人。他的奚落和怨恨是因为这一切与他无缘。另外，侵吞掉他的血汗钱、逼他走向毁灭的不是城里人，而是他颍河镇的同乡二圣。因为被城市拒绝，因为感到屈辱，曾令他们无比厌弃的家园在情感和想象中变得美好和亲切起来。但这只是他们受伤的心灵营造的幻象，真实的颍河镇是那样鄙陋，不仅生活困窘，人性也并不善良，他们愚昧、粗俗甚至残忍。回到家的来喜疯了，隐喻了家园已不可回去。所以，《寻找乐园》中的新社选择留在城市继续挣扎，尽管城市让他伤痕累累。

相比进城务工人员，那些由乡入城的知识分子受到了城市的接纳，他们靠自己的才华和努力赢得了生存的空间。然而，在精神上，他们仍然与城市相疏离，从这个意义上说他们也没有真正进入城市。城市的庞大、冷漠和坚硬的生存法则让那些颍河镇的骄子们很难找到归属感。谭渔凭借写作上的成就调进锦城文联，却发现他这个成功者在如迷宫般的城市面前是那样渺小：

> 我一个文弱书生、一个从乡间赶来的农民的后代，在这座迷宫里最终将被折磨得筋疲力尽。（《裸奔的年代》①）

更重要的是，农民身份和贫穷带给他们的自卑、敏感以及由此衍生的仇恨和征服的心态，使他们无法与城市取得和解。也就是说，他们逃离了颍河镇，却无法扯断与这片土地的精神联结。不过，正是因为精神上对城市的疏离，他们得以对现代都市文明采取一种真正的疏离和批判的姿态：

> 我常常这样想，如果街道真的是一道河床，那么，我们人类不就是那些被污染的河水吗？对城市，对城市里的人我越来越感到没有兴趣，这些肮脏的河流从来没有给我留下过清洁的记忆，一回到这座城市里我就开始思念我曾经拥有过的寂静的乡村生活。（《欲望与恐惧》②）

---

① 墨白：《裸奔的年代》，花城出版社 2009 年版。
② 墨白：《欲望与恐惧》，长江文艺出版社 2002 年版。

不过，他们内心很清醒，过去已经一去不返，田园牧歌式的生活只能存在于文学和想象之中了：

> 我知道那些充满情趣的往事只存在于我的记忆之中，就像我的纯洁一去不复返一样，这条河流早已被某种工业文明所污染。（《裸奔的年代》）

自18世纪西方浪漫主义运动以来，乡土一直作为工业文明的对立面，代表着纯洁的自然和美好的人性。通过守望乡土、融入野地来对抗物质和欲望甚嚣尘上的现代都市文明，也是现代中国不少作家的创作立场。然而，这样的文学用一种美好的乌托邦想象遮蔽了乡土的真正现实，不仅误导人们的认知，也伤害了自身的审美品格。墨白非常注重文本的诗性，也同样重视文本的现实性。即便是在《民间使者》、《航行与梦想》① 这样把颍河镇作为精神家园的作品中，他也谨慎地在作为一种诗性营构的颍河镇和真实的颍河镇之间做出区分。在当下城乡二元对立的格局下，除了偏僻和贫穷，颍河镇还受到都市文明的强大磁场的辐射，正在被金钱和欲望涂改得乌七八糟。那些古朴的建筑已被毁掉，远航的白帆和铺满暗红色石头的码头没有了，开满堤岸的桃花和水中的水鸟也没有了，颍河镇已经变成无人守望、无可守望的残破家园。

七

英国文化地理学家迈克·克朗指出："流动性、自由、家和欲望之间转变的关系说明了一个非常男性的世界。"② 在逃离颍河镇的浪潮中，我们发现，逃离者往往是男性。他们努力摆脱土地和家庭的束缚走向城市，但却陷入城乡的夹缝之中，进退两难。墨白同情他们的遭遇和艰辛，但也不乏批判。驱动他们涌入城市的是生存的压力，也是金钱和欲望。出走的那一刻，他们已决意不再回返，只是遭遇到城市的拒绝才满腹哀怨地回头向着家园乞求怜悯。《事实真相》中的来喜从没想过对小巧忠诚，后者只在

---

① 墨白：《航行与梦想》，《钟山》1995年第5期。
② ［英］迈克·克朗：《文化地理学》，杨淑华、宋慧敏译，南京大学出版社2005年版，第44页。

他的心灵受伤需要倾诉或者欲望涨起时出场。如果有机会，他会断然抛弃小巧，抛弃颍河镇，以求把自己变成纯正的城里人，如同《裸奔的年代》中的谭渔。墨白说，城市是男性的空间，"耸立在城市上空所有的建筑都像男性的生殖器，它们是那样的庞大，那样霸道，即使在光天化日之下，它们也不愿意让充满自身的血液退出去，把自己打扮成永远处在亢奋之中的样子。当夜晚降临的时候，它们又用灯光从内部把自己改变成一个透明的晶体。城市就是在这样的欲望之中无休止地膨胀着，空气中充满了铜臭的气味，但又是那样的冰冷，那样的缺少情感"①。

女人是颍河镇的留守者，她们侍弄土地，生儿育女。男人出走后的颍河镇在某种意义上成为女性的空间。这当然不是说女性拥有支配这片土地的权力，她们从来都不是这样一种权力的主体，权力本身以及作为其缘起和本质属性的占有欲、支配欲和攻击欲都是男性文化的内容。除了个别被极端的遭遇扭曲了性情的女性，墨白塑造的大多数女性形象都是宽容善良的。在《蒙难记》②、《月光的墓园》③、《情与仇》④、《苦涩的旅程》⑤ 等作品中，我们看到，那些苍老而憔悴的母亲们，她们忍受着苦难和病痛的折磨，忍受着男人和儿子们的暴戾，无言地为他们付出一切。还有那些美丽而深情的女子，她们对情人的社会地位和经济条件毫不在意，为了对方倾其所有。和她们相比，男人们是那样偏狭，一味地沉浸在自己的屈辱和仇恨中，在处心积虑的谋夺和报复中迷失了自己。男人耿耿于怀的是如何得到更多，而女人始终在默默地奉献和牺牲。男人们被欲望满载的城市所吸引，背弃了颍河镇和他们的女人；而女人们俯身在这片土地上，守候着他们的归来。颍河镇和城市的关系因而也隐喻了女性文化和男性文化的分立。当然，在现实的意义上，颍河镇已经被城市的欲望文明所污染，男性

---

① 墨白：《写作的精神实质》，《梦境·幻想与记忆——墨白自选集》，河南大学出版社 2013 年版，第 426 页。

② 墨白：《蒙难记》，《清明》1990 年第 5 期。

③ 墨白：《月光的墓园》，《堂吉诃德军团在前进——中国先锋小说选》，江苏文艺出版社 2013 年版。

④ 墨白：《情与仇》，《百花洲》1990 年第 4 期。

⑤ 墨白：《苦涩的旅程》，《长城》1991 年第 3 期。

也始终是这片土地的主宰，矗立在颍河上的那个高大阴森的渠首，就是凌驾于女性之上的男权的象征。我们只能期待，渠首终将残破，颍河水终将会把那些污秽之物荡散涤净；我们只能期待，男性的欲望在经历亢奋和狂躁后会变得疲悴空虚，那时我们能够建设一种全新的文明，一种更多女性主义特质的、由爱而不是由欲望主导的文明。

墨白说，颍河镇是人类的一个缩影，像海洋般无比丰富，对他来说是一座取之不尽的矿藏。[①] 是的，颍河镇是说不尽的，对墨白如此，对我们也是如此。博学宏览、刻苦勤勉的墨白一直在不断地丰富他的颍河镇系列，我们也应该投入更多的精力去深入地认识墨白的颍河镇，无论是从文学的层面上还是从思想的层面上，我们的努力都会得到丰厚的回报。

---

① 墨白：《颍河镇地图》，杨文臣编《墨白研究》，河南大学出版社 2015 年版，第 6 页。

苦　难

苦难，无疑是文学最重要的主题，没有之一，很大程度上苦难就是严肃文学的代名词。小说家北村在一次谈话中指出："圣经说：'在世间有苦难'，所以我不明白小说除了发现这种人类的悲剧之外还能干什么。因为幸福是不需要去描述的，只要享受就可以了。"① 一个对人类充满拳拳爱意的作家不会看不到人类经历过的和正在经历的那些肉体上和心灵上的苦难，不会没有一颗悲悯和同情之心。墨白说："人的生命是短暂的。死亡这一阴影使人生充满了永恒的苦涩，所以即使生命里最大的欢娱也潜藏着悲怆的眼泪。"② 加之疾病、贫穷、战争、灾难、罪恶……人类遭受的苦难实在是太多了，如同这个星球上的海水般无涯无际，而幸福和欢愉就像被海水包围和侵蚀的岛屿和陆地，松散且不坚实。

> 让我们的生命充满忧郁吧，让我们离开沙漠去寻找大海吧，大海才是我们不死的精神！可是呢，大海又是那样地充满着苦涩。任谁也逃脱不了这苦涩的海水对其肉体和精神的浸泡……（《航行与梦想》）

陈晓明指出："苦难一直是文学艺术表现的生活的本质之一。正是在这一意义上，文学艺术对生活的把握具有现代性意义。苦难是历史叙事的本质，而历史叙事则是苦难存在的形式。对苦难的叙事构成了现代性叙事的最

---

① 林舟：《苦难的书写与意义的探询——对北村的书面访谈》，《花城》1996 年第 6 期。
② 墨白：《孤独者》，河南人民出版社 1994 年版，第 179 页。

基本的一种形式。……现代性把人类的生活历史化的同时，也就把苦难（痛苦）设定为人类生活的本质，它在某种程度上具有客观实在性。现代以来的文学艺术也是在表现人类经受的苦难才获得巨大的精神震撼力。在古典时代向现代转化的时期，文学艺术确实为描写人类经历的巨大的精神创伤而做出努力，无可否认，人类在步入现代历史进程中，也确实经历着巨大的磨难。"① 这段把苦难和现代性绾结起来的论述很有价值，虽然表述有点晦涩。我们可以这样理解：苦难首先是一种意识，不能单从物质标准上进行界定。翻阅考古人类学资料我们会明白，对于那些保留着原始生活方式的土著，是无法用"苦难"这个词描述他们的生存状况的，尽管他们的生活资料较之我们要匮乏得多，但他们并不以此为苦。他们把一切解释为神灵的安排，安之若素，心性淡然。如果用陈晓明的表述，那就是他们对自己的生存状态没有一种"历史性"的把握，我们的生命存在缺少什么？怎样的生活才是理想的？这类问题是不会出现在他们的视野中的。相对来说，现代性开启之前苦难在文学中的份额远无法和后来相比，其程度也不像后来那样深重，尽管受制于生产力的水平，那时人们的生活更为困顿。苦难是人们有能力对自己的生存状况进行对象化的审视、把握和评价之后而获得的一种反思性的感喟和体验，这种能力和现代性带来的自我意识的增长有很大关系。自我意识的增长使人们不再满足自己在政治、经济、文化等各个社会领域中的位置和角色，不再麻木于维护现有秩序的宗教、伦理和官方意识形态的虚假的安慰，他们意识到自己所遭受的剥夺、屈辱和不公，进而产生自怜、焦虑和痛苦。这就是为什么陈晓明强调"人类在步入现代历史进程中"经历了巨大的苦难。

　　大多数时候，我们对苦难的使用比较宽泛，涵盖了单纯物质上的困顿或精神上的痛苦。这样虽未尝不可，但苦难一词的区分意义就被削弱了。如此，太多的作家和文学都可以贴上苦难的标签，比如艾略特和他的《荒原》。如果我们将其与托尔斯泰和他的《复活》放在一起，就会感觉到把二者都划在苦难名下并不合适。墨白注意到了这一点，并做出了一个有意义的区分："我们可以把人类生存的困境称为苦难，把人类精神的困境称

---

① 陈晓明：《无根的苦难：超越非历史化的困境》，《文学评论》2001 年第 5 期。

为痛苦。"① 按照这一标准，我们把墨白书写生存困境及其带来的精神创伤的作品放在本词条下论说，而把书写现代主义式的精神的迷惘、沉沦和绝望的作品归给"焦虑"这一词条。

叶波作品：墨白小说《蒙难记》插图（原载《清明》1990 年第 5 期）

一

青年评论家斯炎伟曾尖锐地指出，当代中国有丰足而鲜活的苦难叙事资源，却未能孕育出多少令人震撼的苦难叙事文学。20 世纪五六十年代占绝对数量的战争和农村题材的小说中苦难意识是缺失的，对战争结果的重大意义的强调、对战斗豪情的颂扬，遮蔽了战争带给人类的肉体和精神的惨痛创伤，对"写运动"和"写政策"的强调、强烈的斗争气息和人定胜天的乐观精神，也掩盖了活着的种种痛苦和焦虑。20 世纪 80 年代以"右派"作家为主体创作的"伤痕"和"反思"文学中，本为一种精神财富的

---

① 刘海燕：《有一个叫颍河镇的地方——与墨白对话》，刘海燕编《墨白研究》，大象出版社 2013 年版，第 33 页。

苦难阅历，在作家那里被转化成了一种政治财富，他们讲述的是"崇高的历史"，而不是"苦难的历史"，"知青文学"更是用高扬的理想主义过滤掉了活生生的现实苦难。20世纪80年代的"新写实小说"用苦难堆积的生存表象淹没了精神上的困顿和苦痛。20世纪90年代的"现实主义冲击波"在根本上没有为苦难民众申述，相反对他们发出了十分空洞的"分享艰难"式的精神号召。当前作家们则倾向于将苦难叙事欲望化，大量由欲望无法填补所带来的痛苦，几乎成为叙事的全部内容。即便是在张承志和张炜等思索苦难问题最持久、执着与深入的当代作家身上，苦难也因他们虚幻性的超越而被化解，在张炜对大地的玄思和膜拜中，在张承志对哲合忍耶不遗余力的宣扬中，苦难的生存图景令人遗憾地变成了一幅幅美轮美奂的叙事场景！①

墨白的苦难叙事向我们呈现了另外的景观。他不讨好政治，不追求虚幻的超越，也不迎合读者出于道德或自我投射需要而产生的对走出苦难的期盼。苦难就是苦难，就是不幸，任何试图给苦难蒙上一层瑰丽色彩的做法都是对苦难的背离。我们不应该虚假地给苦难寻找出口，或者赋予苦难意义以超越苦难，而应该忠实地书写生活在苦难中的人们的生存状态和精神状态，书写他们对现实生活的恐惧、迷惘和绝望。只有这样，才能触动读者的心灵，引发大家对苦难的憎恶和思索，从而有助于在现实层面上远离苦难。墨白的这样一种立场和他对苦难的切肤体验是分不开的，在他的笔下，苦难的生活呈现为一片无边无际的灰霭，无论人们怎么努力，也难以将其驱散。

短篇小说《灰色时光》② 显然有墨白自己生活的影子，小说开篇写道：

> 我永远忘不了那天的太阳。但至今我也没有弄明白那天早晨的太阳为什么像一个毛绒绒的蛋黄，在那蛋黄发着混浊的光亮被一块灰云彩吞噬之后，天和地都变成了灰色。那个时候我正在异乡的集市上可怜巴巴地喝着那碗稀饭，我看到了太阳痛苦不堪的样子，我听到了那

---

① 斯炎伟：《当代文学苦难叙事的若干历史局限》，《浙江社会科学》2005年第6期。
② 墨白：《灰色时光》，《作家》1990年第4期。

团灰云彩的狞笑声。我的心被凌迟一般。后来我对妻子说："我无能为力。"

这种渗透着主观情绪的意象正是"我"的生活的写照，惨淡塞涩，度日如年。"这就是日子，这就是那蛋黄一样的太阳被灰色云团吞噬之后所呈现出来的灰色时光。""我"是一个民办教师，微薄的收入不足以维持日常的开销，尽管已经非常节俭，繁重的苛捐杂税、无法回避的人情世事、父亲去世办丧事留下的巨大亏空，让"我的心永远处在黑暗之中"。于是，在妻子即将生产的一天下午"我"出了门，骑车到几十里外的集市上贩点蒜卖以补贴家用。然而，祸事却不期而至，夜里"我"误入了女厕所，被殴打、囚禁，买蒜的本金也被抢去。同行的老黑把身上所剩的二十块钱借给"我"买了一点蒜，之后"我"却在恍惚中打碎了饭铺的碗，那点承载着所有希望的大蒜又被分走一些。身体和精神都接近崩溃的"我"在推车离开的时候，意外发现卖蒜的黄胡子丢在地上的一袋蒜，于是一个念头闪过，"我"带走了那袋蒜。这让匆匆逃离的"我"陷入巨大的不安和恐惧之中，在被追赶的幻觉中"我"遭遇了车祸。然而，"我"却由此获得了解脱：

那天我醒来之后就被灿烂的阳光照耀了，我的头像一朵美丽的花开在温暖的血液里，我的车轮也拧成了麻花状。而使我惊讶的是，我车后头的货架上只有我买来的那两袋蒜，那袋多余的蒜不知什么时候已经掉了。我的心一下子平静下来，在我的感觉里，那灰色的云团就是这个时候消失的，在满天的阳光里看到妻子和儿子在故乡的老杨树下朝我招手。妻子说："早些回来。"我说："中。"儿子说："爸。"我说："乖。"

这个结尾让我们看到在苦难中人性闪现出来的良善和光辉，也让人感受到丝丝缕缕的苦涩。之后呢？"我"依然要面对那沉重的令人窒息的生活现实。

1987 年至 1991 年,墨白写下了《琳的现实及其以后的生活》①、《兽医、屠夫和牛》②、《爱神与颅骨》③、《幽玄之门》④、《逃亡者》⑤、《苦涩的旅程》、《情与仇》、《蒙难记》、《仲夏小调》⑥、《寻找乐园》、《月光的墓园》、《母亲的信仰》⑦、《父亲的黄昏》⑧ 等一批格调类似《灰色时光》的中短篇小说。经过几年的短篇小说写作训练(1984 年他发表第一篇短篇小说《画像》⑨),这个时期墨白的文笔和思想逐渐臻于成熟,郁积了多年的苦难生活经验率先从他的笔下喷薄而出。在这些小说中,沉重的灰色几乎是唯一的色调,偶尔有点希望的亮色浮出,也迅即被更浓重的灰色淹没。

《琳的现实及其以后的生活》讲述了高考失败的琳不甘心像普通农村女孩那样无奈地把自己的一生用于嫁人和生儿育女,她终日辛苦地劳作,种蒜、收蒜,幻想着那个在《颍水》上发表了一篇表达对她的爱意的诗作的高中同学能够把她和她的蒜拯救出来,然而现实是如此残酷,他最终没有来,他的诗作也被证明是抄袭,爱情和梦想同时破灭,琳只能回到原来的生活轨道中。

《爱神与颅骨》中,生存的巨大压力碾碎了"我"考上大学的梦想,这也意味着只能靠吹响器这种下九流职业讨生活的"我"无法与自己深爱的人走到一起。出于爱,"我"用和同为吹鼓手的白玉兰结婚的方式赶走了要与"我"生死相随的青枝,但生命从此变得苍白。后来青枝意外毁容,被未婚夫抛弃,"我"仗义出手被关进拘留所,也因此从和白玉兰的婚姻中挣脱出来。可当"我"满怀希望地要重新走近青枝的世界时,她已经割破了自己的动脉。在送葬的路上,"我"为青枝吹了她最喜欢听的曲子。那高亢而又悲凉的唢呐声,吹出了人生无尽的坎坷、辛酸和生生死

---

① 墨白:《琳的现实及其以后的生活》,原载《鸭绿江》1996 年第 12 期。

② 墨白:《兽医、屠夫和牛》,《清明》1989 年第 3 期。

③ 墨白:《爱神与颅骨》,《莽原》1991 年第 2 期。

④ 墨白:《幽玄之门》,《收获》1992 年第 5 期。

⑤ 墨白:《逃亡者》,《百花园》1992 年第 10 期。

⑥ 墨白:《仲夏小调》,《莽原》1992 年第 3 期。

⑦ 墨白:《母亲的信仰》,《2005 年北大年选·小说卷》,北京大学出版社 2006 年版。

⑧ 墨白:《父亲的黄昏》,《2004 年最佳小说选·点评本》,北京大学出版社 2005 年版。

⑨ 墨白:《画像》(1994 年作),《南风》1984 年 1 月 15 日。

死。一曲终了，"我"用三轮枪抵住下颌追随青枝而去。

在《幽玄之门》、《逃亡者》和《月光的墓园》中，死亡也在终篇时降临。《幽玄之门》中吴庄的很多人家靠裹摔炮为生，尽管无法躲避的爆炸不时夺去人们的生命，尽管政府的禁制措施非常严厉，但这项生计依旧在偷偷进行。小说通过讲述因贫困而辍学的臭从对裹摔炮的深恶痛绝到主动接过父亲的活计直至被炸死这一段不长的生命历程，揭示了贫困对于生存的巨大压力。贫困的现实无法挣脱，走向婚姻从而得到点肉体的欢愉就成了活着的目标，然而这点卑微的希望也因贫困而无法达成，死亡对臭来说是悲剧也是解脱。小说以死亡起，以死亡终，弥漫着呛人的火药味，那个装了一只狗眼的民间艺人看到了这个世界最真实的色彩：

> 太阳迷迷瞪瞪地从云层里钻出来，把他眼前的土道照得一片灰白。土道边上有几株秃秃的杨树呆立着，一两片干死的树叶被枝条穿过胸膛，在寒风中一上一下地舞动。

和臭相比，《逃亡者》中的运来可以算是一个有想法、有魄力的男人，但他和杏花一样也无法摆脱像恶狗一样追得他们喘不过气来的贫困，而周围的人更是像冰凉的河水一样对他们没有一丝同情，那条从家乡流过来的颖河成了他们最后的归宿。《月光的墓园》中墨白写道：

> 这个秋叶飘零的夜晚，我看到了一个一望无际的黑色草地，我看到了有两只可怜的灰羊羔在黑色的泥沼里挣扎，它们的身子一点点地往下沉，泥浆已经满过了它们的胸膛，挤压得它们喘不出气来，它们绝望地哀叫着，可是四周洪荒，月球一样荒原而寂静。

这段话诗意地呈现了主人公"我"以及所有那些底层民众的生存境况，看上去孔武凶悍的"我"在这个洪荒般的世界中，不过是只可怜而绝望的灰羊羔。

《蒙难记》是唯一一部书写主人公通过自己的奋斗走出贫困的作品。

"到后来，在他腰缠万贯的日子里，他不止一次想起这次自杀的过程"这句话暗示了主人公将来的成功。但在小说讲述的当下时间中，雷震雨活得是那样挣扎：被贫穷和病痛折磨而死的母亲、儿时玩伴的成功带给他的羞辱、深深相爱的银杏被迫嫁给他人、创业的艰难以及那个愚钝、麻木却死在他的向阳棚中的父亲……墨白根本不愿意让我们分享雷震雨苦尽甘来的喜悦，不愿用自我奋斗的美好前景来鼓舞我们，他唯一在意的似乎只是把我们的心灵浸泡在那海水般无边无涯的苦涩中。

墨白的这种选择显然并不讨好读者和评论界，他也明了这一点。和墨白的这些小说大致在同期问世而取径相反的《平凡的世界》之所以引起巨大轰动，就是因为读者更愿意看到"从平凡和苦难中升腾起来的崇高的信念和力量"。孟子云："故天将降大任于斯人也，必先苦其心志，劳其筋骨，饿其体肤，空乏其身，行拂乱其所为，所以动心忍性，曾益其所不能。"这段话经过后人的不断阐证，牢牢地铸就了国人对待苦难的励志态度：苦难是磨刀石，是成就事业、升华人生的必经之途。从这个意义上说，苦难并非不幸。墨白也不会否认这种态度的合理性，对于沉陷在苦难中的个人，除了怀着这样一种信念去超越苦难别无选择，他本人就是在苦难的淬锻中成长起来的。但墨白忧心的是，这种对苦难的颂扬和膜拜是不是在一定程度上麻痹了我们的思想，它让我们看不到苦难背后的种种社会历史原因，看不到在苦难侵蚀下人性的麻木和沉沦。无论如何，苦难是一种恶，没有人愿意主动选择苦难。墨白希望通过他的苦难叙事引起我们对苦难的憎恶和思考，以便从社会而不是从个人层面上走出苦难。孙少平现象毕竟是少数个案，即便是在走出了苦难的孙少平们身上，也深藏着我们看不到的苦难所造成的精神创伤。

二

在我们的观念中，和苦难系在一起的字眼除了"励志"，还有一个是"真情"。所谓"岁寒知松柏，患难见真情"，所谓"人逢难处思知己，雪中送炭情不已"。我们真是一个重情重义的民族，我们的文学中充满了相互扶持、患难与共的模式化叙事，而且总是能够赢得喝彩。从另一个角度看，这也表明我们是一个虚伪的民族，我们只愿意看到和编织在苦难中呈现的能够带给我们伦理满足的一面，而无视与此相反的另一面，那就是苦难侵蚀下人性的寒冷和麻木。

《逃亡者》中造成杏花和运来不得不逃亡的直接原因是，为了筹齐因炸鱼而负伤的儿子的巨额医疗费，杏花的母亲把女儿以五千块钱的价格偷偷卖给了那个苍老而丑陋的老黄。虽然母亲是救子心切，但这种葬送女儿一生的做法依然让我们冷彻心扉。《父亲的黄昏》中被儿女们榨干了血肉的老父亲落难了，面临牢狱之灾，面对九千元的巨额欠款，儿子们先是准备送已近风烛残年的父亲去新疆流浪，在父亲被抓未能成行后，他们选择了沉默：

> 小哥说，妈，看你说哩，几个钱咋能杀人呢？他们把俺爹抓起来，就是为了要钱，没钱看他咋办？顶多判个三年两年。
>
> 大哥说，爹就是出来，三年两年能挣九千块钱？要我说，一分也不拿，看他咋办？
>
> 我也不能不承认，大哥说的，是目前唯一最好的办法。判个三年两年又咋了？在哪儿不是生活？
>
> 妈说，恁真的都不管了？妈哭起来，妈说，白养活恁啦，恁都不管恁爹啦……
>
> 我们都不言语，一个个铁青着脸。

曾经在孩子们心目中山一样伟岸的父亲现在脆弱得像个孩子："得想法把我弄出去呀……不能把我丢在这儿不管呀……"儿子们的境况的确艰窘，可是他们的选择依然让人心痛。而无论是父亲还是"我们"，都忽略了那个长久地躺在床上终日等待着死亡降临的爷爷。苦难磨钝了我们的感知，风化了我们的情感，这在《蒙难记》中演绎到了极致。因为雷震雨从军队复员后只带回了四百元钱，一向善待他的准岳父蛤蟆叔翻脸不认人，不仅取消了他和银杏的婚事，将银杏许给种大棚发财的春耕，而且在雷震雨的母亲死后故意寻衅不让下葬，引发一场械斗。外人的态度可以理解，家人的冷漠就让人无法忍受了。为了丧事上花费的几个钱，大嫂拿出泼妇做派，与他反目成仇。最难以捉摸的是父亲——和母亲相濡以沫多年的那个人，他无论如何不同意砍掉院子里的大楸树给自己的妻子做棺材，后者为了给家里省下治病的钱用一种极其凄惨的方式结束了自己的生命。三个儿子依次跪在他面前也没有打动他的心，他只想着安顿好自己的来世。

雷震雨到后来也没有弄明白，到底是什么东西把这个老实巴交的农民变得这样铁石心肠。或许，多年前当父亲种下这棵楸树的时候，他心里就已经开始盘算着等树长大了用来给他做棺材了。或许，在二十年前当雷震雨还在娘的怀抱里的时候，这个健壮的中国男人就已经开始准备他人生的后事了。在后来的时光里，这个问题常常会出现在他的脑海里，他始终也没有弄明白是什么东西造就了父亲这样的人。

固然与迷信有关，但造成父亲铁石心肠的更重要的原因是无边的苦难。因为今生太苦，才对来世寄予厚望，不容有任何闪失。多年来艰苦黯淡的日子已经让他对自己此世的生活失去了信心，他不相信雷震雨许诺的柏木棺材，这棵已成材的大楸树是他唯一能抓得住的财富，即便是自己的妻子，也不能把它拿走。雷震雨暂时还不能理解，他胸中生长着对不近人情的父亲的仇恨。而对于我们来说，与其去责骂这个麻木而绝望的老人，不如去诅咒将他浸泡成这个样子的苦难。

亲情尚且会被苦难风化，遑论常人之间。为了反衬和批判城市人际关系的功利化、冷漠化，我们的文学常常将农村的人际关系描绘得温情脉脉。在1987年至1992年陆续写成的《寒冷》① 系列短篇中，墨白拆除了这种虚假的想象，呈现了一幅幅触目惊心的生存场景。《争夺》中为了几棵苇子，父亲和麻脸展开了殊死的较量，最终两败俱伤。《吃大户》中狗蛋偷锅底的沙子被打伤住院，本是理亏的一方，但对挖沙致富的锅底心存嫉妒的村人们一窝蜂地涌到医院为狗蛋助威，然后过节一般喜气洋洋地

---

① 墨白：《寒冷》（1992年作），《当代作家》1999年第6期。

到饭店海吃，吃得心安理得，吃得痛快淋漓。费用自然落到"大户"锅底身上：

> 　　娘放下手中的碗，打了一个长长的饱嗝说，这回锅底不死，也得剥他三层皮。
>
> 　　听娘说完，我就感到浑身发冷。记得就是这个时候，我抬起头来看太阳，可是不知道为什么，太阳却突然不见了踪影。

《杀戮》中，因贫穷娶不上媳妇的羊蛋、狗蛋兄弟为了一个六十多岁的老女人而大打出手，导致狗蛋丧命。《最后清醒的时光》讲述的同样是争夺女人的故事，陆军换来的媳妇跟人走了，乡亲们很仗义、很愚昧地帮他去抢人，结果"我"成了牺牲品。《围困》中的清明用极其残忍的手段折磨自己新娶的媳妇花枝，以报复在娶花枝时遭受的"勒索"和屈辱，终于被警察带走。为了一点卑微的物质利益，或可怜的性的满足，人们如野狗般相互撕咬，仇恨像瘟疫一样传递蔓延，人性的光辉黯然失色。

同为河南作家的李佩甫 2012 年就他的新作《生命册》接受《中国青年报》采访时说："我 20 世纪 80 年代认为金钱是万恶之源，专门写了一篇《金恶》，到 21 世纪，就是写三部曲之前我发现我错了，贫穷才是万恶之源，尤其是精神上的贫穷，贫穷对人的伤害超过了金钱对人的腐蚀。"[①] 这也是墨白之于贫困的看法。和一些先锋小说家纯粹地展示人性的丑陋和阴暗不同，墨白总是将其放在特定的现实语境中。他对人性本善持怀疑态度，也不相信人性本恶，性善论和性恶论的争执是没有意义的。美国人本主义心理学家马斯洛告诉我们，只有在最基本的生存需求（包括生理需求和安全需求）得到满足的前提下，高级的精神需求（社交需求、尊重需求和自我实现需求）才会产生。和其他物种一样，生存需要对于人类来说是首要的，如果生存资料极度匮乏，人类就会退行到动物阶段，人性就会消隐，精神就会湮灭。墨白无意于借此为小说和现实中的那些人和事做辩

---

① 王波：《李佩甫：贫困才是万恶之源》，《中国青年报》2012 年 4 月 17 日第 10 版。

护，进入他的文本我们会看到他非常痛心和尖锐的批判。墨白要提醒我们的是，如果不正视贫困（苦难）之恶，单纯站在道德和精神的高地进行呼吁，是无法把人性拯救出来的。

三

1991 年年底调入周口地区文联后，新的生活经验更多地占据了墨白的视野，他开始筹划写作"欲望三部曲"，以底层民众的苦难为主体的创作减少了，但他对苦难本身的关注并没有减弱，只不过是更换了角度。在"欲望三部曲"中，那些由乡入城的知识分子在生存的层面上走出了苦难，但苦难造成的精神创伤并没有消除，并持续地对他们的人格产生着影响。

> 我们在乡村，远远地望着灯火辉煌的城市，心里就生出一种对城市的仇恨和渴望来。城市就像一个温度适宜的大染缸，我们都想跳进来改变一下自己这丑陋的面容。城市就像一块巨大的磁铁，它把我们这些日益生长着铜臭气的乡下人的心吸得一刻不停地颤抖着，我们没有一个人能抗得住它发射的巨大的磁场，于是我们这些乡下人就像蜜蜂和苍蝇一样开始涌进城里来。（《事实真相》）

这段话非常生动地揭示了在不平等的城乡二元对立格局下，城市带给农村人的巨大压力。身为农村人不是他们的过错，他们却不得不承受出身带来的屈辱感。这种屈辱感不仅存在于《事实真相》中的打工者们身上，也存在于那些乡村出身的知识分子身上。《欲望》中的谭渔、吴西玉都是由乡入城的知识分子，内心中都深藏着城市给予的屈辱和对城市的仇恨。在陈州师范读书的时候，吴西玉十分迷恋杨景环身上的城市气质，尤其是那一口标准的普通话，也因此而陷入了深深的自卑：

> 我知道在我和杨贵妃之间存在着很大的距离，她是一个从省城里来的能说普通话的女孩，而我是一个不折不扣的乡巴佬，我的头发焦黄，皮肤干燥，一看就知道缺乏营养，她皮肤细腻，面色红润，身材

苗条，就像一个天上下来的仙女，她会弹琴，会唱歌，会表演，她的眼睛会说话，可我会什么？

他多少有些居心不纯地模仿杨景环"笔"字的普通话发音向对方借笔，结果挨了一巴掌并赢得了一个外号——"流氓"。屈辱和仇恨从此深埋在他的心里，"日他那先人，就兴他们城里人说'笔'，不兴我们乡下人说'笔'呀！"杨景环有点无辜，至少这件事上她并没有歧视乡下人的意思，是吴西玉在自卑情结的驱使下对事情做出了歪曲的解释，他把自卑转化成屈辱和怨恨，也就把否定和攻击的目标从自我转移到他者，并在这个过程中赋予自我道义上的合理性。在精神分析学上，这是一种心理层面上自我保存的机制，同样也存在于谭渔的心灵中。第一次去锦城文联改稿时，寒酸的他"像一个讨饭叫花子立在灰暗的楼道里"，"浑身发抖"，"他被雨水浸湿的布鞋发出扑哒扑哒的响声，那声音在灰暗的楼道里像一只蝙蝠盲目地飞翔着"。面对城市女孩的打量和可能并无恶意的笑声，"他无地自容"。当他跟着温老师去会计处报销车票时，织毛衣的女孩不耐烦地说了句"咋弄湿了"，他的腿就哆嗦起来。女孩的表现只不过是机关的惯常做派，在谭渔那里也被解释成了针对自己的羞辱。强烈的挫败感化作一场浩浩荡荡无边无际的秋雨，"那场弥荡着忧愁凄楚的秋雨在他的感觉里一直下了许多年，那场浇灌了一棵倔犟树苗的秋雨一直在他的感觉里下了许多年"。直到他以主人的身份进入了那间使他遭受屈辱的办公室，"那一场落了多年的秋雨突然戛然而止"。城市人和乡下人的隔阂和对立是客观存在的，尤其体现在对待打工者的态度上（见《事实真相》和《寻找乐园》）。但并非所有城市人都对乡下人持歧视态度，叶秋欣赏谭渔的恰恰是他身上那种苦难沉淀出的厚重。不过，就像另一位河南作家张宇说的："好好的人，一出生就分成了两等，城里人吃商品粮，我们农村人吃农村粮，吃城里粮的人可以随便到农村去生活，吃农村粮的人不能够随便到城里去生活。从一出生，任何人就不在一个起跑线上，这公平吗？这能让人一下子就理解吗？"[①] 我们不能责怪吴西玉、谭渔们的敏感，

---

① 张宇：《与自己和平共处》，时代文艺出版社 2001 年版，第 4—5 页。

他们生来就不公正地被置于弱势的、被剥夺的一方，要求他们宽容地辨别和理解他们受到的对待是不公平的。

苦难和屈辱成为吴西玉和谭渔们进步的动力，但其留下的阴影并不会随着他们成功进入城市而消除。有岳父做靠山的吴西玉已经顶上了副县长的光环，依然排除不了那深入骨髓的自卑感：

> 尽管现在在舞厅里我也能和那些酒肉朋友卡拉一下《拉兹之歌》，可是我仍然强烈地感受到我与某个社会阶层的距离。

内心深处他认同的依然是那个因模仿杨景环的普通话发音而挨巴掌的吴西玉，不过现在他有条件报复城里人给他的屈辱了。但当他用进入杨景环身体的方式象征性地完成了对城市的复仇时，并没有什么成就感：

> 我看到那颗仇恨的种子在黑暗之中开花长高，果子结得像俺爹种的倭瓜一样大，那倭瓜在阳光下放着金子般的光芒，硕大无比！那金色的光芒照花了我的眼睛，使我迷失了方向，在我的眼里，到处都是雨水，雨声四处响起，在幻觉里，我看到一个无家可归的孩子在茫茫无际的雨水里奔走，我知道那个孩子就是我。

仇恨的种子，无论哪一种，都不会结出美好的果实。

对于靠写作的成就进入城市、在城市中没有任何根基的谭渔来说，苦难的过去留给他的阴影更为浓重：

> 那片生长着绿色也生长着黄色的土地总像一个极大的背影使他无法摆脱，他隐隐地闻到了从自己身上所散发出来的臭蒜气……

这种挥之不去的自卑、怨艾、敏感影响了他和叶秋的关系，使他无法和叶秋建立起一种彼此平等、理解、信赖的深厚情感，因而，当叶秋因调到省城和他暂时分开时，他虽能理解，但仍然生出了无限的怨恨和伤感，隐约有一种被拒绝和抛弃的感觉，这种感觉和当年他去编辑部改稿时的感受有些相似。

于是，他立刻踏上了寻找小慧的旅程，寻求新的安慰。进入女人是进入城市的象征，就此而言，小慧、叶秋和出现在他梦中的赵静在谭渔情感世界中的功能和角色没有什么不同。因为精神的重负，谭渔无法自我塑造出一种开朗、平和、自信、豁达的理想性格，他时而自卑，时而自大，敏感而偏执，无法与环境（城市）达成和解，于是，他到城市女人那里寻求认同。叶秋的优雅、高贵正是城市文明的代表，谭渔把叶秋的眼睛比作一潭秋水，他这个常在颍河里洗澡的鱼儿更渴望在这潭秋水中游泳：

> 他知道自己已深深地爱上这潭秋水了，他知道他已经是个不可救药的溺水者了。那秋水清澈透明，却使他探不到底，那潭他望不穿的秋水呀！

谭渔最终没有进入叶秋的世界，他也没有真正融入城市中。

与其说城市没有接纳谭渔和吴西玉，不如说是他们"拒绝"了城市。放不下的自卑以及由此衍生的仇恨和征服心态，事先就在他们和城市之间划下一道深深的沟壑。他们无法获得城市的认同，又不能退回曾经让他们感到卑微和屈辱的乡村，在精神上他们成了无家可归的漂泊者，徘徊在城乡之间，迷惘而痛苦。从这个意义上说，进入城市的他们并没有真正走出昔日的苦难。

四

英国作家萧伯纳曾说，贫穷和疾病是世上两大罪恶，促成贫穷和疾病的就是帮凶。文学注目苦难、书写苦难，是为了走出苦难。如陈晓明所说，历史叙事是苦难存在的形式，苦难是具有历史性的。找出苦难产生的社会历史根源，是走出苦难的先决条件，这也是墨白的苦难写作一直在关注和思索的。

我们所经受的苦难，和社会向现代的转型有很大关系，在这一点上墨白和陈晓明达成了共识。社会转型打破了原来稳定的社会格局，导致了新的社会分化，对人们的心理产生了巨大的冲击。《仲夏小调》中麻狗是一个典型的旧式农民，勤劳、节俭、顾家。他的口头禅是"这日子是不过了"，其实他的日子比谁过得都要细谨。即便是在负气离家的时候他也狠不下心去喝碗羊肉汤；一毛钱一壶的茶，在他看来贵得要死。他不懒惰，不惜力，对人们依赖机器感到不满，"麦子成熟了还要割，妈那个×，现在这人，越来越懒了。收也用机器，打也用机器，日他娘，以前不都得人干吗？"农闲时，麻狗还在自己的打铁铺子里干活以贴补家用。在男耕女织、自给自足的经济模式下，他可以过得相对殷实，但在小农经济趋于瓦解的时代，他的日子过得越来越窘迫，丝丝缕缕的苦涩缠绕在他的心头。

> 麻狗回身看看麦地，感觉到有一股热燥燥的麦熟气息吹过来，刺得他的鼻孔辣辣的。麻狗仰起头想打喷嚏，可是他扬了半天脸也没能打出来。麻狗揉了揉鼻子说："妈那个×，真快。"
>
> 班长说："啥真快？"
>
> 麻狗说："麦子。"麻狗一边往回走一边说："你看，一转眼，又要收麦了。"
>
> 班长就不再说话，麻狗也不再说话。夜色把他们两个融在自己的身子里，远远地看来，夜色里只有两个小小的烟火一闪一闪，最后班长说："走吧。"
>
> 麻狗说："走。"
>
> 班长说："日他娘，真快！"
>
> 麻狗说："是快，我日他娘，转眼麦子就熟了。"

这两处看似无意义的对白，流露出了人物心中的萧索和落寞。班长是麻狗从小到大的玩伴，他复员回乡时人们问他在部队里混了个什么官职，他回答说"他妈的，班长以下的官"，从此落了个"班长"的称呼。班长回乡后的处境并不比在部队好，他和麻狗一样，都是被时代抛下的人。紧跟时代步伐的赵启和小眼成了这片土地上的"新贵"，他们开厂子，掌握着农业机械，结交当权者，鼻孔朝天，气焰熏人。他们的存在对麻狗形成了巨大压力，和他们打交道甚至是听到他们的消息都会影响到他的情绪，他变得烦躁易怒。小说的最后，当麻狗经历了屈辱的打麦风波后，对苦难的感受终于从平时那些模糊的烦快情绪中生长出来了：

> 麻狗走到场里一屁股坐下来，他的耳朵里充满了女儿伤心的哭泣声。麻狗突然意识到，这耻辱是他这个没能耐的爹给女儿带来的，就连大白桃也跟着自己过得不胜人。麻狗有些痛恨自己，他想，我凭着一双手拼命地干，可咋就不胜人哩？麻狗坐在那里哆嗦着，就连身下的麦子也在瑟瑟地颤抖。

《蒙难记》中，对故乡梦绕魂牵的雷震雨复员回乡后发现，过去那简单而快乐的日子以及温情纯善的人际关系都不存在了。忧愁深深地刻在家中每个人脸上，母亲病厄缠身无法医治，父亲麻木得像个木偶，他的归来甚至没有给父亲带来一丝欣喜。带回的四百元的复员费成了一个讽刺，他的婚约因此被取消，他从小的玩伴春耕——就在雷震雨当兵离开的这三年通过种大棚把自己变成了万元户——顶替了他的位置。从回到家的那一刻起，苦难像阴霾的天空在他的四周和大地结成了一只无形的网，后来的日子里他的心情一直是沉重的，再也没有快活起来。金钱主宰一切，情感、尊严、健康乃至生命，所有价值都被转化成了金钱的价值，金钱给予一切，也剥夺一切，这正是现代性带给人类的生活境遇。但金钱从来都只青睐部分人，它无情地把人们分成穷人和富人两类。贫富之分古来有之，但穷人的境况从未像现代社会这样不堪。之前贫困只是物质层面上的匮乏，并不一定影响人在价值论上的自我认同，安贫乐道的古训甚至赋予了贫困伦理上的优越性，但在现代社会，安贫乐道被视为失败者为自己辩护的陈腐借口，没有钱不仅意味着物质上的匮乏，还有存在的价值感和尊严的缺失，这种双重的剥夺使现代人遭受的苦难格外触目。

不平等的城乡二元格局是中国现代性进程中的畸形产物，是墨白小说中苦难的背景，也是苦难的成因之一。虽然在人类历史上城市很早就出现了，但其从未像现在这样侵犯过农村。美国人文地理学家段义孚指出，在前现代的城市形态中，城市和农村是连续的整体，中世纪的城市有大片开阔的土地用来供农场和果园使用，即使到了 19 世纪，英国的城市也没有完全切断和农业之间的纽带，牛、羊、猪等各种家畜到处可见，大片的农业种植园依然保留着。中国也是如此。唐代长安城的南部城区有三分之一的面积被农庄、田野和著名的苑囿所占据。直到 20 世纪 30 年代，一些城市和农业之间的纽带仍没有彻底断开。[①] 这样一种城市景观格局表明，前现代社会农村的生活方式是主导的，不仅没有受到城市的挤压，而且延伸到了城市中。城市繁华而遥远，只是农村人口中的谈资，顶多是他们憧憬着能前往一游的地方，不会对他们的生活产生直接影响。但新中国成立后我们的城乡二元格局是在不平等的体制推动下形成的。出于优先发展城市的考虑，各种资源都在政策的强力调动下向城市集中，农村因不断失血而日益破败。在国民待遇上，农民也和城市居民有天壤之别，城市居民享受到优越的教育、医疗、文化资源和各种福利，而农民的物质和精神生活都极度贫乏，他们要缴纳繁重的税捐却得不到一点反哺。事实上，农民就是社会的二等公民，承担着各种苛刻的"义务"却不享受任何权利。而且，户籍制度还把农民牢牢限制在土地上，禁止他们向城市流动。即便后来放松了对农民进城的限制，但他们也只是"民工"，是为城市服务的下等人，在待遇、地位和人格上都无法和城里人相提并论。城乡之间，霄壤之别。但城乡又并非各自封闭的，那一条条通往城市的公路上运送的不仅是农产品和廉价的人力，还有农村人对城市无限的渴望。农村沦为城市的附庸，在城市的辐射下，不仅农村的生产方式、经济结构在发生改变，农民的情感结构和价值观也在发生改变。城市的铜臭气息轻而易举地熏醉了农民们，但平等、民主等现代思想观念却很难植入他们的心灵。城市和城市人的存在让那些身处社会最底层的农村人感到卑微和屈辱，给他们以沉重的

---

① Yi-Fu Tuan, The City: Its Distance from Nature, *Geographical Review*, 1978, 68（1）.

精神创伤，强化了他们的苦难意识。

五月中旬一个有阳光的上午，琳意外地见到了媛媛，媛媛的出现使琳感到忧伤、感到命运的不可捉摸。一段平淡的经历却深深地刺疼了这位戴着近视镜的女孩的心，这种心境的变化使得一个女孩变得终日沉默不语，这在琳以后的生活里已成为事实。（《琳的现实及其以后的生活》）

在后来整个由冬到春的这段时间里，运来仍然在那家油坊里打工。运来抽出时间陪着杏花一次次去看电影，看着人家一对一对地搂着从他们身边走过去她就忍不住叹气，可是运来却对他们充满了仇恨，运来说，有啥神气的，他们只不过是投对了胎！我就不信这一壶！杏花，你放心，我们总有一天会活得像他们一样有滋味！（《逃亡者》）

在城市读书的媛媛的出现让琳对自己的处境感到悲哀，城里人的生活让在城里打工的运来感到仇恨。他们苦苦挣扎着要改变自己的命运，然而现实却像是浩瀚的沙漠，任你筋疲力尽也走不到边际，而且随时会被流沙吞没。不公正的体制造成的城乡距离像天堑一样难以逾越，将无数人浸泡在苦难的咸水中。近年来国家通过取消农业税、发放农林补贴以及着手建设农村福利体系等措施在一定程度上改善了农民的生存境况，但生活环境和条件较之城市还是有很大差距，进入城市做城里人还是很多农村人尤其是年轻人的梦想。虽然以户籍制度为基础的城乡壁垒已被打破，但高额的房价以及进城后的谋生问题又构建起了新的壁垒，城乡二元对立结构依然存在。对于那些想留在城市却只能像候鸟一样往返于农村和城市之间的打工者们来说，苦难的旅程还没有结束。

五

社会的现代转型和城乡二元结构体制构成了我们的生存境遇，这一境遇对农村的底层民众来说是残酷的。在社会向现代转型的推动下，农民体力的价值被贬低，财富向少数资产拥有者手里集中，农村社会出现新的分化。而且，相比传统的阶层分化，这种分化没有来自伦理或宗教上的安慰（或者叫麻痹），它时刻提醒着人们要为自己的贫困感到失败和屈辱，城市的存在更进一步加剧了他们的屈辱感。可以说，这样一种生存境遇决定了，苦难不是某些个体的不幸，它是广大农村的一种普遍的生存现实。虽然不是每个沉陷在社会底层的个体都会受到饥饿、疾病和死亡的困扰，但每个人都能感受到生不如人的沮丧、卑微和屈辱感，除了那些愚昧麻木的灵魂。而且，他们抗击风险的能力极其微弱，生存环境又无比凶险，随时都可能被某种力量推下苦难的渊薮，诸如封建意识观念、农村的陋习陈规、基层权力的压迫，等等。其中，基层权力的压迫在墨白的苦难叙事中出场的频率是最高的。

《苦涩的旅程》中柱子在紫竹的帮助下，几乎就要摆脱苦难了。跟他外出打工的狗蛋意外惨死，在返乡途中他的包裹被偷，狗蛋的骨灰还有两千元的死亡赔偿金都丢了，这笔"巨款"压得他抬不起头来。为了帮助他，在邮局工作的紫竹想出了做邮售小学考试复习资料的生意，居然收到了近四万元的汇款。可是，这时候权力和邪恶的化身、邮政局长的儿子记脸出来干涉了，他不仅阻挠装着资料的邮袋上邮车，而且唆使公安局以冒充邮政局的名义搞非法出版物的罪名抓走了柱子，并没收了紫竹他们收到的所有款项。再次变得一无所有的柱子重新落入无边的苦难当中，而且这次他又失去了心爱的紫竹。柱子和紫竹的做法的确不合法，公安局抓人罚款并没有滥用权力，然而，如果不是记脸在推动，这件事情显然会是另外一个结局。进一步说，长着一副丑陋嘴脸且内心更加丑陋的记脸敢于觊觎美丽的紫竹，并且能够操纵这一切，无非依仗当局长的父亲，因为不正常的政治生态，父亲的权力就成了他的权力，他可以借此为所欲为。紫竹的悲剧是他一手造成的，为了躲避他，紫竹逃到颍河镇，他为了阻止设计出中途车坏的桥段，使紫竹目睹柱子包裹被偷的一幕，并因没有及时提醒柱子而陷入无尽的内疚之中，之后他又不断到颍河镇进行骚扰，以邮局的名义告发柱子，使紫竹补偿自己歉疚的想法落空，从而背上更重的精神负担。紫竹为了防止记脸再对柱子不利，被迫离开颍河镇，作者没有告诉我们她的去向，但可以肯定的是，她逃不出记脸的魔掌。

权力总是无处不在、无所忌惮，即便是在《隔壁的声音》① 中那远离世间喧嚣的红旗林场。树砍光了，林场要改建成风景区，局里就残酷地用俩小钱将工人们遣散，这是极不合理的。这片山林不光是领导的，也是工人们的，这里有他们的青春和热血。对于这些被隔绝在深山老林中辛苦了一辈子的工人们来说，将他们驱赶出去等于把他们逼入绝境。爱打抱不平的四叔不断上访，试图为工人们讨回公道，但换来的是儿子国庆被冤诬枪毙，四婶满身伤痕地死在男厕所的粪坑里……这一切山外没有人知道：

> 四叔，你每见一个人就向他讲述你的遭遇吗？四叔，你不停地对人们讲述，可是，在我们历史的叙事里，有谁能看清你的面孔呢？四叔，历史和你无关。尽管你也使用汉语，用汉语表达自己的情感和遭遇，可是，在浩如烟海的汉字里，我们从来找不到关于你的文字。是呀，四叔，有谁还能记住你呢？在这个世界上，在这样一个用丑恶的行径换取成功的年代里，谁又去关注一个小人物的内心世界呢？四叔，你真的成了一个冬眠的熊瞎子，在这棵被岁月掏空的古树里睡着了。

四叔的孩子们和那些善良的人们还在以四叔的方式活在林场，抱着越来越渺茫的希望。不只是他们，到处都有四叔这样的人，在苦难中挣扎，最后被淹没、被遗忘。

在有些篇章中，权力不是将人们推入生存困境的直接力量，但它的存在加重了人们的苦难感受。《父亲的黄昏》和《告密者》② 中，我们看到，人们在为亲人的安危而奔走呼求时，碰到的是权力那冷冰冰的面孔，这让他们感到渺小和无助。

> 我说，我想问一下，颍河镇上那个要蒜钱的案子在这儿吗？

---

① 墨白：《隔壁的声音》，《山花》2007 年第 10 期。
② 墨白：《告密者》，《收获》2001 年第 2 期。

等一会儿。屋里的女人说完，就再没了声音。我立在那里，看着那扇绿色的门，那是一扇新漆的门，在我的感觉里，那门的颜色和楼下的冬青一样的不真实，那颜色犹如一阵凝聚了的狂风在我的感觉里呼啸，使我有些眩晕，我站立不住，就后退了两步，依在了栏杆上。

……

在感觉里，我仿佛在那门前等了很久的时间，我的渴望慢慢地变成了焦躁，我的焦躁又慢慢地加进了仇恨的情绪。但最终那扇门还是开了，从门里走出来一位女警服，女警服面色红润，像一片春天开放的桃花，她看我一眼却没理我，而是手里握着一团东西往女厕所里去了。（《父亲的黄昏》）

在整个寻找母亲的过程中，"我"和大哥一直在这样的焦虑和屈辱中煎熬着，"那个昏暗无光的冬日，后来成为我记忆里的一首凄伤的歌"。《告密者》中寻找丈夫的花子和郑凤兰感受到的屈辱也许比"我"更强烈，她们面对的是老郑和来中——蛮横无理、官腔十足的颍河镇同乡和后辈。两个饥肠辘辘的女人一个中午都在"全鱼宴"门外候着那些大腹便便满头油光的公仆们，没有得到哪怕一句安慰。望着扬长而去的吉普车：

她们傻子一样站在那里，花子感到自己受到了莫大的委屈，她像和谁赌气似地站在那里，有泪水慢慢盈在她的眼睛里，花子说，咱这还算人吗？谁想欺负谁欺负。

卢梭指出，政府是"社会契约"的产物，人们推选出政府，赋予它权力，让渡出个体的自由，是为了更好地保障自身的权益。"要寻找出一种结合的形式，使它能以全部共同的力量来卫护和保障每个结合者的人身和财富。"[1] 为此政府既要行使管理职能，也要行使服务职能，从根本上说，管理也是为了服务于全体民众的利益最大化。但在《父亲的黄昏》和《告

---

① ［法］卢梭：《社会契约论》，何兆武译，商务印书馆2003年版，第19页。

密者》中我们只看到了管理，蛮横粗暴的管理，毫无一点人道关怀。出于各种历史原因，底层民众们愚昧、无知、保守、盲目，他们需要权力部门的引导、组织、扶持和帮助，这也是后者的职责和义务，但他们却专注于自身利益，把民众踩在脚下来显示自己的高贵显赫。表面上看，两部作品中人们的困境都是自身造成的，权力部门抓人无可厚非，但他们的冷漠和不作为让我们看到他们不会为民众们的利益做出一点努力，相反，他们威势煊赫的存在只是让民众们愈加感到屈辱、渺小和无助，他们难道不应该为民众们的苦难负责吗？

六

近年来，随着国家围绕改善民生做出的一系列政策调整，以及科技带来的生产力的飞速发展，底层民众的生活水平得到稳步提高，曾经笼罩他们的贫困的阴霾正一点点地消散。然而，这不意味着我们可以走出苦难了。在题为《我为什么而动容》的文章中，墨白写道："人类的苦难在不断的发生，在这个即将过去的世纪里我们的肉体承受了太多的苦难，我们的心灵承受了太多的苦难。战争饥饿自然灾害疾病充满了我们的记忆，而更多的苦难是来自我们人类自己，来自我们的精神世界。"[1] 是的，只要我们还未实现精神的独立和人格上的平等，我们就不可能真正告别苦难。

根深蒂固的等级意识一直在束缚着我们的头脑。直到今天，很多当权者们依然认为自己理所当然的高人一头，他们对民众的轻慢、冷漠，本质上和封建统治者对待下等贱民的态度是一回事。民众长期被这种权力压迫和塑造，对其顶礼膜拜，不加反抗——否则权力不会如此傲慢张狂。这一点在"颍河镇"词条中关于《真相》的文字中我们已经做过阐发。但我们不能把一切责任推给封建传统。从另一角度来说，封建等级意识之所以能延续到今天，作为重要载体的不合理的权力体制难辞其咎。不受约束的权力就是一种特权，有特权就有等级，特权意识和等级意识同气相求、互为表里。建立公正合理的权力体制，打破特权意识和等级意识，营造一个良

---

① 墨白：《我为什么而动容》，《事实真相·序言》，四川文艺出版社 2001 年版，第 5—6 页。

好的社会环境，对于改善民众的生存境况和重塑民众的精神意义重大。

除此之外，我们还应对现代性展开反思。竞争是现代性以来才逐渐形成的一种主导性的社会意识，也是现代性的推动力。而且，这种竞争又总是以金钱为衡量标准和最终追求的。竞争就意味着有成有败，就意味着社会分化。公平竞争只是一种理想，为了在竞争中胜出，人们往往不择手段，从而不可避免地带来人性的沉陷，带来怨恨和伤害。《岸的影》① 中，战士和新社从小一块长大，关系亲密得胜似兄弟。随着家底较好且精于算计的新社在发财致富的路上遥遥领先，战士的心中逐渐被仇恨填满。在仇恨的驱使下，他丧失了理智，偷偷去新社的船上做手脚，极其苛刻地对待自己以求尽快弄到大把钞票好扬眉吐气。当他意外发现颍河涨水而导致别处的沙滩被移位到他们镇子的河湾里时，他疯子一样试图将这笔财富据为己有。结果，他抛向新社的铁锹砍中了明媚——新社的妹妹，善良、美丽、宽容且深爱着他的女孩。在《情与仇》和《月光的墓园》中，我们也看到了战士的影子。《情与仇》中丰收为了击败秋老开，把秋老开的女儿、深爱他的丁香作为复仇的棋子；而《月光的墓园》中老手也因为仇恨而辜负了一直在等待他的青萍，毁掉了自己的人生。社会的现代转型带来的竞争和社会分化，导致了人们的生存困境和苦难意识，也导致了人性的沉沦和异化。人们与苦难的搏斗中，遗失了纯真，磨钝了情感，为了挣脱苦难不惜将别人推入苦难之中。正如陈晓明所说，苦难在某种意义上是现代性的产物。要想彻底走出苦难，仅仅靠发展生产力和建立公平、公正的社会体制还不够，我们必须建设一种新的文明，一种不是由竞争主导、煽动欲望和仇恨的文明。在这种新的文明形态下，人们彼此善待，有尊严地活着，不再有任何形式的等级分化，不再有屈辱、嫉妒和仇恨，也不再有苦难的侵扰。

这是一种永远无法实现的乌托邦吗？笔者相信墨白不这样认为。如他所说，苦难更多的是来自我们人类自己，来自我们的精神世界。是的，现在我们看到的人性令人沮丧，嫉妒、仇恨、贪婪、自私、没有信仰、欲望

---

① 墨白：《岸的影》，《河北文学》1987 年第 6 期。

膨胀……但这并不是人性的本来面目，这只是在由男性主导的文明中被塑造出来的人性。在明媚、青萍、丁香等女性人物身上，我们看到了人性的另一面，她们善良、包容、不慕名利、用爱而不是仇恨来面对这个世界。墨白苦难叙事中的主角大都是男性，他们活得挣扎，满腹辛酸，也满腹怨恨。除了解释为墨白更便于从男性人物的视角来观察和感受世界，或许还有另外一种解释，那就是女性的宽容、平和使她们的苦难意识本就比男性弱得多。在短篇小说《太阳》[①] 中，我们看到"她"的苦难并不是来自生活的艰辛和自己的衰老，而是染上了赌博恶习的儿子。当得知儿子已经收心正谋划要做皮革生意时，苦难就消失了，"她抬起头来，看到了西边那轮火红的太阳"。《琳的现实及其以后的生活》中读大学的媛媛的出现对琳是一种刺激，让她变得沉默，为自己的境况感到悲哀；《蒙难记》中春耕的二层小楼对于雷震雨也有同样的意义。但对比琳对媛媛和雷震雨对春耕的态度，我们还是会发现不同：琳对媛媛只是羡慕，而雷震雨对春耕则有一种强烈的敌对甚至仇恨的情绪。墨白从未在自己的文字和访谈中谈论过女性主义，但他的作品却包含着深刻的女性主义思想：我们要建立的超越现代性的、更加人性化的文明，必将是一种更具女性特质的文明，它将把我们从欲望和仇恨中解放出来，超度我们走出苦难。

---

① 　墨白：《太阳》，《延河》1992 年第 2 期。

欲　望

　　在当下语境中，欲望无疑是一个贬义词，甚至是一个洪水猛兽般的概念，我们清楚它的危险，但却无法抗拒。对权力的欲望、对金钱的欲望、对肉体的欲望，我们深陷欲望的泥潭中，欲望成了一种巨大而神秘的力量，左右着个体的行为，推动着社会的运转。2012 年 9 月，墨白在接受《文艺报》记者采访时谈道："'欲望'是一个简单却无比辽阔的词。在词典里对'欲望'的解释十分简单，其实这个词与我们人类的历史进程、与现实生活中的每一个人都有着密切的关联。几乎一切都和欲望有关，可以说现实社会已经被各种各样的欲望所统领。"① 不过，我们是无法在绝对的意义上清除掉欲望的，而欲望本来也不必是贬义的。斯宾诺莎把欲望界说为"我们意识着的冲动"，而冲动是"人的本质之自身"，是从人的本质本身产生的足以保持他自己的东西。② 没有冲动，就没有生命，但不是所有的生命都有欲望，欲望乃人之专属，因为唯有人能意识到并通过主观努力去抑制或满足欲望。墨白也援引德勒兹指出："欲望是一种必然的存在，欲望是人类生命力的本质，是人类个体存在的动力因，是维持作为实体和自身的存在力量。……情欲和欲望在其实现的过程中，比意识和思想更能有效地转化成创造力。"③ 作为人类存在本质和创造力量

---

　　① 墨白访谈：《现实社会已被各种各样的欲望所统领》，《文艺报》2012 年 9 月 3 日第 1 版。

　　② ［荷兰］斯宾诺莎：《伦理学》，贺麟译，商务印书馆 1983 年版，第 107 页。

　　③ 张延文：《中国社会产生现代派的土壤》，刘海燕编《墨白研究》，大象出版社 2013 年版，第 73 页。

的欲望之所以沦为罪恶的渊薮，是其与社会历史的复杂纠缠所致。探索欲望的这一嬗变过程意义重大，借此我们可以更好地理解我们自身以及我们所处的世界。

在各种欲望之中，性欲又有着特殊的地位。相对于物质欲望和权力欲望，性欲受到文化最严厉的压制，禁欲主义是一种世界性的文化现象。不过，性欲也是一种本源性的欲望，如弗洛伊德所说，对性欲的控制、管理是我们构建起社会的前提条件，我们文明所依赖的所有能量均来自"力比多"——通过控制节约下来的性能量——的升华。另外，人的性欲不是一种动物性本能，它受到政治、文化、情感等各种力量的塑造，隐含了丰富的隐喻和象征意义。所以，墨白说："我的写作是关注人的性爱生活的写作，是关注人类精神历程的写作。我的写作不单单是把性生活看成是一种生理现象，同时也把它看成是一种文化现象。"① 他的扛鼎之作"欲望三部曲"就是以性为切入点和主线，巧妙地将历史、政治、文化等社会生活的各个维度编织进来，描述了社会转型期欲望膨胀导致的人性的沉沦和蜕变，揭示了历史和现实中的种种畸形权力格局给个人乃至整个民族带来的精神创伤。因而，本词条将围绕墨白的"性叙事"展开。

一

性本是一件自然的事情，它是我们重要的日常生活内容，但在封建道德的长期训诫下，性却成了一个不能见光的话题。人们私下对异性无比渴慕、觊觎，甚至不择手段地去追求性的满足，但在口头上却对性大加挞伐，并从道德和身体层面对犯忌的同类施以严惩以显示自己在这一问题上的纯洁。这种虚伪和分裂成了我们民族性格的重要部分，人性被严重异化，人的权利和尊严无从得到维护。

墨白早期的短篇小说《光》② 尖锐地撕破了人们虚伪的道德面具。水性极好的顺子在一种恍惚的精神状态下，扎猛子从码头西边游到了码头东

① 墨白：《重访锦城·自序》，长江文艺出版社 2000 年版，第 3 页。
② 墨白：《光》，《百年百部微型小说经典·六十年间》，四川文艺出版社 2012 年版。

边，那是女人们的浴场，于是遭到女人和男人们不约而同的攻击，辱骂和沙石像暴雨一样把他淹没，"那一刻，顺子感到了绝望"。如果不是突如其来的暴风雨把他解救出来，我们不知道他会怎样，在这个晚上以及以后的日子里。就在大家赤身裸体地逃离之际，河水里传来了一个女孩的呼救，人们站成一群雕像，除了迟疑一下后飞跑过去的顺子。"他们仿佛被突来的雷雨吓住了"，仿佛，我们倒希望他们是真的被雷雨吓住了。相比出于自保不去救人，"严男女之防"导致的冷漠更可怕。这一场景后来出现在《梦游症患者》中，渔夫老鳖捡拾了人们在暴风雨之夜仓皇丢在河岸边的衣服拿到街上让大家认领，但人们耻于承认曾经赤身裸体过，不仅不去认领，反而对老鳖怀恨在心。在很快到来的运动中，人们把老鳖拉到街上游行批斗作为报复。赤身裸体让他们感到羞耻，但迫害无辜的人却不感到羞耻，这就是他们的所谓道德感。

苏珊·桑塔格在《疾病的隐喻》中指出，每个人都不可避免地会受到疾病的困扰，但我们从来不是在纯粹的、肉体的层面上看待疾病，而是把种种文化的、道德的意义施于其上，疾病成为一种隐喻。于是，病人除了罹受身体上苦痛，还要遭受道德上的耻诟，后者尤其可怕。这对病人毫无助益，是文化对身体和生命进行遮蔽、扭曲和惩罚的一部分。所以，桑塔格写作此文，"是为了揭示这些隐喻，并借此摆脱这些隐喻"①。在《局部麻醉》②中，墨白响应桑塔格让我们看到，如果一个人的疾病涉及隐秘部位，那么他将会受到多么残酷的对待。那个阴茎充血的老人，在白帆看来单纯是一种病，是意外撞到了兴奋神经的结果，但"四号病室的门口，就此再也没有断过围观的人"。尽管没做任何错事，老人还是陷入深深的羞愧和自责中，不做任何申辩，把自己吊死在医院的树杈上，引来了一群哈哈大笑、面目不清的围观者。黄院长寡居的老娘怀孕难产，黄院长脑子里只有如何封锁消息保住颜面，对身陷险境的母亲没有一点关切。那个年过六十的老女人不停地号叫，我要生，我要生……这是无比崇高的声音，是对于生命无条件的爱和呼唤。但院长却

---

① ［美］苏珊·桑塔格：《疾病的隐喻》，程巍译，上海译文出版社 2003 年版，第 5 页。
② 墨白：《局部麻醉》，《花城》1998 年第 1 期。

感到耻辱和仇恨。

　　白帆在做这一切的时候，感触到了院长从背后射过来的复杂的目光，那片丛生的杂草，使他感到了耻辱。白帆想，你不应该用这样的目光看着你的出生之门，实际我们每一个人都是来自这里。可是，多年以后，当我们长大成人重新来面对自己的出生地的时候，为什么要用一种羞耻和仇恨的目光来对待她呢？她错在哪里？她错就错在把我们生在这个人世上。

　　人们窥视和传播别人的隐私并从中取乐，不仅不感到羞耻，还满怀道德的优越感。但他们从不把那种道德的尺度施于自身，对于自己干着的疯狂而丑陋的勾当，不会有丝毫不安。

　　墨白谈到手淫时以非常前卫的姿态写道："在我们每一个人的成长过程中，都会有关于性这种让人难堪的事实存在着，但是那些不可启齿的事实将永远隐藏在我们的内心深处。在他的一生里，一直到他离开这个世界，他都不可能对任何人讲起，那些最清晰的画面和情景将会沤烂在他的心里，随着他肉体的腐烂而腐烂。可以这样说，没有这种隐私的男人不能算得上一个真正的男人，他们把自己的欲望之火藏在黑暗之中，并把那隐私带进坟墓，可这种欲望的历程却一次又一次地在我们中间神秘地重演着，一代又一代地延续着，这种在黑暗之中燃烧的火焰成了我们人类精神的最重要的取之不尽的源泉，那些神秘的种子永远埋藏在我们生命最旺盛的深处，那种子远离阳光却能在黑暗里开花结果。"[1] 因为文化，欲望之火只能藏在黑暗中，但它始终在熊熊燃烧，甚至可能比在阳光下燃烧得更加旺盛。拉康告诉我们，禁忌之物对人们具有特别的吸引力，人们总是狂热地试图获取它们。禁欲主义不仅达不到目的，还会刺激欲望病态地膨胀，对人的精神和人格成长产生巨大的负面影响。

　　在《欲望·黄卷》中的吴西玉身上我们清晰地看到了这一逻辑。在陈

---

　　① 　墨白：《重访锦城·自序》，长江文艺出版社 2000 年版，第 1—2 页。

州师范的时候有多个女性曾经在他丰富的情感世界中掀起过波澜，诸如七仙女、童玲玉、杨景环，但吴西玉最终选择了小学时的同学牛文藻。这一选择和当年的一起刑事案件有关。吴西玉小学时的班主任涂心庆强奸了班里的女生牛文范，并将其杀死在河道里的芦苇丛中，这件轰动一时的案件对孩子们尤其是对吴西玉的心灵产生了巨大的冲击，是他和渔夫王狗发现的凶案现场。牛文藻就是牛文范的妹妹：

> 我在大人们的各种各样的讲述里，隐隐地感觉到这个女孩和那个死去的女孩之间肯定有着许多相同之处，那种不明朗的东西深深地吸引着我，这或许就是后来我立志要娶她为妻的最初因素。

那时吸引他的东西尚是"不明朗"的。几个月后，这种东西变得明朗了。从涂心庆被枪毙的布告上，吴西玉知晓并记住了"强奸"这个词：

> 那个词压在我的心上，像一个巨大的谜团，那谜团把涂心庆和那个死去的女孩都包裹了进去，同时还包裹了牛文藻。我总在想，牛文藻和她的同胞姐姐肯定有着许多相同之处，我十分想走进那团迷雾。许多年后当牛文藻躺在我的身下尖叫的时候，我才突然明白我为什么会一次又一次放弃接近别的女孩的机会，会一门心思的娶牛文藻为妻的真正原因，我知道那种情结是在我的少年时代就埋下了种子，使种子发芽开花的动力或许就是当初我根本就不懂得它的含义的一个动词，那个动词就是：强奸。

墨白对语言的认识非常深刻。海德格尔告诉我们，语言是存在的家，没有语言就没有世界，语言召唤事物向我们现身，"语词破碎处，无物存在"。"强奸"一词向吴西玉宣告了一种神秘的、邪恶的、被禁止的行为的存在，唤起了他对这一行为的好奇和向往，也可以说唤起了他对这一行为的欲望——当然，由于他对性事懵懂无知，这种被唤起的欲望还是一种强烈但模糊精神指向，尚没有充实进肉体的内容。恰如拉康所说，欲望是由语言引发的，禁止觊觎邻居之妻的戒律会使占有邻居之妻的欲望愈加强烈。强奸案件以及粗鄙低俗的文化环境施加其上的神秘、暧昧的色彩，使吴西玉的性意识朝着一种畸形的方向发展，最终造成了他的婚姻悲剧。

　　结婚后，吴西玉成了牛文藻对男性进行报复的工具，极端屈辱的经历扭曲了后者的性情，导致了她对性极端的冷淡和仇视。她越是在性事上对吴西玉亮红灯，吴西玉的欲火就越旺盛——拉康的逻辑再次得到证明。牛文藻是一个妇产科医生，每次流产手术都会激起她对男人的仇恨，自然，这些仇恨要宣泄在吴西玉身上。她给吴西玉讲述手术中女人的痛苦，然后把他骂个狗血喷头，碰她的身子是不可能的。"可越是这样我就越想和她做爱"，结果自然是遭到激烈的抵抗而无法得逞。

　　　　多年以来，我常常过着这种苦不堪言的日子。在夜里，我常常在淫梦中惊醒，望着躺在我身边的这个女人，就发誓要得到这世上我所遇到的每一个女人的肉体。

　　吴西玉饥渴到了与那个洗产包的老女人发生关系，之后，罪恶感、堕落感和羞耻感像蛊毒一样侵蚀着他的身心，他很难再找回对自己、对生活的信心和希望了。

　　在欲望的层面上，《梦游症患者》中的尹素梅是吴西玉的另一版本。因为出身梨门，封建思想严重的公公对她怀有偏见，把她视为要败毁儿子的狐狸精，每每在他们做爱的时候出来干涉。结果，思想负担过重的王洪民成了性无能，尹素梅则"像干裂的土地一样终日得不到灌溉，她变成了一个如饥似渴的女人"。她和小叔子私通，甚至从傻子外甥文宝身上寻求快感，这种败坏人伦的行径为人不齿。我们应否对吴西玉和尹素梅持一种同情态度以及在多大程度上去同情他们并不重要，重要的是我们要借此对禁欲主义文化展开思考，以发展一种健康的、开明的对待性的态度，如墨白所说，"性不是小问题，我们只有真正面对性爱，才能挣脱套在我们心灵上的枷锁，才能使人性得以复苏和扩张。"①

黄穗中作品：墨白小说《霍乱》插图（原载《花城》2003 年第 6 期）

二

禁欲主义是对人性的戕害，放纵情欲同样会使人性导向异化。如今，我们的文化中弥漫着淫靡堕落的情色气息，在性解放、性自由的口号的掩盖下，人们对性越来越重视，也越来越随意，无所顾忌、不择手段地追求不断膨胀的性欲的满足。然而，当性被等同于肉体的快感，从家庭、爱情、责任中剥离出来并受到人们狂热追逐的时候，不仅家庭因凝聚力削弱而面临解体，并引发一系列严重的社会问题，个体也不会得到真正的满足，即时的、肉体的满足只会让他们变得空虚和孤独。在短篇《阳台》②中，墨白用轻松调侃的笔法讽刺了对待性的游戏态度：一对夫妻都觉得父亲住院是牵制住对方的好时机，他们各自找借口脱身，带情人回家幽会。于是，丑剧在一个狭小的空间内上演，夫妻俩先后让自己的情人躲到阳台上，然后试图支走对方，但各怀鬼胎的他们谁也不敢让对方留在家里，结果只能是一起去医院。当他们之后分别心急火燎地往家里打电话时，他们的情人已经火速勾搭在一起要去开辟新的"战场"了，"她挎着他的胳膊沿着楼梯往下走，他们隐隐约约听到那急促的电话铃仍在不停地响着"。没有父子情，没有夫妻情，也没有爱情，只有谎言、欺骗和赤裸裸的情欲，但愿这不是我们的世界。《欲望·红卷》中，墨白这样描写和三陪女小红在镜子前做爱的谭渔：

---

① 墨白：《重访锦城·自序》，长江文艺出版社 2000 年版，第 3 页。
② 墨白：《阳台》，《神秘电话》，吉林出版集团有限责任公司 2010 年版。

　　……他听到他们的肉体像一面白色的风帆在河道里被狂烈的风吹得哗哗的作响，从那面镜子里，谭渔看到了他那张充满了兽欲的脸是那样的丑陋不堪，他甚至有些害怕那张面孔……

　　而在《欲望·蓝卷》中，谭渔这样对方立言讲述黄秋雨《手的十种语言》中关于"未来"的绘画的内容：

　　　　未来的一切，都包含在欲望之中。人在欲望之中是丑陋的，因为，当人们真的进入欲望之后，就和动物没有什么区别，因为忘我，他们原形毕露，他们已经看不清自己到底什么模样，记不起来自己到底是谁。谭渔停顿了一下说，我曾经看过一些他存放的西方人拍摄的影像资料……人在做爱的时候，模样真的很丑陋。……

　　性本身当然并不是丑陋的，如前文所说，它是人性的自然，是生命成熟后的喷薄与绽放，是"莲花盛开的天堂"①。丑陋的是欲望，是性的膨胀和放纵。

　　本来美好的性何以沦落成了丑陋的欲望？《欲望·蓝卷》中黄秋雨对《手·性欲》那幅草图的说明中包含这样的文字：

　　　　这是一种临时性的精神疾病。……这种疾病和癌症等疾病一样，只在灰暗无光的房间里传染。那些呼吸纯净空气、吃食简单的野蛮人，从不受它的侵扰。

　　野蛮人有出自本能的性冲动，但没有和人一样的对于性的欲望，可见欲望是人类社会的产物。卢梭曾表达过类似的观点，他认为野蛮人只有自然的性冲动，这种冲动可以在任何一个不加选择的异性身上得到满足，一旦满足，欲望便随之消失。所以，原始人很少受欲念之累，性情温和。人

————————————

① 《欲望·蓝卷》中米慧写给黄秋雨的诗，描绘了性爱的美好。

则不同，人的偏爱心、虚荣心会刺激这种冲动，使之不断膨胀而无法满足。"对异性的爱，同其他欲望一样，是在进入社会状态之后才发展到狂热的程度，从而给人类往往造成灾难性的后果。"①

精神分析学家埃里希·弗洛姆希站在了卢梭的立场上，对欲望的产生进行了更加精辟的阐说。他宣称，人的行为最强大的推动力不是来自人的动物性本能，而是来自人与动物的相异之处——人类独特的生存状况。动物的存在特征在于人与自然是一体的，没有自我意识、死亡意识，如卢梭所言，它的需要不会超出身体的需要。人则不同，"在人具有了理性和想象力时，他也意识到了自己的孤独、隔离、无能和渺小，他的生与死的偶然。他一刻也不能面对这种现实，如果他不能找到与同类的新的联系纽带以代替有本能控制的旧的关系的话。即使所有的生理需要都已得到满足，他也会觉得自己像关在孤独与自我的监狱之中，他必须冲出这个监狱才能保留理智的健全"②。这样，与他人和世界结合、产生联系的需要，代替弗洛伊德的力比多成为人的行动的巨大推动力，成为人内在的、本源性的需要。显然，这种与他人、与世界结合的需要和愿望，本身并不意味着欲望和罪恶，相反，正是出于这种需要，我们才会产生爱的情感，亲情、爱情、友情，都是为了建立与他人和世界的亲密关系。然而，如果不良的社会环境阻碍人产生爱的情感，人就会寻求其他的结合方式以获得满足，比如，酗酒、吸毒和纵欲。在酒精和毒品的麻醉下，世界会暂时消失，孤独感、隔离感也会随之消失。但清醒过来之后，他们的孤独感反而加剧了，所以不得不重复麻醉自己。"在某种程度上性纵欲是克服孤独感的一种自然和正常的方式，并有部分效果。许多不能用其他的方式减轻孤独感的人很重视性纵欲的要求，实际上这和酗酒和吸毒并无多大差别。有些人拼命想借放纵性欲使已克服由于孤独而产生的恐惧感，但其结果只能是越来越孤独，没有爱情的性交只能在一刹那间填补两个人之间的沟壑。"③

---

① 〔法〕卢梭：《论人与人之间不平等的起因和基础》，李平沤译，商务印书馆 2007 年版，第 78 页。

② 〔美〕埃里希·弗洛姆：《健全的社会》，王大庆等译，国际文化出版公司 2007 年版，第 34 页。

③ 〔美〕艾·弗洛姆：《爱的艺术》，李健鸣译，上海译文出版社 2011 年版，第 14—15 页。

　　《欲望·红卷》中谭渔的沉沦正是出于这样一种需要。一个农村小学教师，靠写作上的成功调进了文联，从而进入了城市。之后，他爱上了城市知识女性叶秋，为此抛妻弃子。荒唐的是，他不仅深藏着对初恋周锦的怀念，还同时与小红、小慧、赵静存在情感上的纠葛。最终，由于应对世事的笨拙，他在工作上、情感上都受到挫败，无家可归。这看上去似乎是陈世美的现代版本，作者也在行文中对谭渔进行了讽刺和批判。然而，如果我们以为这部作品只是从婚姻道德上对谭渔进行批判，抨击其炽烈的欲望及其必然带来的灾变，那就远没有把握作品的意旨。

　　《欲望·红卷》第二部的第一部分——标题为"1992年春天"，曾先以《进入城市》为题发表过。因为渴盼，才要进入。城乡二元格局给谭渔们留下了难以磨灭的精神创伤，这使他们的进入带有一种征服、复仇的强烈意味，这注定了他们将来寻求认同的艰难。进入城市之后，一雪前耻的快感并没有维持太久，谭渔很快陷入了新的生存困境：他对这个城市极为陌生，居然没有一个可通电话的人，他不理解同事汪洋为了钱而放弃文学去搞什么大学生爱情诗集，内心也不能适应官僚主义无处不在的侵扰，贫困依然不时制造点窘迫提醒他别忘了根在哪里……谭渔发现自己依然没有进入这个城市的内部，寂寞、孤独、对交流的渴望困扰着他。

　　回头已无可能，"项县之旅"和"周末雪夜步行回家"作为两个具有象征意味的事件喻示了这一点。在项县之旅中，谭渔寻找他昔日的恋人周锦，以安放他漂泊无依的情感，但周锦已经悲惨地离开了人世，谭渔的心被痛苦撕裂，冒着纷飞的大雪连夜逃离了那里。在另一个大雪纷飞的夜晚，他满怀思念和期待步行几十里回到家中，却在房门上摸到一把铁锁，"那一刻他的心刷的一下仿佛也被铁锁锁住了"。过去的人和地方，都已对他关闭，他只能向前，在陌生的城市中寻找认同和归属感。

　　和叶秋的恋情可以视作谭渔寻求被城市认同的努力，叶秋的优雅、高贵正是城市文明的代表。墨白意味深长地把叶秋的眼睛比作一潭秋水，谭渔这个常在颍河里洗澡的鱼儿更渴望在这潭秋水中游泳：

　　　　他知道自己已深深地爱上这潭秋水了，他知道他已经是个不可救药的溺水者了。那秋水清澈透明，却使他探不到底，那潭他望不穿的秋水呀！

在另一处，墨白以迷宫来隐喻城市：

> 这城市本身就是一座巨大的迷宫，他知道他没法走通这个迷宫，
> 我一个文弱书生、一个从乡间赶来的农民的后代，在这座迷宫里最终
> 将被折磨得筋疲力尽。

谭渔无法走通城市的迷宫，也无法穿透那一潭秋水，进入女人是进入城市的象征。然而，正如谭渔无法从精神上融入城市，他最终也没有真正进入叶秋的世界。

关于谭渔和叶秋之间的感情破裂，墨白交代得很含糊。谭渔和小红的"出轨"似乎只是作者的一个叙事上的设置，是为了让叙事进行下去随便找到的一个理由。除此之外，我们能得到的信息就是两人家庭、工作方面的种种牵绊，用这些来解释两个相爱的人的分离也有些牵强。或许两人之间还有更深层障碍，这些是谭渔本人意识不到，而立足谭渔的内聚焦叙事也不便讲述的。先说说那个行踪诡异的赵静，她很可能是谭渔梦境中的一个人物，弗洛伊德告诉我们梦的运作机制是移植和凝缩，赵静身上的一些细节就是从谭渔身边的其他女性身上移植过来的：她和谭渔重访项县时没有见到的一个女同学重名，谭渔和她交往中的一些片段则和叶秋重合，比如，一起走过花坛，在小餐馆吃饭，女方还喝了一点白酒。如果与赵静的交往是谭渔本人的一个幻梦，那么赵静就是谭渔理想中的恋人，她是叶秋和兰草的合体，优雅、浪漫、富于包容和牺牲精神，她对谭渔非常崇拜并愿意为他付出一切。然而，叶秋不是赵静，她深得如一潭秋水，不会对谭渔言听计从，如同这个城市，接纳了他却又不属于他。也就是说，尽管谭渔自认为深爱着叶秋，但依然存在于他内心深处的自卑、敏感和脆弱使他无法和叶秋建立起一种彼此平等、理解、信赖的深厚情感，因而，当叶秋因调到省城和他暂时分开时，他虽能理解，但仍然生出了无限的怨恨和伤感，以致立刻踏上了寻找小慧的旅程。当他不能从与叶秋的关系中获得满

足而走向小慧时，他已经沉沦在欲望的迷途之中了。以爱的名义寻找小慧，却轻率地和小红发生了关系，"爱情的面孔"昭然若揭。或许，这也是他和叶秋关系的真相。如弗洛姆所说，没有爱情的性是不能让人获得满足的，以此作为克服孤独手段的人不得不重复进行纵欲行为。所以我们看到，谭渔幻想着进入每一个漂亮的城里女人。在列车上看到乘务员纷乱的黑发，他想到的是：

　　　　她或许刚刚睡醒，夜间她是怎样睡的？这样一个漂亮的女孩闲了一夜真是可惜。

这时的谭渔俨然成了一个"性瘾者"。

我们不能把谭渔和叶秋的分手归咎于叶秋，在这篇以谭渔为聚焦展开叙事的小说中她是失语的。把责任推给谭渔，指责他对爱不忠、咎由自取也不合适。墨白和谭渔是一代人，他真诚地向我们展示那一代由乡入城的知识分子的心灵史，而且，城市二元格局依然存在的今天，无数人依然会承受着和谭渔一样的焦灼、孤独和迷失。理解谭渔就是理解我们自己，唯有如此我们才有可能清醒地检视我们的时代境况，审察并割除我们的精神固瘤，进而培养起健全的人格。

三

和谭渔相比，《欲望·黄卷》中吴西玉进入城市的道路要平坦得多：受惠于"文革"平反后调回省城的岳父，他从锦城团市委副书记到省城某高校团委副书记，再到陈州挂职副县长，可谓官运亨通。他比谭渔更深地进入了城市的内部。对谭渔来说，城市是一个令他眩晕的迷宫，他和在他的故事中出场的吴艳灵、雷秀梅一样生存在城市的外围，代表城市的叶秋、小慧的世界他没有真正进去，赵静只存在于他的想象之中，至于汪洋、方圣、二郎等人，代表了让他头破血流的城市生存法则，处于和他对立的一方。而吴西玉则不同，他真正"攻陷"了城市，有着令人艳羡的职位和背景，和他来往的一干同学于天夫、白煦然、钱大用等也都是有着一定身份和地位的人物。如果说他的老婆牛文藻还有一半的血统在农村，那么尹琳、杨景环都是"纯正"的城市人。然而，吴西玉的焦虑、迷惘却更甚于谭渔。通过他的视野和感受，一幅为欲望所支配、纷乱颓废的城市生存图景展现在我们面前。

不仅在生存境况上，在性的方面，吴西玉也比谭渔要"幸运"得多。虽然妻子牛文藻是性冷淡，但他还拥有尹琳。前面我们谈到，赵静是谭渔的理想，而尹琳是现实中的赵静，她与吴西玉的相识完全是赵静和谭渔的翻版。赵静被谭渔的《孤独者》打动走进了谭渔的生活——准确说应该是幻梦，尹琳则被吴西玉的《永远真诚》组诗打动走进了吴西玉的生活。尹琳性感、浪漫、富有激情，崇拜和包容吴西玉，在性爱方面的表现可谓无与伦比。然而，即便拥有了这个尤物，吴西玉也不能得到解脱。不在尹琳身边，他感到孤独，渴念她的身体；和尹琳在一起的时候，又会感到烦躁和压抑，迫不及待地想要逃离。其个中缘由在于，没有爱情的纵欲是不能使人获得真正的满足的，尹琳对于吴西玉来说只是性的对象。

尹琳说，等有一天我不想的时候，你什么都没有了。

一语道破玄机。吴西玉并不真的了解尹琳，他从不关心对方想要什么，对于尹琳他只有欲望，他想从尹琳那里得到的也只有欲望。吴西玉为什么不能爱尹琳？是因为他无法摆脱牛文藻的控制吗？吴西玉是这样认为的。其实不然，真爱是可以超越一切障碍的，这句话虽然俗套却也是真理。况且，尹琳对权势看得很淡，她对拿前途搪塞她的吴西玉说："你再升，也不就是个正处级吗？"和余宝童相爱的时候对方只是一个瘦弱贫寒的农村孩子，尹琳还是义无反顾地为他付出一切。尹琳非常真诚，她一直在寻找真诚，也是因为吴西玉的《永远真诚》走进了他的生活，吴西玉至少可以尝试一下告诉尹琳所有的事情，然后看看她能不能接受可能会失去一切的自己。这样可能会失去尹琳，但能赢回尊严。可是他没有，他始终在尹琳面前编织谎言，也让自己陷入自卑、羞愧和痛苦之中：

……我觉得尹琳说的不是余宝童，而是在说我。我和她说的那个余宝童在本质上有什么差别呢？在灵魂深处，我们是一丘之貉。

也正是因为他承认这一点，他不同于余宝童，后者根本不懂得羞愧。在小说中吴西玉不止一次地谴责自己：

> 如果街道真的是一道河床，那么，我们人类不就是那些被污染的河水吗？
>
> 我们都是一些没有灵魂的人了……

有羞耻心，但无法磊落地做人。吴西玉清醒地意识到自己的堕落，但他对自己已经失去了信心，他选择了任由自己在污浊的河流中漂浮。这样一个人，是不能给尹琳一场轰轰烈烈的爱情的。在弗洛姆的意义上，他丧失了爱的能力。

对于城市，谭渔由于无法进入其内部，尚能保留一点想象和希望，吴西玉则目睹了其掩盖在华丽外表之后的丑陋和苍白。钱大用、于天夫、白煦然、田达……出场的这些各色人物，都和吴西玉一样迷失在欲望之中。钱大用，他的名字就是他的价值观，也是主导我们这个社会的价值观——钱有大用。于天夫，"吁天夫"，因为官场受挫，他长吁短叹、借酒消愁，终于得了绝症。对金钱和权势的贪恋分别是占有型人格和支配型人格的体现，这样的人格必然体现在他们对待异性的态度上。钱大用对田达和吴西玉对杨景环本质上没什么不同，他们的爱早已消散，和对方发生性关系是怀着一种卑劣的复仇心态：宣泄当年思而不得的怨恨和屈辱。性在钱大用那里还是一种商品，可以用钱购买。于天夫得到大家共同爱着的七仙女陈仙芝的垂青，并到了谈婚论嫁的程度，却无果而终，我们不清楚这之中发生了什么，不能确定于天夫有没有把婚姻作为自己仕途的垫脚石，不知道他是不是应该为七仙女的悲剧承担一定的责任，但对比一下我们下文将要提到的同样罹患绝症的黄秋雨，就可以看出境界上的高下：黄秋雨心中有爱，于天夫心中只有自己。七仙女落水而死的消息传来：

> 我们这些曾经爱过她的男人只是感到沉痛。我们互相询问，她是怎样掉进河水里去的，可是却没有一个人知道。我知道我们没有一个人想为了弄清她是怎样掉进河水里去的而再一次到那座精神病医院里做些调查，没有。就是我们想弄清事实的真相，可是我们谁能去呢？于天夫能去吗？钱大用能去吗？我能去吗？看来我们都没有了这种可能，因为我们都很忙。于天夫忙着保命，钱大用忙着挣钱，我忙着应付我身边的那两个女人。我们只是感到沉痛，我们只是想起一些我们曾经经历过的往事。这就是我们这些可怜的人。

沉痛只是一个空洞的姿态，只是显示自己重情恋旧的表演，唏嘘感慨之后，什么也没有了。没有谁真正关心她，没有谁愿意抛开蝇营琐细进入她的生命和精神，"我们"爱的只是她的美貌。这就是谭渔们渴望进入的城市，灯火辉煌、衣衫革履包裹着的是欲望，而不是爱。吴西玉进入杨景环的身体后，发现并没有想象中的美好：

> ……这就是一个女人全部的秘密吗，二十多年来我一心想报复的女人就是这个样子吗？她的肉体是那样的丑陋！

这是杨景环的裸体，也是城市的真实图景的隐喻。谭渔面对迷宫般的城市感到乏力和眩晕，而深入其中的吴西玉感受到的是颓废和绝望。

我们还要谈谈牛文藻这个人物。在性的方面她处于和吴西玉他们相对的一极，极端屈辱的经历扭曲了她的性情，导致了她对性极端的冷淡和仇视。不过，欲望的反义词不是冷淡，爱才是它们共同的反义词。性冷淡是没有能力给予爱的体现①，牛文藻也的确丧失了任何爱的能力，无论是对吴西玉和女儿还是对她的病人。和吴西玉结婚，一方面为了是应对世俗的

---

① ［美］艾·弗洛姆：《爱的艺术》，李健鸣译，上海译文出版社 2011 年版，第 29 页。

压力，另一方面是为了控制和折磨他以报复自己所遭受的屈辱。人际精神分析学派的创始人沙利文指出，人格是为了适应人际环境而形成的。[①] 仇恨使牛文藻成了一个统治者，一个施虐狂，她没有推翻而是延续了那种迫害、欺凌她的权力逻辑。过去是牛文藻的噩梦，现在她是吴西玉的噩梦。悲剧总是一再重演，我们并没有真正走出那段疯狂的历史，我们依然生存于一个病态的社会之中。不同之处在于，权力收敛了过去那种肆无忌惮的荒诞行迹，以科学、规范和隐蔽的形式继续对人性进行压制和规训。在精神病院里，吴西玉看到，医生只需要对亢奋中的精神病患者盯上一会儿，他们便会平静下来，目光变得畏缩。

　　我想他的眼睛里肯定有一种使那几个精神病患者感到恐惧的东西……这和我在看到了牛文藻的目光之后所有的心理反应相同。我和这些精神病患者有什么不同呢？

　　这种被注视下的猥琐目光也出现在《欲望·蓝卷》里黄秋雨的家属眼中，当时他们面对的是刑侦队长方立言。只要权力逻辑——从本质上说，金钱也是一种权力——还主导着这个社会，爱便不会生长出来，性就会是一种异化而非创造的力量。

四

　　在《欲望》的后记中，墨白写道："欲望的力量是强大的。对金钱的欲望，对肉体的欲望，对生存的欲望，欲望像洪水一样冲击着我们，欲望的海洋淹没了人间无数的生命，有的人直到被欲望窒息的那一刻，自我和独立的精神都没有觉醒；而有的人则从'欲望'的海洋里挣脱出来，看到由人的尊严生长出来的绿色丛林。我称这种因欲望而产生的蜕变为精神重建，或者叫作精神成长。"[②] 在红黄两卷中，谭渔、吴西玉在欲望的海洋中

---

　　① ［美］斯蒂芬·A. 米切尔、玛格丽特·J. 布莱克：《弗洛伊德及其后继者——现代精神分析思想史》，陈祉妍等译，商务印书馆 2013 年版，第 81 页。
　　② 墨白：《欲望》，湖南文艺出版社 2013 年版，第 568 页。

苦苦挣扎，找不到出路，他们没有能力将自己超脱出欲望的支配。直到《蓝卷》，墨白才通过黄秋雨展现出了不同的精神图景，向我们诠释了"精神成长"的含义。

红黄两卷中，谭渔和吴西玉主要是沉溺在自身的失落、焦虑和苦痛中，黄秋雨则不同，他在忍受个体生命的苦痛的同时还把深邃的目光投向历史、现实和未来，承受起了整个民族的苦难。脑瘤或许是一个意味深长的隐喻，是由那些巨大的痛苦凝结而成的。他的作品《手的十种语言》的历史部分向我们钩沉出那些正在被遗忘的历史，疯狂的、荒诞的、苦涩的历史。看看那些文字，我们就会认同谭渔对他的评价："他就是人间苦难的见证者和经历者。"黄秋雨是痛苦的，脑瘤就是由那些巨大的痛苦凝结而成。谭渔在《哭秋雨》中写道：

> 其实你的性格、你的思想、你的生活习惯是和这个社会格格不入的。在这个看重金钱、看重权势的社会里，在这个世风日下的社会里，你仍然坚持着那些从乡村里带来的习性，就注定了你该遭受的孤独和悲哀。……秋雨兄，你的身体太单薄了，你所坚守的你那间画室，难道就能改变社会的冷酷和贫乏吗？秋雨兄，你太傻了，或许这不是我们要待的地方。面对仿佛一夜间崛起的城市，面对被污染的空气和流水，我只能对你说，秋雨兄，回到你的乡村里去吧。

虽然黄秋雨从未在小说中正面出场，但我们知道他不看重金钱和权势，否则他不会捐出价值几百万元的作品，不会无所畏惧地爱上市委书记陆浦岩的妻子。我们也知道他不会像《红卷》中的谭渔那样，满怀怨尤地把乡村看成自己身后无法摆脱的阴影，因为一个超越了小我的人，一个以单薄的身体对抗社会的冷酷和贫乏的人，一个在精神上独立而强大的人，不会为自己的出身而介怀，就像不会为金钱和权势而介怀一样。或许，黄秋雨是"孤独和悲哀"的，但他不会通过沉沦欲望寻找解脱，因为他的孤独和悲哀正是来自对这个善于遗忘、麻木不仁、依然为权力和欲望的法则所支配社会的痛恨。面对死神的逼近，于天夫想着保命，

而黄秋雨想着为世人留下一笔宝贵的精神财富。在《法医》——讲述了
遭受迫害的傅雷夫妇选择冷静地自杀的往事——打印稿的空白处，黄秋
雨留下了这样文字：

> 耶稣是被罪恶的人类钉死在十字架上，他所受的耻辱远远大于我
> 们。可是，他为什么没有选择自杀呢？

决意效仿耶稣的黄秋雨不会自杀。病痛的折磨，权力的迫害，世人的
误解，甚至是体面和尊严的丧失，都不会让他选择逃避，因为他不是为自
己，而是为使命活着。"绘画不是职业，而是命运。"一旦超越了小我，超
越了功利和世俗，也就超越了欲望法则。或许是在黄秋雨的影响下，《蓝
卷》中的谭渔超越了《红卷》中的谭渔，他不再自怨自艾，不再为能否得
到城市的认可而焦虑。"这不是我们要待的地方"和"回到你的乡村去"
不过是心痛之语，他没有退回农村，也没有向城市屈服，而是扛起了黄秋
雨未竟的事业，为自由、平等和人的尊严呐喊奔走。面对刑警队长方立言
讯问时居高临下的强势态度，他愤然抗争、傲骨铮铮，与《红卷》中面对
王主席的官僚做派时满腔气愤但却表现得唯唯诺诺的谭渔判若两人。他的
独立、不羁乃至铁青的面孔，都有着黄秋雨的影子。

《蓝卷》的标题是"别人的房间"。房间是墨白小说中的一个重要隐
喻。历史是一个房间，他人也是一个房间。只有进入历史的隐秘地带，我
们才能辨识和切断那来自过去的黑暗之流。只有进入他人的精神世界，我
们才能产生同情、理解和爱。谭渔和吴西玉都只在身体上而没有在精神上
进入他人，他们并不真的了解叶秋、尹琳。黄秋雨则不同，他在艺术上致
力于探索人的灵魂，对于生命中的女性他也关心、尊重，始终没有放弃自
己的责任。一个情怀博大、思想深邃的人，一个对人类充满了悲悯之情的
人，不会把身边的女性当成欲望的对象。小说给我们展示了米慧、栗楠那
么多的书信，是要我们明白：她们从黄秋雨那里获得了爱。弗洛姆说，爱
意味着给予，"他应该把他内心有生命力的东西给予别人。他应该同别人
分享他的欢乐、兴趣、理解力、知识、幽默和悲伤——简而言之，一切在

他身上有生命力的东西。通过他的给予，他丰富了他人，同时在他提高自己生命感的同时，他也提高了对方的生命感"①。尽管在婚姻上无能为力，但黄秋雨是有能力给予爱的。米慧和栗楠分别在书信中写道：

> 你幽默、慧敏、体贴、宽容、沉毅、洒脱，有着让人景仰的成就，你是男人，十足的，几乎是完美的男人！该说的是，我真幸福，哪怕这幸福像火花闪过，但这火花却照亮了我整个黯淡的人生……
>
> 哥，我在心里一直替你很自信，哪怕对我自己都没有过的自信，我很清楚你的前途是什么，对我来说，你就是力量，那是从内心迸发出来的不可抗拒的东西，能够真正找到本我的东西，人有几个我，本我、自我、超我，我们应该有信心超我。

这些东西也许比婚姻还要重要。对林桂舒来说，她的市委书记丈夫什么不能给她？金钱、名利、地位，可她还是爱上了黄秋雨，因为她从黄秋雨那里得到了真正的爱情。那些俗人看重的所有东西，再加上婚姻，也不等于真正的爱情。黄秋雨一直在寻找真正的爱情，如果单纯为了欲望的满足，他不会"铤而走险"选择林桂舒。虽然无法得到世俗的认可，但黄秋雨和米慧们的关系绝不肮脏。他们都热爱自由和生命，有着孤独的、纯洁的、超尘绝俗的灵魂。在令人窒息的污浊现实中，这些灵魂一旦相遇，会马上认出对方，爱便不可阻挡地滋生出来，性只是爱的自然延伸。

在现有的道德观念下，为黄秋雨"多姿多彩"的感情生活做辩护只能自讨没趣，谭渔也只能避开其私生活而强调他的艺术追求："可能很多人都知道黄秋雨是一个花心的人，传说中他生活里有无数个女人，可是又有谁知道他是为艺术而献身？其实，从这个意义上，黄秋雨就是个殉道者。……他就是人间苦难的见证者和经历者。"一个殉道者绝不可能是一个道德败坏者。设想一下，如果黄秋雨和米慧们仅仅在精神上相互依恋和交融，还会有人指责他不忠吗？估计不会。所谓的不忠，如果只是

---

① ［美］艾·弗洛姆：《爱的艺术》，李健鸣译，上海译文出版社 2011 年版，第 30 页。

针对肉体，那么，精神和肉体到底孰轻孰重？如果精神上的出轨可以谅解，身体的背叛真的就那么难以容忍吗？我们当然应该同情金婉，但这并不妨碍我们同时也理解黄秋雨。

死是生的开始。因为介入了黄秋雨的命案，已经被长久的刑侦生涯毁掉了感受情感生活能力的方立言越来越多地了解和认同了黄秋雨，他比之前黄秋雨活着的时候更接近他。墨白煞费苦心地从方立言的视角讲述故事，不是为了展现他的刑侦能力，而是希望我们都能成为方立言。在真相浮出水面的时候，方立言已经走出了职业为其圈画出的狭隘视野，他开始对历史、现实和人性进行反思。小说结尾是这样一段富于象征意味的环境描写：

> 我走出宾馆大厅来到院子里，由于高大的楼体遮住了午后的阳光，或许是化雪的日子，我所处的环境里四处丛生着寒气。冷不了几天了。我知道惊蛰已过，万物都已经开始复苏。我抬头看天，雪后的天空已经透出春天里的几分湛蓝。

阴暗寒冷的不仅是天气，还是被权力和欲望封锢起来的人性和社会。要想迎来春天的湛蓝，我们不仅要进入黄秋雨的思想，对历史、现实展开反思和批判，还要进入他的情感，理解他和米慧们的真诚纯洁的爱——唯有爱，真正的爱，才能引领我们走出欲望的迷宫。

五

马克思和恩格斯曾指出："人们对自然界的狭隘的关系制约着他们之间的狭隘的关系，而他们之间的狭隘的关系又制约着他们对自然界的狭隘的关系。"[1] 这就是说，人们如何对待自然，也就会如何对待他人。现代性以来，人们逐渐改变了对于自然的敬畏态度，自以为拥有了对自然的无限权力，肆无忌惮地控制自然、利用自然以满足不断膨胀的物质欲望。当人

---

① 《马克思恩格斯全集》第 3 卷，人民出版社 1960 年版，第 35 页。

们像对待自然一样工具性地对待他人时，权力就成为人们孜孜以求的东西，对性的占有是这种权力的体现，也是权力的一部分。因而，如墨白所说，性是一种文化现象。我们需要抵制欲望的蔓延，但单单从道德上对某些个体进行谴责是无法达到目的的，因为文化的塑造力量无比强大。当前，将我们席卷其中的消费主义文化正是以欲望为推动力的，它通过不断满足又不断唤起新的欲望来维持和扩张自身，性也成了这种消费主义文化的手段和内容，电视上、大街上、商场里，浓郁的情色气息弥荡在我们生存空间的每一个角落，撩拨得我们心旌摇荡、焦渴难耐。这样一种文化氛围，怎能熄灭欲望的魔焰，培育起健全的人格？

所以，墨白关注性但不仅仅停留在性上，而是通过性的视角来对文明展开批判。他在小说中多次写道："城市的街道就像河流，被工业文明污染的河流，而我们就在河流中漂浮，我们灵魂像河水一样肮脏。"马尔库塞指出："这个社会把它所接触到的每一样事物都转变成了进步与开发、苦役与满足、自由与压迫的潜在来源。性欲也未能幸免。"[①] 从性放纵（不是性解放）中获得了充分的自由和满足只是一种假象，其实它是对人的一种压迫，因为那种旺盛的性欲不是生命的自然要求，而是以占有和支配为特征的现代文明的产物，它永无止境、永不满足，把人变成欲望的奴隶。所以，谭渔和吴西玉意识到了自己的沉沦，却无法从欲望的旋涡中挣脱出来。对于绝大多数个体来说，出淤泥而不染是不现实的。

要想从欲望的压迫中解放出来，需要发动一场社会文明的大变革，但文明的变革也只能是社会各个领域和层面逐步变革的结果。因而，性也可以是一种否定性的、变革性的力量。性在我们的生活中如此重要，如果我们能够在性的层面上抵制文明的侵蚀，把性发展为马尔库塞意义上"爱欲"，就像黄秋雨和米慧，那么就会有助于重塑我们的人格，有助于改变我们与世界的关系，有助于建设一种非攻击性的、以爱而不是欲望为主导的崭新文明。笔者认为，这也是墨白之所以对性格外重视的原因。

---

① ［美］赫伯特·马尔库塞：《单向度的人》，刘继译，上海译文出版社 2008 年版，第 63 页。

焦　虑

焦虑是现代人的一种普遍情绪，内在于我们的生存境遇之中。美国著名精神分析学家卡伦·荷妮指出，焦虑是我们所具有的最折磨人的情感，它和恐惧一样都是对危险的反映，不同的是恐惧面对的是直接危险，这时人们可能会变得积极而有勇气，但在焦虑的状态中，人们会感到难以忍受且无法摆脱的困扰、无助、烦躁、疲顿乃至绝望。焦虑是我们这个时代所有的病态人格的源头，为了对抗焦虑的折磨，人们发展出各种各样的心理防御机制，但这些防御机制只是缓解、隐藏和转移了焦虑，并不能从根本上消除焦虑，而且还会衍生更多的焦虑。比如，用纵欲来缓解焦虑，会引发身体健康和道德层面上的新的焦虑。不仅如此，焦虑的防御机制还会导致个体的思维方式、行为方式、感受方式的僵化，当这种僵化超出一定限度时，就形成了神经症人格。"与正常人相反，神经症患者遭受着比一般人多得多的痛苦，他始终得为他的防御付出额外的代价，因此在生机和扩展性上受到阻碍，或者更为具体地讲，在建功立业、享受生活方面受到阻碍……事实上，神经症患者始终在遭受着痛苦。"①

我们都在不同程度上受到焦虑的困扰，我们也都在不同程度地运用防御机制来对抗焦虑，因而，在正常人和神经症患者之间只有程度的差异，没有本质的不同。在某种意义上，我们都是神经症患者，或轻或重。荷妮对神经症的种种表现和形成机制进行了非常精妙的分析，对我们认识自己

---

① ［美］卡伦·荷妮：《我们时代的病态人格》，陈收译，国际文化出版公司 2001 年版，第11 页。

的人格和境遇有很大助益，却不能治疗神经症和消除焦虑。因为神经症是这个时代的产物，是人类为现代文明付出的代价。

这个代价显然是太大了。如果一种文明让我们深陷在精神的焦虑和痛苦之中，那么无论其给我们带来多么可观的物质财富，它存在的合理性都是值得质疑的。所以，书写现代人生命中的焦虑和绝望、反思现代文明对人性的异化和戕害一直是现代主义文学的使命之一。墨白是服膺现代主义的，很大程度上正是现代主义对人类精神状态的关切赢得了他的认同。焦虑自然也是墨白文学创作的主题之一。在他的以当下生活为题材的小说中，我们总能看到一些在无法排解的焦虑中苦苦挣扎的个体。我们应该去深入地理解他们，理解他们就是理解我们自己。

一

《白色病室》中，精神病科医生苏警已时常处于一种莫名的焦虑之中。小说开头就写道：

> 日子一天天地接近清明，苏警已面前酱紫色的桃枝上已经出现了暗红色的花蕾。他想，再有些日子这里就会荡漾着粉红色的芳香了。……他抬头看天，有一对鸟在淡蓝色的天空中翱翔，他心中不由得泛出一丝毫无理由的恐慌。①

苏警已是颍河镇医院中业务水平最高的医生，一度被提名为副院长的候选人，对他来说显然不存在生存压力，那他的焦虑从何而来？我们知道，弗洛伊德非常看重儿童期的经验，认为儿童期的创伤对于个体日后的人格形成有着重要影响。荷妮不那么看重儿童期的经验，但她也承认，一个在缺乏温暖和关爱的环境中长大的个体往往在成年后会有强烈的焦虑感，这种焦虑感是沉淀在他的人格之中的，并不一定关联着直接的压力和危险。墨白似乎对精神分析非常熟悉，不然就是对人的精神领

---

① 墨白：《白色病室》，《后现代主义经典丛书·抚摸的纯粹感觉——新表象小说》，陈晓明选编，敦煌文艺出版社 1994 年版。

域有着非凡敏锐的感受和洞察，他花了相当的笔墨来书写苏警己的少年时代。

苏警己的成长环境非常残酷，父亲在他还没有记事之前就抛弃了他们母子，之后母亲又在偷情事件后不堪凌辱而自悬于门框上，他由此陷入了极度的生存困境，除了忍受饥饿，还要忍受镇上孩子们的凌辱，他就像镇子里的青石街道一样任人践踏。后来，父亲把他接入了城市，但迎接他的是继母的虐待。他想被别人接纳，但无论怎么努力，他换来的都是拒绝和伤害，这使他无法像别人那样形成一种"社会人格"。面对这个世界，他不知道如何是好，他没有任何的安全感和归属感。孤独如影随形，焦虑也如影随形。表面上看，苏警己似乎很任性，

作者不详：墨白小说《白色病室》插图（原载《花城》1993 年第 2 期）

他会激烈地批评院长开出的药方，会在卫生局长面前一再"把头放在沙发上"。这不是因为他强大，而是因为一直陷在孤独中的他压根不知道该怎么面对这个世界。每次不谙世事地"任性"之后，他都不知该如何补救，只能一任焦虑把他淹没。在院长告诉他"举报信事件"是针对他的阴谋后：

　　他开始有些惶惶不安，他立在那里看着院长有些驼背的身影一点一点地从他的视线里淡下去，长廊里发黄的光线开始像浑浊的水一样四处漫溢，四周的景物如风一样从他的视线里飘浮而过。氯丙嗪？只有我一个人开过氯丙嗪？他的思想被这件事所禁锢，如一尾鱼反反复复地在鱼缸里游弋。

荷妮指出，儿童期的负面经验对于焦虑的形成既不是充分条件，也不是必要条件。在无爱和敌对的家庭中长大的个体，如果后来社会环境比较

有利，他是有可能修复好早年的创伤的。但这种情况大抵只是一种理论上的可能，因为现代社会并不是一个理想社会，它驱迫人们投入激烈的竞争中，在人们之间树立起隔阂和敌对的情绪。就像苏謦己，他用精湛的医术为人们解除苦痛，人们却把无数的暗箭射向他，他没有机会去修复早年的创伤。另一种情况是，个体即使在充满温暖和关爱的环境中长大，成年后也有可能深陷在焦虑之中。《欲望》中的谭渔、吴西玉，《局部麻醉》中的白帆，《一个做梦的人》①中的孙新春，都没有经历过苏謦己那样的不幸，但他们同样受到焦虑的困扰。社会环境才是最重要的。

对于谭渔来说，焦虑来自于生存的压力。他进入了城市，但却深感自身的渺小无助。

> 他明白这城市本身就是一座巨大的迷宫，他知道他没法走通这个迷宫，我一个文弱书生，一个从乡间赶来的农民的后代，在这座迷宫里最终将被折磨得筋疲力尽。但那个时候谭渔还没有意识到这一点，那个时候谭渔仍旧沉浸在一种情绪里，那惶惶失落的情绪一直延续到汪洋的到来。

这种"惶惶失落的情绪"就是焦虑，在进入城市的第一天就渗入了他的意识。虽然并没有什么可见的危患，但他却忧心忡忡，这恰恰切中了焦虑的本质：焦虑是包含了主观因素的恐惧，是对可能出现的不利境况的忧虑。当谭渔被逐出城市像一条野狗似的无家可归时，困扰他的就不是焦虑了，而是如何生存下去。

吴西玉、白帆和孙新春的境遇相似，因为妻族的帮助，他们基本没有生存的压力，而且都有一定的社会地位。然而，他们所受的恩惠也是压在他们身上的一座山，让他们在妻子面前抬不起头来。白帆的妻子柳鹅对性和物质享受非常狂热，瘦弱清贫的外科大夫无法满足她；孙新春的妻子贪恋权力又泼辣无比，她不会和当电台主持人的丈夫产生任何精神上的交

---

① 墨白：《一个做梦的人》，《花城》2011 年第 2 期。

合，而且肆无忌惮地、极其恶俗地侵犯对方的精神和情感；吴西玉的妻子牛文藻虽然是知识分子，但却性冷淡，吴西玉只是她发泄对男人的仇恨的工具。他们无法从这种畸形的夫妻关系中得到爱和温暖，也无法在由金钱和权势主导的社会中获得存在感。白帆和孙新春一直担心哪天领导会放他们"自由"；吴西玉则像个无业游民一样四处游荡，他的挂职副县长只是一个空衔，没有任何的事务和分量。家庭内外的种种烦扰让他们焦虑，他们试图逃避和对抗焦虑，但却陷入了更深的焦虑中。

弗洛伊德指出，焦虑的产生是因为性欲没有得到满足。荷妮认为，这种观点过于生理主义了，它颠倒了二者之间的关系，恰恰相反，人们耽于性欲是为了排解焦虑。吴西玉和孙新春正是用沉沦于欲望的方式来抵制焦虑的侵扰，正如吴西玉所说："只有在我们不停地做爱的时候，我才能把那些不安忘掉。"然而，这并不能真正达到目的，短暂的麻醉之后，那些烦躁不安就会卷土重来。而且，卷入新的性关系又会带来新的棘手的问题，他们要处理和情人之前的关系，还要面对家庭和道德层面上的指控，这些都加剧了他们的焦虑。吴西玉和孙新春周旋于妻子和情人之间，绞尽脑汁地编织谎言，虚伪做作，恬不知耻，连自己都鄙视自己。他们失去了做人的尊严，也失去了对生活的信念。

相比之下，白帆更加孱弱，他甚至不敢像吴西玉和孙新春那样用出轨来反抗不幸的婚姻，他用沉溺于幻想和回忆来对抗庸俗粗鄙的现实：

> 他从心里瞧不起这里的人和物，尽管他曾经被这里的土地所生养……因而，他总觉得自己和这里的人格格不入。因而，他总觉得自己孤独无助，总觉得身边的这些人离他十分遥远。现实里的一切，远远没有他记忆或幻想里的人和物亲近。

但幻想和回忆无法抗拒现实的步步进逼，金钱、权力和性压迫得他喘不过气来，他无力反抗，于是他选择逆来顺受，将权威内化进自己的人格之中，形成了一种"受虐型"人格。在家里，他努力迎合柳鹅的需要，以免失去那个一到天黑就让他感到恐惧的家；在医院里，他对院长言听计从，不敢露出丝毫不满，以免失去自己心爱的手术室。现实中的屈从和内心的反抗形成了巨大的分裂，让他更加孤独和痛苦。他退掉了对生活的热情和信心，死亡的寒冷逐渐渗入了他的生命：

> 他漫无目标地在初冬的黄昏里行走，目中的一切毫无生命色彩，脚下的土地，在冬天的气温下正慢慢地变得沉默，快乐的鸟儿都飞到南方去了，连西天那片红色的晚霞也让人感到寒冷已经来临。

最后，他想结束自己的痛苦，由于没有找到刀具切断自己的动脉，他将麻醉剂注入了自己的血管。

荷妮告诉我们，那些遭受过强烈焦虑的病人们，他们宁死也不愿再体验焦虑的感受。柳鹅的号叫声，锯子吃进骨头的声音，牛文藻枭鸟一样冷笑的声音，金属器械撞击墙壁的声音……无边无际的噪声是无边无际的焦虑的表征，折磨着这些焦虑的灵魂，让他们痛不欲生。他们终于无法忍受，白帆选择了自戕；吴西玉和孙新春也做出了同样的选择，二人"意外"的灾难结局——前者遭遇车祸，后者失足坠楼——其实是一种必然。

二

挪威画家爱德华·蒙克是现代主义艺术的杰出代表之一，他的《尖叫》（也译作《呐喊》、《嚎叫》）令人震撼地呈现了现代人的焦虑和绝望。拥有美术专业背景的墨白深得蒙克绘画艺术的精髓，他在中篇小说《尖叫的碎片》中对蒙克的绘画做了非常专业的点评：

> 在蒙克的艺术生涯里，他总是重复地表达自己对生命的焦虑。他常常把人生的不安和绝望，同置在相同的背景之下。那充满了血与火旋涡的背景让你过目难忘。其实，我们人类的存在，就是生的重复和死的重复，就是痛苦的重复和疫病的重复。

　　这段文字在笔者见过的关于蒙克的评论中可以说是无出其右。墨白从蒙克那里感受到了"死亡的存在和生命的焦虑",他也把这样一种现代主义的生命体验在自己作品中表达出来。《尖叫的碎片》①　就是对《尖叫》的致敬之作。

　　这部作品的当下情境是叙述者"我"和小女友江嫄在咖啡馆里就"我"正在写作的一部小说展开的对话,而以雪青为主角的这部小说的一些片段则构成了作品的主体,当下的对话与小说片段被巧妙地编织起来,交错呈现。雪青是一个有着挪威血统的混血儿,在儿时的"我"眼中,雪青就是一个飞在天空的白天鹅,而自己是躲在草丛中的癞蛤蟆。"我"和雪青算是青梅竹马,一起长大,一起考上锦城师范,并产生了感情。然而,雪青在二十一岁的时候突然离开了"我","我"一直不能释怀,想找到她离开的原因。二十一年之后,已经成为知名作家的"我"再次见到雪青,并写下了一些文字片段。

　　通过这些文字片段,我们大致可以看到雪青的人生轨迹。雪青毕业后到地区计生委工作,这个职位是否是利用了婚姻作为筹码得到的我们无从得知,但她的婚姻确实为她的发展提供了强有力的人脉。后来她辞职做房地产,在在任地区电力局长的情人张东风的帮助下,很快聚敛起了巨大的财富。官场和商场上的雪青贪婪世故、手眼通天,我们很难想象她就是小时候那个体弱多病、冷峻高贵的女孩,只能感叹这个社会对于人的塑造力量真是太大了!张东风落马后,雪青一度被牵连进了监狱,虽然最终安然无恙,但这段经历还是对他们的人生产生了巨大的冲击,二人关系逐渐紧张、破裂,加上儿子小柯的死亡,雪青的精神开始出现问题,她召唤"我"去她居住的天鹅湖别墅寻求精神的慰藉,"我"得以见证了她对着湖水尖叫的一幕。后来,张东风车祸死亡,雪青远走挪威,去耶斯维尔的白夜下感受那无边的荒芜和寂静。

　　作为一个拥有巨大财富、令人艳羡不已的富婆,雪青为什么会精神分裂?"我不知道雪青为什么喊叫——是因为小柯吗?不,我并不那样认

---

　　①　墨白:《尖叫的碎片》,《山花》2005 年第 5 期。

为。"小柯的死亡只是压死骆驼的最后一根稻草，并不是她精神出现错乱的全部因由。"我"无法说出喊叫的具体原因和内容，但并非真的不理解雪青的喊叫。因为困扰她的也在困扰着"我"，以及任何其他尚未完全麻木的灵魂。进入现代社会以来，借合理性的名义构建起来的各种统治人的异己力量，工业和技术无节制的发展带来的人与自然的在空间和精神上的疏远，不断增长的物质之于心灵的挤压和诱惑，曾给人的心灵以安顿和支撑的信仰、世界观、伦理观的崩塌，导致我们面对生活和世界时产生一种乏力感、支离破碎感，以及一种无以名状的焦虑。

淹没在夜色里的大连留给我的只是和另外一些城市没有丝毫差别的灯光。在夜里，这座有名的海滨城市对于不熟悉它的人来说，更像是一只庞大无比的蜘蛛，那些成放射线到处闪耀的灯光从我这里看上去，就是它吐在空中织在又腥又咸的海风里的丝网。

飘浮在千篇一律、庞然大物般的现代都市里，被各种有形无形的网所捆缚，没有谁是自由的，没有谁能掌控自己的生活，"我"不能，雪青也不能。固然，雪青是这个时代的宠儿，在官场和商界都如鱼得水。然而，这不代表她是自由的，那些她拥有和控制的东西——金钱、权势——反过来也成了控制她的力量，扭曲了她和世界、和自己的关系。

你这是给自己过不去，还是给我过不去呢？你不给自己生气不行吗？可是……一个人活在世上，真的很难把握自己与这个世界的关系。是呀，太多的人到死也没弄明白，我们和自己相处的世界到底是一种怎样的关系。其实，我们和自己的所生活的世界一直处在对抗之中。我们与身边的人对抗，与权力、与金钱、与名利对抗，而更多的时候，我们都处在与自己的对抗之中。我们不但不肯原谅自己所处的这个世界，而且也不肯原谅自己。当我们太多地计较在这对抗关系中的得与失的时候，我们的视野就受到了限制。如果有一天我们明白过来这对抗毫无意义的时候，当你从这种对抗的关系摆脱出来的时候，你会突然发现，我们的生命还能呈现出另外的风景，一种只有极少数人才能看得到的风景。可悲的是，我们太多的人是很难从这种对抗的关系中摆脱出来的。

这种对抗关系不是个体的选择，而是社会和文化使然。在与自然的关系上，我们坚持人类中心主义；在与他人的关系上，我们坚持利己主义和唯我主义。我们功利性地对待自然和他人，也功利性地对待自己，用世俗的成功标准来逼迫自己，舍弃了人生路上很多美好的风景。终于，这种对抗让雪青筋疲力尽，她选择了逃避。精神分裂是一种逃避，去人烟稀少的耶斯维尔也是一种逃避。

因为对抗，所以隔膜。"我"看不清雪青，也看不清江嬿，"我"无法理解她们的突然消失，"我"也不理解常常叛逆"脱轨"的女儿，"我"的生活因而成了一团乱麻，失去了控制。雪青、江嬿眼中的"我"，和"我"眼中的雪青、江嬿，又有什么不同？人们看不清别人，也看不清自己，每个人的生活都是支离破碎的，精神分裂式的生命体验到处蔓延。在这个意义上，江嬿是雪青，"我"也是雪青，我们都在发出有声无声的"尖叫"。

"碎片"是这部小说的文本形态，也是现代人的生命状态。"我"关于雪青的那些记忆和文字是矛盾的、分裂的，"我"不知道用什么方式去写这部关于雪青的小说，因为"我"无法理解记忆中的雪青如何变成了天鹅湖别墅中的雪青。所以"我"只是向读者呈现了一个破碎的雪青，但这样一个破碎的形象或许是最真实的。在种种隐秘而不可抗拒的社会力量的撕扯下，每个人都会面目全非，就像甲板上飞过的海鸥，这一只不一定是刚才飞过的那只。当生命成为一地"碎片"，失去了节奏、整体性和归属感，焦虑就会席卷而来。"碎片"正是作为焦虑、忧郁、绝望的表征的"尖叫"的原因，小说的形式与思想完美地结合在了一起。

值得一提的是，"碎片"还是后现代主义世界观的隐喻。后现代主义对主体、真理、历史的消解，对各种权威话语和叙事的颠覆，堪称人类思想史上最激进和彻底的一次思想解放和启蒙思潮，其巨大的进步意义是无法抹杀的。不过，后现代主义的出现并不仅仅是理论自身逻辑发展的产物，它有着特定的历史语境。从某种意义上说，后现代主义是现代性展开以来人们由于受到各种无法抵抗的异己力量的挤压而对把握世界失去了能力和信心在理论上的一种征象。可惜的是，缺乏反思自身意识的后现代主义者并不明了这一点。他们一再强调：现代哲学意义上的那种统一、完整的主体从来就不存在，我们也从来不能在完全的意义上认知世界，无论是主体还是世界，其本来面目就是差异的、分裂的，即"碎片"化的。这样一种理论遗忘了自身的语境，失去了批判性，通向了对现实的辩护——尽管不是他们的本意。而墨白告诉我们，碎片化的生存状态，以及由此引发的无尽的焦虑，是现代社会的产物。

　　在我的家乡颍河镇，现在肯定是满天的星斗。那些我和童年的她一起躺在颍河岸边的草坡上看过的星斗，还是那样灿烂吗？可是现在，那些我梦寐中的星光，被蜘蛛网一样的灯光给遮蔽了。

　　墨白很清醒，满天星斗的颍河镇只存在于记忆之中。当"我"回到颍河镇时，发现她已经改头换面，关于雪青的记忆无处寻觅，空留下满腹颓丧。我们已不可阻挡地被卷入现代性大潮中，也正在被卷入难以摆脱的焦虑之中。

三

　　作为一个精神病学家，荷妮关注的是如何使人的心理和精神保持在正常的状态。正常的标准是文化模式提供的，是通过认可在一特定团体之内的某些行为和情感标准而获得的。如果一个人遭受的只是文化中不可避免的那些痛苦，如果他的焦虑是大家所共有的，那他就是正常的。只有一个人的情感偏离了文化模式，他的焦虑程度远远超出了"平均值"，他才需要精神病学上的关注。在荷妮看来，精神病学的使命就是解除患者们额外的焦虑和痛苦，让他们像文化中的正常个体那样去感受、行动，利用文化赋予他们的发展自己的机会。墨白是一个文学家，尽管在焦虑问题上他的一些具体观点和荷妮是契合的，但身份的不同还是决定了二者的视野和关注点的不同。在墨白看来，在一种文化模式下区分正常和病态的做法是可疑的，所谓的正常可能是一种普遍的病态，在健康的意义上视其为正常会妨碍我们对文化模式本身的反思和批判。焦虑的个体应该获得拯救，但拯救的方式绝不是把他们变成同一文化模式下的正常人。

前面我们谈到的墨白小说中的人物都是知识分子，如果按照量化的标准来衡量，他们的境况比这个社会的多数人都要好一些。雪青、吴西玉非富即贵；白帆、孙新春从婚姻中获得的实惠让很多人眼红；谭渔虽然孤身一人进入城市，但也是有名气有地位的作家，不用为生计担心，在他后面是无数对城市望眼欲穿的农村子弟。表面上看，他们的焦虑都来自一些具体的生活烦扰，其实精神缺失和存在无意义才是他们焦虑的根源。就谭渔而言，他可以和汪洋一起举办大学生爱情诗大奖赛赚取钞票，他也可以像二郎那样与三圣、范导之流周旋把自己转型成时髦的电视人，他有这个能力，但他不愿放弃自己的尊严，不愿放弃纯粹的文学追求，这就注定了他无法在物欲横流的城市中获得认同，注定他要在城市那残酷的生存法则之前碰得头破血流。从锦城到郑州再到北京，谭渔在每个地方停留的时间越来越短，不断地为自己的"不成熟"付出代价，最终被逐出了城市。他的经历也喻示了：城市越大越繁华，也就越容不下精神的存在。

在白帆身上，焦虑和精神缺失之间的关系表现得更明显。白帆试图通过顺应现实来驱散自己的焦虑，他似乎也做到了，在对人性丧失了最后的信念后，他变成了一个"冰冷如铁"的人：

现在，外科大夫走在大街上，他冰冷的目光能剥去在他面前行走的任何一个人的衣服，那些他熟悉的男人和女人。院长、麻醉师、袁屠户、年轻的女器械护士等等，那些人一旦走进他的视线，他就能把他们肢解。在他的眼里，那些人一会儿是一架骨头在行走，一会儿是一身肌肉在行走……现在，他像机械师熟悉机器的每一个零件一样熟悉人体了。当一个人躺在手术台上，他看到的不再是一个人，而是一台机器。

或许，这是一个外科医生必备的"素质"。然而，这是一个非人的世界，人们像动物一样被本能驱使着生存，吸收、排泄、生殖，制造出无边的噪声，灵魂无处存放。在白帆眼中，一切都是那样的灰暗、喧嚣，没有任何生命色彩。他终于崩溃了，他的崩溃是注定了的，柳鹅痛苦的号叫只是一个触媒。

即便是孙新春和吴西玉，也不仅仅是为了欲望的不能满足而焦虑。吴西玉自认是"流氓"、"没有灵魂的人"，真正没有灵魂的人不会去思考有没有灵魂这样的话题，他会到处炫弄、醉生梦死，毕竟副县长的名头还是很令人眼红的，即便是挂职。孙新春表现得很虚伪，他在颍河镇招摇过市，一副衣锦还乡的派头，但他还有善良、悲悯的一面，最重要的是，他还有廉耻："如果那天你看到我走在大街上那个得意的模样，就知道我是个小人。"他经常梦想独自去陌生的地方旅游，那里没有金钱和权力的气味，他也不用"装"得这样辛苦，不用为自己的虚伪而羞耻：

> 在陌生的地方，我时常会听到风声，我知道那风来自街道外一望无际潮湿的原野。原野上下着雨，那种从来不曾停止过的雨。雨水呈现出一种粉红色，弥漫着我视觉里的每一片空间。在潮湿里，有时我会闻到一种在新鲜的蒜泥里加了陈醋后所产生出来的气味。那是我喜欢的气味。我知道那气味与我奶奶有关。奶奶念白一样的诅咒声时常会演变成一种气味，那来自童年的气味不知在我梦中的原野刮了多少年。梦中的粉红色时常像雾一样弥漫着我在原野上走过的田间小路。

因为他们还有灵魂，所以他们才焦虑。那些"面目不清的人"——这个表达在墨白的小说中频繁出现——不会像他们那样焦虑，他们只会像逐臭的苍蝇一样忙忙碌碌、蝇营狗苟。换句话说，如果他们不再焦虑，安然于现在的生存状况，他们也就像那些面目不清的人一样失去了灵魂，人性的救赎就失去了可能，世界就会彻底沉沦。

　　墨白由此把焦虑提高到存在主义的层面上。丹麦宗教哲学心理学家克尔凯郭尔把这种意义上的焦虑称为恐惧:"在'无精神性'之中没有恐惧,因为它太幸福太缺少精神了,所以无法具备恐惧。"① 恐惧是对"无精神性"的恐惧。海德格尔把焦虑称作"畏","畏所为而畏者,不是此在的一种确定的存在方式,威胁者既然本不确定,因而不能对这个或那个实际的具体的能在进行有威胁的侵袭。畏所为而畏者,就是在世本身。在畏中,周围上手的东西,一般世内存在者,都沉陷了。'世界'已不能呈现任何东西,他人的共同此在也不能。所以畏剥夺了此在沉沦着从'世界'以及公众讲法方面来领会自身的可能性。畏把此在抛回此在所为而畏者处去,即抛回此在本真的能在世那儿去。畏使此在个别化为其最本己的在世的存在。这种最本己的在世的存在领会着自身,从本质上向各种可能性筹划自身。因此有所畏以其所为而畏者把此在作为可能的存在开展出来,其实就是把此在开展为只能从此在本身方面来作为个别的此在而在其个别化中存在的东西"②。

　　如果接触过海德格尔,那么这段话并不难理解。大致意思就是:让那些有灵魂、有反思能力的人("此在")为之焦虑("畏")的并不是某些有威胁的确定之物,而是存在的无意义、此在的沉沦;焦虑的存在("有所畏")使人们有可能从沉沦状态抽身出来,转向一种本己的、本真的存在状态。因而,作为畏的焦虑是有价值的。我们不能简单通过一些庸俗的心理疗法来消除焦虑,而应该由此通向对溺于物质、放逐精神的现代文明的批判,并致力于构建一种理想的、人性化的文明形态。否则,人们不可能"本己地在世存在",不可能摆脱焦虑的困扰。就像白帆、吴西玉他们,只有走向毁灭,才让痛苦地挣扎在沉陷与反抗中的灵魂获得安宁。

　　克尔凯郭尔指出,虽然在"无精神性"之中没有恐惧,但恐惧还是在

-----

① 〔丹〕克尔凯郭尔:《畏惧与颤栗　恐惧的概念　致死的疾病》,京不特译,中国社会科学出版社 2013 年版,第 287 页。

② 〔德〕马丁·海德格尔:《存在与时间》,生活·读书·新知三联书店 2006 年版,第217 页。

的，只是在等待着，直到死神把它召唤出来。① 海德格尔也说，畏本质上就是向死存在。死亡，是此在最本己的、无所关联的、无法逾越的存在可能性，先行到这种可能性之中，可以将此在超度出沉沦于常人的状态，返归本真的存在之中。不过，常人总是通过"操劳"来回避和掩盖这种本己的、无所关联的存在可能性，把死亡保持在一种不触目的状态之中。只有当死亡逼近的时候，他们才为之焦虑，他们存在的荒诞、无意义才显现出来。下面，我们从这个角度来谈谈墨白的《光荣院》。②

四

《光荣院》是颇受批评者们关注的一部中篇。光荣院原来是颍河镇盐业公司的仓库，后来被改造成了革命军人们的养老院。这个阴森潮湿的大院子里弥漫着腐败、死亡的气息，鬼气森森，"跟医院里的太平间没什么两样"。在光荣院中，有一个叫虾米的不光荣的角色，他是一个先天的白化病患者，是所有人侮辱作践的对象，也是这篇小说的线索人物和视角人物。评论者们多从权力的角度解读这部小说，给出了很多相当中肯的评论。诸如，聂伟："《光荣院》仿佛就是现实生活权力世界的微缩景观，从院长、医生、厨子月红、老金（新任命的小采买）、老德和老钱（退伍军人），一直到虾米（异乡人），在这个与颍河镇几乎隔绝的封闭生活空间里组建起了严格的等级制度。"③ 夏敏："一群人的心迹的巧妙勾勒，表现了传统建立起来的道德理念、生存态度和社会评价在急剧的社会变迁面前所遭遇到的新的困惑。从而巧妙地为读者展现了一个我们并不陌生、日渐淡出的旧日政治遗留的影子，但人性深处的生命意识执拗地在遗憾的日子中挣扎着。"④ 张延文："《光荣院》是对于中国当代历史中的权力话语的质疑和追问，深刻地揭示了权力体系的内在本质，而老金这样

---

① ［丹］克尔凯郭尔：《畏惧与颤栗 恐惧的概念 致死的疾病》，京不特译，中国社会科学出版社 2013 年版，第 288 页。
② 墨白：《光荣院》，《霍乱》，花城出版社 2004 年版。
③ 杨文臣编：《墨白研究》，河南大学出版社 2015 年版，第 118 页。
④ 同上书，第 168 页。

的人，就是深陷其中的牺牲品，是谎言和欺骗的产物"①，等等。除此之外，我们还应该看到，死亡是小说的基调和背景，要想抓住小说的深层意蕴不能脱离开对死亡的观照。

声音是小说中的重要意象。老金磨鱼钩的声音，老钱砸铁砧的声音，始终撕扯着虾米的耳膜，让他头痛欲裂，逼他躲进棺材。夏敏说，声音是死亡的信号和隐喻，固然不错，但还不够透彻。如海德格尔所说，人们倾向于操劳着、沉沦着来逃避死亡的压力，获得"对死亡的持续安定"，但进入光荣院的人，没有什么需要他们再操劳了，也就是说，他们被从沉沦的生存状态中赶了出来，和最本己的、无法逾越的存在可能性——死亡——照面了。从这个意义上说，光荣院是个时间意味很强的空间，是人类最本质的、终将面对的生存之境，它的与世隔绝、被人遗忘象征了人们在沉沦之途中沉陷之深。海德格尔认为向死而生为返归本真的存在提供了可能，但老金、老钱不是白帆那样的知识分子，他们没有那种悟性。死亡的阴影已经笼罩了他们，但他们仍然没有从本己的意义上来看待死亡，死亡还是被"作为熟知的、世内摆到眼前的事件来照面"。他们事不关己地谈论着别人的死亡，老天兴的死除了给老金带来了一点小小的权力外没有任何其他意义。不过，虽然不愿或者说是没有能力进行沉重的死亡之思，但在直觉中他们还是感到了死亡的迫近。于是，他们用磨鱼钩、砸铁砧来打发时间，排遣对死亡的焦虑，这依然还是一种躲避死亡或者说是沉沦的方式，这种声音本质上还是世俗的嘈杂之声，和困扰白帆和孙新春的那些无边无际的噪声是一回事。

除了制造无意义的噪声，他们热衷于回忆和炫耀自己的"光荣"，以慰藉自己即将逝去的生命。老金把自己的勋章视若珍宝，挂在床头醒目的位置，但不允许别人随便触碰；老钱对他的勋章极为不屑，他更神气地向别人展示他左边那个空荡荡的衣袖。然而，他们的做法本身就表明他们的光荣是可疑的。在光荣院中，他们居功自傲，不仅对虾米极尽侮辱欺压之能事，并且对玩弄他们于股掌之上的王院长他们也敢毫不客

---

① 张延文：《墨白小说：中国当代文学的"国家声音"》，《山花》2010 年第 5 期。

气地进行教训："没有我们这些老家伙，你当谁的院长？"这是当年的牺牲获得的回报，他们认为理所应当。可是，如果一种行为——即便是基于一种崇高的目的——的结果是为自己谋得了利益，如果旨在把民众从等级压迫中解放出来的行为最终把自己变成了特权阶层，这种行为还有什么光荣可言？而且，在旧日的政治理念和意识形态逐渐淡出人们信仰的今天，他们炫耀的"光荣"遭遇到了始料未及的尴尬。在收废品的小伙子眼中，老金的勋章不值五分钱；在孙医生的眼中，他们身上的枪眼什么也算不上。

  他（医生）指着上面那枚勋章说："这一块儿是在哪儿得的？"

  老金摇了摇头说："记不起来了。我只知道那一仗是给新五军干的，那一次我一口气用刺刀刺死了三个敌人。"

  医生说："敌人？你认识你杀死的那些人吗？"

  老金说："不认识。"

  医生说："不认识你怎么知道他们是你的敌人？"

  老金说："那是老连长说的。"

  医生说："你们连长认识他们吗？"

  老金说："不认识。"

  医生说："不认识他怎么知道他们是敌人？"

  老金生气了，他说："有你这样说话的吗？那战场上谁认识谁呀？连长说上我们就上，连长说打我们就打。"

  医生说："说了半天你是为你们连长卖命呀。"

  老金更加生气了，他说："你真是个混账东西！不为连长打仗哪儿来的这勋章？我告诉你，这勋章就是我们老连长发给我的，你说，要是没有这勋章，哪来的这光荣院？没有这光荣院，你会来这里享清福？"

老金无法回应医生的质问，这些问题在他的视野之外。医生的话能不能形成对"光荣"及与其相关联的意识形态的解构，我们姑且不论，但他让老金恼羞成怒的追问至少表明了一个事实，那就是老金的一生都过得糊里糊涂，从没有本真地思考过人生的意义，这无疑是一个莫大的讽刺。更悲哀的是，他已日薄西山，无法补救，而且他甚至不能意识到这一点。外面那些忙忙碌碌的人也许在某种意义上都是老金，他们为世俗的价值而奔走忙碌，在死神叩门之际才发现自己生命的无意义，或是至死也没有觉悟。我们应该扪心自问，自己也是他们中的一员吗？

再说说那个虾米。虾米是一个异类，浑身皮肤像煮熟的虾米一样红，眉毛头发都是白色的。在《酒神》中，老女人梅枝也是一个遍体通红、须发皆白的形象。这种迥异于常人的外表是有象征意味的：他们没有常人的种种包裹，他们的生命因而呈现为一种更加纯粹的状态。梅枝是酒神的化身，是冲破道德束缚、蓬勃不息的生命强力的象征。虾米的象征意义隐晦一些，因为外表奇特，他被排挤、被践踏，被剥夺了参与一切世俗事务的权利，也丧失了沉沦的可能，他只能孤独地、本己地面对这个世界。虾米两岁的时候躺在瓷缸里沿颍河漂来，被捕鱼的九生打捞上来，成了颍河镇的一员。他的来历似乎诠释了海德格尔的命题，人是一种"被抛"的存在。常人可以沉沦于平均状态来逃避这种被抛性，而虾米不能，他无法逃逸到常人那里去，无法在世俗关系和价值中安顿自己的生命，他无家可归。虾米因而无比孤独：

> 他常常走进一片辽阔的水域，看到远处的阳光下有一片白色的帆船。他知道他的故乡就在那些像雾一样的地方，他常常在睡梦中泪水涟涟。

虾米知道，他永远不可能回到他的家中。因为，根本就不存在那样一个家，作为被抛的存在，人只能在被抛入的世界中寻找归属感，构建起自己的栖居之所。可是，在这样一个冷漠、敌对的世界上，虾米无法找到落根的地方。光荣院不是他的家，残破的库房不能为他遮挡风雨，也不能保护他免受各种伤害。老金他们欺负他，粗暴地侵犯他的隐私。外面的人特意来到光荣院里奚落他、羞辱他，只是因为虾米在叶的尸体失踪事件中极其卑微地展现了他们都有但被他们包装起来的生命本能。老金磨鱼钩的声音搅扰得虾米痛不欲生，是这个敌对的世界的象征，除了死亡——棺材是死亡的符号——无可逃避。

通过直面死亡，倾听良知的呼唤，从而返归本真的存在，是海德格尔寄予"此在"的厚望。然而，这大抵只是一种理想化的理论诉求。在一个普遍沉沦的世界中，个体是没有可能单独返归存在的。如果说沉沦是一种貌似充实的虚无，那么返归本真存在、遗世独立的个体就会面临另一种虚无。因为此在只能在"世界"中存在，而"世界"是此在与其他存在者形成的"因缘整体"，在其他存在者尚沉沦着的时候，这种因缘整体是无法形成的，所谓的"世界"只能是虚无。作为知识分子的白帆尚且无力对抗这种虚无，虾米就更不能了。所以，老金磨鱼钩虽然让他痛苦，但至少能让他感觉到自己的存在——尽管是作为被压迫者，一旦这种声音消失，他就陷入巨大的焦虑和恐慌之中：

> 他已经习惯那种声音了，他已经适应那种声音了，那种声音的突然消失使他失去了依靠，好像有人猛地一下抽去了他的筋骨，他显得没有了一点力气，他就像一个吸毒的人毒瘾突然发作，他嘴里淌着口水，就要瘫软下去。

就像《白色病室》中的苏警已，宁愿回到那个让他伤痕累累的颍河镇，也不愿像空气一样待在无人关注他的城市中。像无根的浮萍一样漂浮了一生的虾米最终把希望寄托在那口棺材上，这个唯一能够给他"庇护"的东西，也是能把他安顿在这个世界上的东西，尽管是在死后。然而，他没能如愿，那个瓷缸成了他最后的归宿。"装殓虾米的那口瓷缸刚一放进去，雨水就把墓穴给淹没了。"随水而来随水而去，是他无法逃脱的宿命。

李丹梦认为《光荣院》等作品显示了墨白书写普遍、抽象的存在之境的出色能力，"这些作品的共同特征在于：以冷静的笔调构造荒诞、悖谬的生存之境，它往往有一个现实、可感的故事作外壳，我们被诱引着，不知不觉进入意义的边缘，一种难以承受的虚无感"①。实为不刊之论。海德格尔说，我们都是漂泊的异乡人，无家可归。虾米如此，老金们，还有光荣院外面的芸芸众生，又何尝不是如此！他们一生操劳、忙碌，打造自己的安居之所，却没有为灵魂找到一个停靠的地方，如果他们还有灵魂的话。《光荣院》中弥漫的死亡、焦虑和虚无因而超越了具体的故事情境，达到了存在主义的高度。

---

① 李丹梦：《形式的伦理意义》，杨文臣编《墨白研究》，河南大学出版社 2015 年版，第131 页。

时　间

　　20世纪最杰出的科学哲学家、诺贝尔化学奖的获得者普里戈金认为，科学必须重新发现了时间，才能破除机械论世界观的局限，对世界图景做出更加真实的描绘。普里戈金之后，时间问题成为科学的核心问题。普里戈金还指出，不仅科学要关注时间，"在某种意义上，凡是对文化和社会方面感兴趣的人，都必定以这种或那种方式考虑时间问题和变化规律。反过来说大概也对，凡是对时间问题感兴趣的人，也都不可避免地对文化和社会变革发生某种兴趣"[①]。的确如此，比普里戈金稍早的另一位诺贝尔奖获得者、法国哲学家柏格森，也把时间作为自己思想体系的核心概念，对人类的感觉、意识、心理状态、语言以及生命和世界的演化等都做出了全新的且极具说服力的论说。时至今日，时间已经成为诸多学科共同关注的重大课题，令无数的哲学家、科学家和艺术家们沉醉其中。

　　柏格森获得的是诺贝尔文学奖，他的个人气质和文风都具有浓郁的文学色彩。事实上，正是文学的时间经验最早引发了人们对流俗的时间观的怀疑，而文学中的时间经验也是很多关于时间的论著的组成部分，是人们确立新的时间观的重要依据。所谓流俗的时间观，也就是牛顿物理学的时间观，认为时间是不变的、可以测量和无限分割的，是一个完全空洞的均匀流。日常生活中，我们知道做任何事情都需要时间，因而我们强调要

---

　　① ［比］普里戈金：《从存在到演化》，曾庆宏等译，上海科技出版社1986年版，第7页。

有时间观念，但在这种意义上时间只具有标度和计量意义，是一种纯一媒介，它和我们所做的事情并没有实质上的关联，并不参与到事物的构成中。我们相信，时间一直在匀速地流逝，我们在时间中穿行，就像我们坐在匀速行驶的火车上前进一样，周围的风景不断后退，成为渐行渐远的过去。而所有的过去，都均匀地、有秩序地排列在时间之轴上。然而，文学的时间经验却不同于这种流俗的时间经验，我们在阅读中有时会发现自己很快地穿越了数十个春秋，有时又会发现自己在某个时间点上驻足不前；而且，时间的序列也会发生混乱，我们会跟着叙述者或故事角色不停地在现在、过去和未来之间穿梭，我们会忘了自己身边正在静静流逝的时间。西方一些小说家意识到了时间的重要性并自觉地展开了探索，诸如我们熟知的普鲁斯特、马尔克斯和博尔赫斯，时间是他们文学中的重要主题。

但通过文学对时间展开哲学思索的中国小说家寥若晨星，可能和中国文化传统中缺乏抽象思辨的思维方式有关。墨白因为对西方哲学和文学的深度浸淫，却对时间有着深刻的认识。他在文学评论《博尔赫斯的宫殿》中对博尔赫斯文学中的时间观进行了精妙的论说，指出："时间不但是哲学的核心问题，同时也是现代小说叙事的核心问题。"[①] 不仅如此，他也把对于时间的形而上的思考融入了自己的小说里。把握墨白的时间观，对于进入和理解他的作品至关重要。

一

在墨白的作品中，长篇《映在镜子里的时光》可能是最具哲性气质的一部，题目就点名了这是一部关于时间的小说。小说的梗概在"颍河镇"词条的第四部分我们已做了介绍，此处不再重复。应该说，批评者们对这部文本还是很青睐的，虽然专篇的评论不多，但在各种访谈和宏论墨白创作的文字中，它被反复提及。多重文本的相互指涉，开放性和扩散性的结构，神秘诡异的情境，存在的不确定性，命运和死亡的不可预知，时间的

---

①　墨白：《博尔赫斯的宫殿》，见《梦境、幻想与记忆》，河南大学出版社 2013 年版，第478 页。

王小斌作品：墨白小说《迷失者》插图（原载《作品》2011
年第 6 期）

循环，象征性……评论者们使用的术语很专业，言语也颇深奥，但都局限
于对形式和叙事的描述，是对文本表层的操作。通过文本的相互指涉和开
放性结构，作者想要表达什么？浪子和小罗那突如其来的死亡究竟有何意
义，仅仅是展示人生无常？诡异和神秘只是叙事和审美的风格，还是另有
深意，其深意何在？诸如此类的深层追问是缺失的。有的评论者也含混地
提到，这部作品喻示了一种新的认识世界的方式，却说不出这种方式是什
么。在所有的评论中，诗人蓝蓝算是最敏锐的，她指出这部小说的叙述方
法虽然扑朔迷离，但对于有点阅读经验的读者并不会构成太多的障碍，
"其阅读的障碍在于，作为一部迷宫式的小说，它对读者的挑战恰恰不是
来自其复杂的结构，而是其真实的叙述动摇了我们对于世界、对于自我感

受、对于可见之物、对于回忆的信任，或者更彻底的——不是对于小说作者叙述的怀疑，而是对我们自身的阅读经验产生了怀疑，进而对我们当下真实的存在也产生了怀疑"①。我们要问的是，这种对现实感的摧毁、不确定性是终点吗？如果小说的目的就是要向我们传输一种怀疑论、不可知论，那么它的价值也是值得怀疑的。

这部文本令人困惑，我们被它深深吸引却又找不到进入的路径。其实，作者对进入的路径做了明确的提示，那就是：时间。但因为作者所要阐发的时间观和流俗的时间观大相径庭，后者又根深蒂固地盘踞在我们的意识和思维中，导致虽有作者的提示，我们依然难以进入。

在小说开头，丁南就对夏岚谈到了自己对时间的认识：

> 现实存在于一瞬之间，我给你打个比方吧，比如刚才我们一群人走进这家餐馆的过程就已经是历史了，就已经成为我们的记忆了。

丁南不能系统地谈论时间，他不是一个哲学家，在故事的最后也深陷在时间的迷途之中。即便他是一个哲学家，作者也不能允许他长篇大论，因为这是一部小说，况且关于时间的谈论本身就是日常交流语言难以胜任的。"现实存在于一瞬之间"，这个作者借丁南之口表达出来的、丁南本人并未完全参透和言说的命题，事实上是我们进入小说的关键。从某种意义上说，整部小说都是这个命题的注脚。

我们谈论现实的时候，一般是把它当成一个客观的、确定的事实，我们称之为"客观现实"，运用的是"现实是怎么样的"的句式。只有在相对静止的意义上，这种谈论才能展开，现实才是一个确定的既成之物，它不同于已经流逝的过去，也不同于尚未到来的未来。然而，这种意义上的现实不过是一种错觉，一种机械思维方式的产物。"现实存在于一瞬之间"，宣告了静止意义上的现实并不存在，因为这个"一瞬"是无法测量

---

① 蓝蓝：《不确定的存在——简评墨白〈映在镜子里的时光〉》，《文化时报》2004 年 12 月 9 日。

的，在我们谈论的同时它就已经消逝而成为过去。换句话说，现实是持续生成的，是过去向当下的延伸，根本无法在其与过去之间划定一个明确的界限。"从某种意义上说，回忆就是我们的现实。"①

这似乎没有多少新意，现实当然只有联系过去才能得到理解，我们不是一直在通过因果关系搭建起二者之间的桥梁吗？并非如此。通过因果关系构建起来的时间序列其实是对时间做了一种空间化处理，它把意识状态分割成一个个彼此相连但互不渗透的片段，排列在可测量的时间轴线之上，给它们以先后次序和因果关系，从而获得对当下和自我的明确观念。柏格森告诉我们，这样的时间被当成了意识状态散布于其中的纯一媒介，是空间观念侵入的结果。纯一的空间——抽象的、同质化的物理空间或绝对空间——是人类的一种特别的知觉官能或概念官能的产物，并不是一种外在于人的真实。对于动物来说，空间并不是那样纯一的，动物不通过几何的形式辨别空间和方向，"在自然界，的确处处都有性质上的差异，我看不出为什么两个具体的方向不在直接知觉上具有显著的差异，像两种颜色一样"②。这种建立在人的抽象能力之上的纯一的空间观念对于人类的生存实践意义重大，它是我们的数量观念得以形成的前提，自然也是科学的前提，是我们能够对这个世界进行操作和控制的前提。不过，这种空间观念对我们的知觉和心理状态的侵入也遮蔽了我们对于自己及世界的认识。比如，在时间问题上，空间化了的时间——流俗的、标示和计量意义上的时间——对于当下我们的生存实践活动极其重要，我们无法想象没有钟表这个社会如何运转。然而，这种时间不是真实的时间，"由于空间观念越过界限而擅自冲进纯意识的范围内，时间，作为一种纯一媒介来看，乃是一个冒牌的概念"③。真实的时间是一种"绵延"，是不可测量的，每一瞬间都彼此渗透。"绵延是过去的持续发展，它逐步地侵蚀着未来，而当它前进时，其自身也在膨胀……过去以其整体形式在每个瞬间都跟随着我们。我们从最初的婴儿时期所感到、想到以及意志所指向的一切，全都存

---

① 墨白：《梦境·幻想与记忆——墨白自选集》，河南大学出版社2013年版，第482页。
② ［法］亨利·柏格森：《时间与自由意志》，吴士栋译，商务印书馆2010年版，第71页。
③ 同上书，第73页。

在着，依靠在上面。"① 丁南对白静说：

> 我们说中华民族有五千年的文明史，可是这么长的时间在哪里？就在我们这说话之间。

我们的过去始终和我们在一起。如同博尔赫斯笔下的"阿莱夫"，每一个瞬间都无比丰富，包含着我们全部的情感和意念。所有的过去都蛰伏在心灵之中，随时会进入意识构成我们的心理"现实"：

> 你知道颍河镇在哪？其实她就藏在我的骨头缝里，你这一句话她就从我的身体里跳出来了。他妈的颍河镇现在就像一个人，像一所房子，一条街道，一条水渠，一口池塘，一条河流，一棵小草，一棵杨树，或者一片就要收割的庄稼这样具体……

过去、回忆也在绵延中不停地成长，到小说结尾时，颍河镇在丁南的意识中已失去这种具体性，这个曾如此熟悉的地方变得神秘而陌生，他的心中充满了迷茫。

为了呈现意识层面的这种绵延，墨白在小说中极其频繁地运用意识流的小说手法。在关于丁南、夏岚、浪子、小罗这几个视角人物的文字中，我们看到，无数的意念、情绪、记忆片段蜂拥而至，构成了人物当下的情感和心理现实。意识流是公认的描绘人物心理真实的最好的艺术手段，但也是有局限的。我们似乎只能用空间意象来传达对时间的认识，别无他途，把意识比喻成水流也不例外，水流虽然较之时间的其他空间影像最大可能地表现了意识各瞬间的彼此渗透和流动性，但它也是有长度和次序的，一个浪花只能和前后相接的浪花相互渗透，与真正的绵延依然存在差异。柏格森指出，绵延只能通过直觉来意会，语言是无法传达的，因为语言的本质就是把活生生的感觉和印象凝固化。我们用一些字眼来描述感

---

① ［法］亨利·柏格森：《创造进化论》，肖聿译，译林出版社 2011 年版，第 5 页。

觉，但"一旦这些字眼被形成了，它们就即刻反过来损害那产生它们的感觉；创造这些字眼本来是为了证明感觉没有固定性，但在被创造之后，这些字眼却会把自己的固定性强制加在感觉身上"①。使用意识流的手法，也免不了要用语言把情感、意念固定化，并排列在作为纯一媒介的时间内，这样，小说家"所献给我们的也不过是情感的阴影而已"②。这是没有办法的事，我们要打破逻辑性的语言和思维对真正自我的遮蔽，只能从语言和思维的秩序出发，完全抛开这种秩序是不可能的。所以，萨尔瓦多·达利强调要用理性的方式制作、经营非理性的形象，他对超现实主义文学的"自动书写"极其不屑。③ 后者试图完全抛开语言和思维的秩序以呈现意识的本来面目，结果只在纸上留下一堆无法解读、毫无意义的墨迹。

墨白对此洞隐烛微。在某一时刻我们的注意力会集中在某一事物上，但这不是我们知觉和意识的全部，仅仅是一个活动区域中得到最佳照明的点；语言只能在作为纯一媒介的时间中展开的本性也会使我们离开本原的意识状态。

实际那天还有三种物体也同时走进了我的视线里，但后来我还是把它们分成先后，这是没有办法的事，但这三种物体对我那次苦涩的旅行都非常重要。

她很夸张的咀嚼声如风一样在我的耳边响起，那股腥潮的风已经彻底地贯彻了我的肺腑，使我再也感觉不到那浓重的腥气了。但当时我还没有意识到这一点，没有，一点也没有……

在这里，所有的窗子都已经破碎，风从它们之中自由地来往。但当时我没有注意到这些，我只看到二楼的中间有一个修建时就留下的长方形的空洞……

那些坟墓接连不断地出现在他们的视线里，那些坟墓好像突然间

---

① ［法］亨利·柏格森：《时间与自由意志》，吴士栋译，商务印书馆 2010 年版，第 98 页。
② 同上书，第 99 页。
③ ［西班牙］萨尔瓦多·达利：《我的秘密生活——达利自传》，陈训明译，金城出版社 2012 年版，第 174—175 页。

从地里冒出来似的一个又一个排列在那里。丁南想，我刚才为什么没有看到呢？这就怪了。许多事物会同时出现在我们的视线里，但由于我们的思想和注意力的问题，我们先注意到一些物体，而往往又把另一些给忽视了……①

类似的细节在小说中还有多处。墨白不厌其烦地重复这种言说，目的就是澄清语言秩序和意识选择机制对于纯粹的知觉和意识状态的遮蔽。某个事物在"当时"可能没有进入我们的视野，但它之后某个时刻会被回忆"激活"，展露自己的意义，构成当下的心理现实，"当时"和"当下"从而叠合起来。说"激活"并不准确，我们找不到更合适的字眼才姑且采用了它，其实这个事物在没有被"激活"之前也一直是活的，与无数其他意识到或没有意识到的意念、欲望、感觉等相互渗透和影响，形成一个人的"自我"——不是被切成片段的、迎合社会需要建构起来的意识自我，而是处于绵延中的、更基本的自我。

为了更好地揭示这种受制于语言和思维我们很难去想象的绵延，墨白极力营造一种流动性的文本氛围，很多细节都富有意味：

> ……在我的感觉里，这里的每一件物体上都印满了盲眼老人的语言，那些语言就像那里随处可见的生机勃勃的青苔。

当然，给我们印象最深的，还是始终都在飘洒的无边无际的蒙蒙细雨。雨水打湿一切，渗透一切，使人的意识也变得湿漉漉的，消退了对于时间（流俗的、机械的时间）的意识，感觉、回忆、思想、情感都交织在一起：

> ……你就是外边那没完没了的雨吗？你的目光和思想把一切都能淋湿吗？

---

① 着重号为笔者所加，后同。

……蒙蒙的细雨把河道里的一切都刷洗得像梦一样迷离，两岸被雨淋湿的风景在他的视线里时远时近，一种从来没有过的迷茫像无处不在的雨水一样迷住了他的眼睛。

二

当我们认识到时间的本质是绵延时，记忆的重要性就凸显了出来。"现实存在于一瞬之间"，一切都在瞬间成为过去，成为我们的记忆。但这些记忆并不是储存在记忆仓库中，只有我们去激活时才和当下发生关联的东西，柏格森说："我们意识存在的根本基础就是记忆，换句话说，就是过去向当前中的延伸，或者简而言之，就是活动着的、不可逆转的绵延。"① 我们的记忆始终和我们在一起，并对当下我们的知觉、情感和行动产生影响，很多时候这种影响是"自动"产生的，并不需要我们做出回忆的动作。比如，我们扫一眼从面前开过的汽车，就能获得一个关于它的完整的图像，可实际上我们只看到了车的一面。这是因为我们的知觉并不局限于对当下接受到的刺激的感应和整合，它还吸收了我们的记忆，"每一个知觉都填充着一定深度的绵延，都将过去延伸到当前之中。同时也由此成了记忆的一个组成部分。"② 那种纯粹的、自发的知觉并不存在。

记忆是无限庞大的，在《尖叫的碎片》中，墨白这样形容我们的记忆系统：

> 人的记忆真的就像一个庞大的图书馆，而我们用口头语言所表达的，只是那个图书馆里的某一本书的某一页。或者说，记忆就像我们现在看到的隐藏在黑夜里的海洋一样，而我们的言说只能像那只在夜色里飞翔的海鸥，我们无法穿透它的辽阔。

---

① ［法］亨利·柏格森：《创造进化论》，肖聿译，译林出版社2011年版，第16—17页。
② ［法］亨利·柏格森：《材料与记忆》，肖聿译，华夏出版社1999年版，第221页。

　　记忆不仅限于我们过去的直接经验，我们的阅读、我们的梦境以及我们对于未来的幻想和憧憬，都会成为我们的记忆，和我们的直接经历具有同样的价值。《映在镜子里的时光》中，墨白用戏剧性的方式向我们呈现了这一点。在听完白静讲述的《雨中的墓园》后，丁南很高明地指出这个故事是一个梦。然而，丁南、夏岚和白静，都被梦中的故事和物件深深吸引，他们的知觉、意识乃至命运因此而发生改变。比如，小说中多次出现的马灯。马灯并不是一个触目的物件，如果不是在《雨中的墓园》的梦境中伴随着那辆神秘的马车出现，人们很可能对它视而不见。通过阅读，在梦境中出现的马灯被烙进了人们的记忆中，无论是在《风车》的阅读还是在渠首的经历中，马灯的出现都牵动着丁南的神经。不仅如此，它还侵入了夏岚的无意识中：

　　　　……热呀——热死我了，我热的难受呀妈妈，妈妈，是你吗妈妈？你提着一盏马灯吗？你赶着一辆马车回来了吗？一辆马车。你看，妈妈，那马车从远处的公路上走来了，那马灯就挂在车辕下，一走一晃，丁当丁当……

　　这是夏岚高烧的幻觉，马灯已在她的精神生命中扎下根来。还有扳网、渠首，它们的出现总是在人们的意识中牵连出白衣女人和黑衣老者，人们不知不觉地用梦中的眼光来看待现实。关于梦境的记忆不仅给现实镀上了神秘的色彩，也在物质地改变现实。如果没有《雨中的墓园》的梦境，扳网不会引起夏岚那么大的兴趣，就不会出现落水事件，不会出现丁南梦会老田……如果我们对小说叙事细细探查，会发现关于梦境的记忆在悄悄地推动情节的发展，改变着现实的走向。

　　《映在镜子里的时光》中，幻想（想象）对于现实的改变表现得比梦境更明显，它直接导致了美工小罗的死亡。记忆是幻想的基础和前提，如果没有记忆的参与，我们对事物的感知就会是千篇一律的，幻想将无从产生。意大利美学家克罗齐指出，艺术家和普通人的区别在于他们拥有更敏锐、更丰富的直觉。如果进一步追问的话，我们可以说他们那种卓越的直觉来自他们能够比普通人更好地调动记忆来丰富自己的感知。

　　这位崇尚梵·高的艺术家的思想常常处在一种灰暗的幻想状态。面对一种事物，他就能忘记现实，他就能把自己处在一种回忆和幻想之中，去重新结构一种新的生活或时间的空间，这就是他与众不同的地方。

　　面对一个锈迹斑斑的褐红色的铁门，他能感受到铁门心酸的身世；面对道路两旁被雨水淋得褪色的月季花，他能联想到一些女性的命运。这些悲悯和忧伤是储存在他的记忆中的，被铁门和月季花召唤出来，重新变成了当下的感觉和体验。作为一个艺术家，小罗深深地沉溺在自己的记忆和幻想之中，以至于他会暂时地脱离现实的时空，进入一种完全属己的、梦境般的情境和幻象之中，这直接导致了他的死亡。如果没有作者通过小题目——"艺术家小罗对现实生活中的爱情故事及其恐惧时间的幻想"——做出的说明，恐怕很多读者会认为小罗是一次偶然的刑事犯罪的受害者。普通人没有小罗那样丰富的直觉，不像他那样沉迷幻想，但普通人的感知中同样包含了回忆和幻想，他们和艺术家之间只有程度上的差异。比如：

　　丁南紧紧地搂着她的腰，她的头发顶在了他的下颌上。那种香味是从头发里散发出来的吗？是飘柔？还是一百年？是一百年。多好的名字，我就是那个给你洗头的周润发？

　　因为回忆的掺入，我们的感知才拥有了诗意和深度。然而，我们总是倾向于从本质上而不是从程度上来看待我们和艺术家在感知上的差异。我们认为，我们看待事物的眼光是客观的、现实的，可以作为行动的依据；而艺术家们看待事物的眼光是虚幻的，尽管审美上是必要的，但和现实实践没有什么关系。而墨白告诉我们，当下和过去、现实和回忆之间存在着连续性，我们无法把它们割裂开。他"设计"了小罗的死亡，就是为了表明这一点：死亡对人来说无疑是最重大的事件，当幻想成为死因时，我们还能认为它是和现实无关的幻象吗？

　　我们也可以从这个角度来解释丁南那个不可思议的遭遇。他深夜去为发烧的夏岚请医生，见到插队时的旧相识右派分子老田，聊了许多往事，并带回了药。第二天，却得悉老田已去世多年。和老田的会面是丁南在那个深夜产生的幻觉，一个梦境，我们只能这样解释，当然也可以从一些细节中找到暗示，诸如他一直没有看清老田的面孔。但是，夏岚却喝了他带回的药，一个透明的高温瓶子，里面是澄澈如冰的药水。墨白不会宣扬通灵之类的观念，那如何处理这个瓶子？仅仅是营造神秘诡异的气息，给读者一种特殊的审美体验？笔者以为，墨白是在用戏剧化的方式表达了这样一种观点：梦境连接着现实，是现实的一部分。这种连接通过药瓶体现出来，药瓶是一个象征。

　　小罗、浪子意外地死去。死亡的不可预知，使存在充满了神秘，不可捉摸。墨白说："一切都是偶然，一切都是巧合，一切又都是必然。这一切我们都无法把握，这就是我们的存在。"[1] 我们一直在努力给生命存在以秩序，我们也相信我们可以做到，柏格森指出，这种做法和想法如果只限于研究已发生的经过，而不去研究正在发生的情形，是不会犯错误的，但若试图指向正在发生和未来的事物，就会遇到重重困难。[2] 因为所谓的规律、秩序，都是建立在对事实的简化和静态化处理之上的，背离了真实的绵延。把规律当成真正的实有，相信可以凭借规律来把握一切的是"机械论者"或"决定论者"，而对于"动力论者"或"绵延论者"来说，我们不能用规律来把握无比复杂的绵延中的生成，因而一切都是不确定的、无法捉摸的。墨白非常看重"神秘"，神秘并不是因为存在着诸如神鬼之类的超自然之物，它是一种异于流俗的世界观，是对无限复杂的、绵延中的生命存在的描述。有人说，田伟林的疯、浪子的死系于宿命。"宿命"是一个很有意思的词，如果我们借宿命论来摆脱自己的责任，那是消极有害的。不过，我们用宿命来解释无法用因果关系加以解释的命运，倒是很贴切：由于我们所有的记忆和经验、意识和无意识、梦境和幻想、欲

---

① 张钧：《以个人言说方式辐射历史与现实——墨白访谈录（代序）》，《爱情的面孔》，花山文艺出版社 2000 年版，第 11 页。
② ［法］亨利·柏格森：《时间与自由意志》，吴士栋译，商务印书馆 2010 年版，第 103—104 页。

望和信仰等各种因素都在时间的绵延中无限复杂地渗透、纠葛在一起，我们朦胧地意识到命运和过往的某些经历有着隐秘的关联，但无法说清，此之谓宿命。

记忆就是我们的现实，始终在参与着现实的建构。"但我们知道，有时候记忆是靠不住的，有时候记忆会偏离事实的真相，太多的主观记忆把已经远去的客观世界切割得支离破碎，我们现在所看到的历史都已经经过了我们人类个体的主观意识的改造，这样的历史已经偏离了客观事实。"① 所以，我们要不时静下心来反思我们走过的路，要重新整理和修正我们的记忆，并以此来观照我们的现实。如此，我们就能理解，何以墨白宣称自己是靠记忆写作。每次对记忆的发掘整理，都有助于更好地理解现实，都会产生一个新的自我，也都会更新自己的记忆。如墨白所说："记忆是一个巨大的容器，它在现实的瞬间不停地摇动着，所以我们记忆里的内容每时每刻都在发生着变化。"② 在柏格森看来，记忆使我们更有能力创造出行动，更有能力奔向精神的自由，"通过对先前体验的记忆，这种意识不仅越来越好地保留了过去，以将它们与当前组织在一起，形成更新鲜、更丰富的决断"③。墨白则进一步指出，只有我们对记忆的本质和价值有着明确的、自觉的认识，并不断整理和修正我们的记忆，才能避开记忆可能带给我们的迷误，培育起更健全的精神人格。孙先科用"有关记忆的诗学"作为对《梦游症患者》的阅读感受，认为新时期以来的文学有三部重要作品是关于记忆、梦想与童年记忆的，它们分别是史铁生的《务虚笔记》、张炜的《九月寓言》和墨白的《梦游症患者》。其实，"有关记忆的诗学"可以作为对墨白所有创作的描述。

三

本质上，历史就是我们的记忆，也只能是我们的记忆。记忆是在不断

---

① 墨白：《梦境·幻想与记忆——墨白自选集》，河南大学出版社 2013 年版，第 423—424 页。

② 同上书，第 481 页。

③ ［法］亨利·柏格森：《材料与记忆》，肖聿译，华夏出版社 1999 年版，第 226 页。

摇动和生长的，历史也不会凝固不变，每一代人都会基于自己的生存语境对历史提出不同的理解。然而，出于种种原因——对确定性的渴望和思想控制的需要，本质主义思维的影响，等等——人们总是倾向于认定存在着一部绝对真实的历史，能够帮我们认清来路，并对现实做出客观准确的解释。由于个体的记忆总是充满着强烈的主观性，人们在以个体记忆为材料编写历史时，只能小心翼翼地将个人化的因素去掉，以维护历史的客观真实。但这并不能真正做到，因为我们在对材料进行取舍时又掺入了自己的主观性，我们的取舍标准并不像我们认为的那样无懈可击，学术的发展总会证明它的局限性。更重要的是，个人的体验和精神生活本身就是历史的一部分，那种剔除了主观性、个人性的所谓历史，只不过是历史的框架或轮廓，对于我们理解自己的精神生命没有多少帮助。

绝对的历史是不可能的。在林中的墓园里，丁南和守园老人谈起1958年的挖池塘的事件，说自己在书本（《风车》）里看过，老人说：

> 书上？书上会有？书上会有扒房子？书上会有合大伙？书上会有饿死人？我不信。

老人不相信书本上的历史，是在并不了解书本的前提下通过想象得出的结论，却道出了一个真理。历史编写受到太多外在因素的制约，编写者的立场和视角，不能触碰的官方意识形态，专业书写的种种限制，等等，这些都会使历史极大地偏离事实。即便历史上记载了"扒房子"、"合大伙"和"饿死人"，但那些高度概括、严整规范的文字和数字没有血泪，没有感情，不会对读者的情感带来冲击。而对老人来说，历史是林子里的32座坟墓，是生前被奴役、死后尸骨无处掩埋的爹娘，历史就存活在他的生命中。

书本上的历史不可靠，个人的回忆也不可靠。在守园老人的记忆里，右派分子老田和他的儿子老田显然被弄混了。《雨中的墓园》中三个人对多年前的群体死亡事件给出了不同的解释，也在消解历史的个人化表述的真实性。文学中的历史呢？同样不可靠。守园老人和过世的右派分子老田告诉丁南，有很多人在挖池塘时因伤寒悲惨地死去，可是《风车》中记载了挖池塘时大批民众罹患伤寒的情况，但没有涉及群体死亡事件。《雨中的墓园》倒是写了群体死亡事件，而且小说中墓园的地貌和丁南、夏岚置身其中的林中墓地是一致的，不过，这些人是在修水渠而不是挖池塘时死去的。丁南在《雨中的墓园》、《风车》和现实的探访中穿梭，试图复原那段历史的真实，但始终未能如愿。结束了《风车》的阅读之后，他感慨道：

> 什么历史？历史其实是某些人的眼睛，是某些人的好恶而已！历史是个屁，无产阶级的屁，资产阶级的屁，美国的屁，日本的屁，意大利的屁，太平洋的屁，你想放它它就响，你不想放它它就不响！是不是，浪子，够哲学的吧？哼哼！

还有那个疯了的田伟林，也是一个意味深长的隐喻。这位故交从小说开始就在丁南的回忆中出现，丁南怀疑他就是《雨中的墓园》和《风车》的作者方舟。进入渠首后丁南一直找他，却见不到他，等见到了他已变成疯子。田伟林的真实面目是什么样子？他是方舟吗？丁南记忆中的田伟林是真实的他吗？这一切变得扑朔迷离、无从得知，宛如一段残破的历史。

历史没有绝对的真实，我们无法找到历史的真相。墨白用迷宫来隐喻历史，"历史是一座巨大的我们置身其中的迷宫，我们所有的人都渴望进入这座由我们的先人所建造的迷宫，并做出自己带有强烈主观色彩的对历史的解读，然后留下来影响和迷惑我们的后人，使自己成为那迷宫的一部分。因而可以说，我们每一个参与思考的人，都是历史迷宫的建造者。所以我们看到的历史有着极大的不可靠性；而我们的现实，恰恰是建立在这个错综复杂的历史迷宫之上。"[①] 历史是不确定的，现实也是不确定的。正如蓝蓝对《映在镜子里的时光》的评价，这部小说动摇了我们对于世界、自我感觉、可见之物以及回忆的信任，进而对当下的真实存在产生怀疑。

---

① 墨白：《博尔赫斯的宫殿》，《梦境·幻想与记忆——墨白自选集》，河南大学出版社2013年版，第485—486页。

然而，这是小说的旨趣所在吗？如果是的话，这样一种追求将会把我们引向虚无主义。并非如此。

墨白并不因为历史叙事的主观性、虚构性而放弃历史。在插入《风车》文本的地方他设置了这样的小标题："多年前发生的一些荒唐而真实的故事"。《雨中的墓园》的三种死亡叙事，守园老人和右派分子老田关于群体死亡事件的讲述，尽管相互之间存在冲突，但无不令人震惊。墨白解构历史叙事，而在解构的过程中又把这些历史叙事变成了无法抹去的存在。

这之间并不矛盾。历史本身无比复杂，各种理性和非理性的动机、公开的和隐秘的力量以及偶然性因素混在一起，即使身在其中人们也无法窥见其全貌，厘清其脉络。对于丁南他们来说，浪子、小罗的死和田伟林的疯将成为永不能破解的谜。历史一旦成为过去，其真相更加难以追索，我们只能捡拾起一些碎片加以连缀，勾画出和真实历史相去甚远的简略图。然而，这并不意味着我们可以放弃历史。虽然和宏大的历史叙事一样，个人化的历史叙事也不能通达绝对真实，但这种带着个人体温的历史是活生生的，真实地参与了个体的情感、人格和世界观的构建。追问历史是为了体认现实，那么还有什么样的历史比这种活在我们生命中的历史更值得我们关注呢？如果我们真正接受了绵延的时间观，就会意识到并不存在什么绝对真实因而也是凝固了的历史，历史是活的，不断地向当下生成。真正需要消解和警惕的是那种权威的、专横的历史叙事，打着客观真实的旗号，误导我们对现实的认知。

在早两年发表的长篇《梦游症患者》的后记中墨白写道："在公交车上，在烩面馆里，在你生活的每一处地方，只要你留心，或许你就会重新遇到这本书里的一些人的影子。是的，是他们，他们还生活在我们的身边，那些经历过'文革'的人还都生活在我们的身边。"[①] 历史并未走远，可是我们已将它遗忘，忘乎所以地飘浮于当下的喧嚣和欲望中，就像丁南和浪子。我们应该不时地回顾反思。随着丁南一行人越来越深地走入历

---

①　墨白：《梦游症患者》，河南文艺出版社 2002 年版，第 283 页。

史，他们的旅途逐渐变得不那么轻松。及至浪子死亡，现实终被历史渗透，恢复了应有的沉重。导演死后，剧组再去颍河镇已无必要，但他们还是踏上了旅途，小说的结尾因而成了一个彻头彻尾的象征。是的，尽管我们无法到达那个终极的历史，但我们依然要持续地展开追问，只有这样我们才能越来越接近历史，越来越接近我们真实的生命存在。

墨白说："我们自己谈论历史，研究历史，解读历史，可是我们自己最终会成为历史的一部分，我们破解迷宫，可是我们自己最终却成了构成迷宫的一块砖，或者一片瓦，我们的后来者，在某一天会在这迷宫的墙壁上看到我们的身影。"① 是的，我们无法跳出时间和历史的迷宫之外，但这不意味着我们可以无所作为。如柏格森所说，在时间之内的我们是自由的，作为绵延的时间使我们的未来拥有了无限的可能。但这种自由也是需要我们去争取的，只有持续地表达记忆、追问历史进而反思现实，我们才能挣开必然性和各种外部力量的束缚，开创属于自己的未来，我们也才能成为历史的迷宫的建造者，而不是迷失者或牺牲品。

---

① 墨白：《博尔赫斯的宫殿》，《梦境·幻想与记忆——墨白自选集》，河南大学出版社 2013年版，第 487 页。

梦　境

梦向来与文学有着不解之缘。

弗洛伊德指出，梦是无意识的话语，是深层的心理真实的流露，而文学就是一场白日梦，是我们在日常生活中无法实现的渴望、欲念的补偿性满足。也就是说，现实中的我们被迫戴上种种枷锁和假面，以迎合社会化生活的需要，只有在梦中、在文学中，我们才是自由的，才是真实的。然而，我们的思想却被现实占据，不了解梦的意义，将梦和文学视为虚假的幻象。

叔本华则认为，人生就是一场大梦。"人生和梦都是同一本书的页子，依次连贯阅读就叫作现实生活。如果在每次阅读终点（白天）终了，而休息的时间已到来时，我们也常不经意地随便这儿翻一页，那儿翻一页，没有秩序，也不连贯；……不过总是那一本书。"① 现实生活是连贯的阅读，梦是跳跃性的阅读，二者没有本质的区别，都存在于世界的表象之中。文学（艺术）则不同，它虽然有着表象的外观，但却帮助我们直接对理念进行观照，从而通达世界的本质。囚禁在表象世界中的我们认为现实才是真实的，文学不过是一场梦，但在叔本华看来，文学之梦比现实更加真实，更接近世界的本质。

柏格森也颠覆了我们通常关于梦是虚假的看法。他指出人类意识的状态是"绵延"，但逻辑和理性的空间化的处理遮蔽了它的本来面目。相比

---

① ［德］叔本华：《作为意志和表象的世界》，石冲白译，商务印书馆1982年版，第45页。

之下，梦境的怪诞、新奇打破了逻辑和因果关系罩在我们内在生命上的坚硬外壳，比条理分明的现实意识更真实，更接近绵延的状态。因而，文学总是具有梦的属性，文学和梦都是具有创造性的，都向我们呈现了人的内在生命的真实状态。

墨白对梦境与现实的关系有着清醒而深刻的认识，他告诉我们："在梦境里出现的事情，常常与我们现实生活里发生的事情有着某种关联，梦里的情境总是使我们感到新奇，梦使我们获得了另外一些看待世界的方法。"① 我们也可以把这段话中的梦替换成文学，文学创作就是铸梦。"就拿构思一部短篇小说的情况来说，你一旦开始，事实上就是在铸梦，而且你是以相当自觉的方式在铸梦。"② 墨白是一个铸梦的高手，梦境是其小说情节的重要部分，往往关联着小说的深层表达；而且，他的小说总体上也笼罩着神秘氤氲的梦境气息，这来自他对生命、对文学的独特见解，也是形成其小说的诗性审美效果的重要因素。本词条中我们将对墨白小说中的梦境书写进行解读，并探讨他对文学、人生和梦境关系的见解。

一

无论是弗洛伊德、叔本华还是柏格森，都告诉我们，在真实的问题上，梦境和现实存在着逆转的可能。在《梦游症患者》的后记中，墨白写道："1996 年距离无产阶级'文化大革命'的开始已经整整三十年了，距离'文革'的结束也二十年了，'文革'那一年我还不满十岁。当噩梦在一个还不满十岁的孩子身边发生的时候，他身不由己地用一种幼稚的眼光注视着梦境里的一切，他身不由己地去经历梦境中的一切。兴奋、向往、迷茫、恐惧……梦是那样的漫长，足足做了十年，或者更长一些时间，一直到他长大成人，那场噩梦几乎构成了他的血肉和精神……"③ "文革"是发生在历史中的真实事件，但在我们今天看来，却如同噩梦般难以置信。读完这部以"文革"为背景的小说，我们不禁会发出这样的疑问：谁是梦游

---

① 墨白：《梦境·幻想与记忆——墨白自选集》，河南大学出版社 2013 年版，第 422 页。
② 同上书，第 490 页。
③ 墨白：《梦游症患者》，河南文艺出版社 2002 年版，第 282 页。

症患者？

钟鸣作品：墨白小说《寻找外景地》插图（长江文艺出版社
1999 年版）

就文本的表层来看，文宝是梦游症患者，他总是沉溺在自己的梦中。但稍作思索我们就会发现，文宝无法或者不愿进入的现实才是一个真正的噩梦，人们看不清别人也看不清自己的面目，时常处于恍惚或歇斯底里的亢奋之中，他们也是"梦游症患者"。在小说的叙述中，墨白不断通过营造迷茫的、梦魇般的氛围向我们暗示这一点：

> 走出茶馆，文玉感觉到在他面前照耀的阳光一点都不真实，他行走在大街上，但是那些行人那些树和那些飞动的鸟儿仿佛离他十分遥远，文玉有些时候仍旧觉得自己是在异乡的土地上行走，在陌生的城市里行走，然而那些往事连同昨天夜间的暴雨和今天早起的游行的经历都如同很久以前的事情，我这是往哪里去呢？
> 由于灯光的缘故，洒满空间的月光在掌灯人的目光中变得深不可

测，她一边探着灰红的空间一边走进酒厂的大门，在她的身后跟着一群面目不清形如影子的人。

人们不知道自己是谁、身在何处，但对此没有任何反省意识，歇斯底里地投身那场政治运动，听任被煽动起来的兽性、欲望将人性、理智完全冲垮。相比之下，文宝执着地对梦中和眼中的一切进行发问，他的世界没有那种令人窒息的晦暗，而是明澈的，一种有深度、有质感的明澈——每每让我联想到美国诗人弗罗斯特的诗歌。这样，文宝的存在就成为一个极其强烈的反讽，映射出那个丧失精神自我时代的蒙昧与疯狂。

如墨白本人以及评论界指出的那样，沉湎于梦境的文宝其实是个清醒者，是个智者的化身。他准确地预言了灾难的到来，对人性的沦落有着深刻的洞察：

> 你们是一些鱼吗？你们快到深水里去吧，一会儿有渔夫要来了，渔夫拉着白船子要诱你们撞网了，你们快到深水里去吧，你们是鱼，可是你们为什么还在这儿呢？
>
> 河水呀河水，你是一面镜子吗？……你让看到你的人都变成了一头驴子了吗？人都变成了狗吗？人都变成了蛇吗？

文宝的很多言语都具有这样一种灵秘的质性，在现实正奔涌着的疯狂追逐欲望和权力的狂流中，他的声音不断响起，如他的鼓声（《梦游症患者》第24章）一样，无望而执着地向人们发出警示。除了文宝，颍河镇还有一个清醒者，文宝的父亲刘嘉生。在镇上人看来，刘嘉生也有精神问题，所以才会有文宝那样的儿子。作为一个右派知识分子，他用沉浸在对某种事物的思考和对往事的回忆来回避现实的痛苦，这使他常常处于一种不清醒的、梦游的状态中，"在内心深处他是一个痛苦的清醒者"。刘嘉生对支配现实演进的一切，荒诞的政治、丑恶的欲望，有着清醒的认识，他从不期望通过追求什么进步来改善自己的处境，在文玉风光无限时冷语相加，"枪打出头鸟"，他的预言后来也得到了证实。相比之下，刘嘉生和文宝似乎在叙事中承担着相同的功能，而且比文宝更真实、可信。如果是这样，文宝存在的意义就打了折扣。文宝超出刘嘉生的地方在哪里？泛泛地把文宝作为一个对现实进行批判的视角人物来谈论并不难做到，我们还应该进入文宝的话语和梦境之中，去体悟他的言说方式和话语意象。

叔本华告诉我们，常人生活于表象的世界中，用因果关系把各种事物联结在一起，从而获得一个有秩序的整体，这被他们称为现实；而天才却具有卓越的直观能力，他们能够穿透表象直达本质，揭示这个世界的奥秘。在直观中，天才摆脱了意志、目的和欲望的压迫，作为纯粹主体存在，从而拥有了"明亮的世界眼"①。但是，天才会错认——也许是他们毫不挂心——庸常意义上的事物间的关系和秩序，人们听不懂他们的话语，所以把他们视为疯子，把他们的话视为梦呓。文宝便是一个具有卓越的直观能力的天才，他总是絮絮述说着风啊、鱼啊、云啊，不合逻辑，但他的话却具有难以言喻的魔力，任何未被完全淤蔽住的心灵——如渔夫老鳖——都不能不被吸引。而常人被锁闭在因果、功利的链条之中，失去了对事物、对自身的任何洞察，把文宝当成疯子，也堵塞了自己通往自由和真理的道路。除了一些作为预言和批判功能出现的意旨较为明确的话语，文宝的很多话我们也难以理解和言说，这既是因为我们工具化了的语言无法胜任，也是因为我们浸泡在功利世界中的心灵失去了澄明，无法进入文宝的世界。就此而言，文宝是超越时代的，是"凝滞的时间"，他不仅映衬出那个时代颍河镇人的愚昧和疯狂，也让我们看到自己的鄙陋和庸凡。

文宝是自由的，不仅是因为他超脱于政治斗争，更重要的是他超脱于欲望。三爷寻找文宝却一直没有找到，在现实的意义上是不合理的，就那么一个小镇子，找个人是很容易的，渔夫几乎天天都能见到文宝。——这是一个象征性的情节，表明在欲望的支配下，一个人是不可能获得自由的。所以迷恋权势的三爷见不到文宝，而没有权力欲望的渔夫可以。因为

---

① ［德］叔本华：《作为意志和表象的世界》，石冲白译，商务印书馆 1982 年版，第 258 页。

拥有自由，整个世界的光风霁月都摇曳于文宝的眼睛和心灵之中：

> 这些鲜艳的花朵，有谁能看到这些鲜艳的花朵呢？只有我吗？姥爷你看到过这样的花朵吗？还有麻婆，你们看到过这样的花朵吗？没有。或许看到过。要不，我把你们领到这儿看一看吧？

也只有通过文宝的眼睛，我们才能看到种种古朴、秀美的乡间景观。某个早晨，小明在一种莫名茫然的心绪中通过酒楼的窗口看到了玉带般的颍河、飘散的白雾、木船上的白帆和错落有致的房屋、街道，居然十分激动，因为他的眼睛和心灵从未向这些事物敞开。而它们一直就在那儿，构成了文宝的精神世界。这种梦幻般的感觉转瞬即逝，小明很快被游行的锣鼓声召回所谓现实中。

> 他没有想到时隔不久他就被一场大火困在了这高高的酒楼上，在最后的时刻里他突然又一次想到了这个早晨……

或许这时他才冥冥中感受到了自由的召唤，文宝的召唤。所以，我们看待文宝的目光不应有丝毫精神病理学的成分，也不能单单把文宝看作一个现实的"逃避者"，即便是在赞许的意义上。文宝是我们的一种理想的存在状态，是值得我们去追随的先导。虽然我们不能在绝对的意义上变成文宝，但我们的确应该不时地从功利化的生存活动中抽身，用疏离的、诗意的目光来打量这个世界，只有这样，我们才能解除欲望的进逼，才能感受到世界的寥廓邃远、生命的潇洒自由，才能对压制生命和自由的权力感到厌恶并保持警惕。

二

梦境是弗洛伊德构建其精神分析学说的起点，是人的精神生命的重要组成部分。在梦的表象之下，隐含着个体意识到或没有意识到的欲念、渴望、困惑和恐惧，最真实地展现了被理性、道德和各种现实力量所遮蔽的复杂人格。梦境的神秘诡异让墨白着迷，他经常在各种随笔文字中谈论自己的梦境，也喜欢在小说中书写人物的梦境。对梦境的解读是进入墨白小说的重要途径。

《局部麻醉》中的白帆是一个与周围的庸众格格不入的高贵个体，他经常用沉湎于回忆和幻想的方式来逃避鄙陋的现实，但现实的压力却避无可避，令他心力交瘁。他的渴望和焦虑也真切地出现在了他的梦境中。小说描绘了他的两个梦境。一个是他梦游江南水乡，鲜花、少女、稻田、蝴蝶、池塘，世外桃源般的祥和美好。然而，转瞬黑云密布，大雨倾盆，袁屠户手持尖刀向他逼近……即使在梦中，他也无法挣脱狰狞可怖的现实，这个梦预示了他无法摆脱的悲剧结局。在另一个梦中，他见到了那个因阴茎肿大不堪众人围观而上吊自杀的老人：

　　　　老头儿在白帆的面前跪了下来说，大夫，求求你，给我作了吧，我真的没脸见人了。白帆说，那好吧。白帆说完，就领着那个老头儿走进了手术室。在他的面前，是一条长长的走廊，那走廊好像没有尽头，白帆一直沿着长长的走廊行走，他走得好累好累，却怎么也走不到头。走廊的两边没有窗子，自然的风光和季节的变换离他十分遥远，在灰红的灯光里，他不知道自己身处何地。在一块镜子面前，他看到自己变成了一个白发苍苍的老者，他赤身裸体，他的阴茎在他的双腿之间不停地膨胀，那阴茎越来越大，最后充满了长长的走廊。

在没有窗子的长廊中疲惫地行走，是白帆那乏顿枯燥的人生的象征。镜子里的景象，是梦的运作机制的产物，老人的形象被"移置"到白帆自己身上。老人因阴茎肿大而死，阴茎是焦虑的意象，不断膨胀的阴茎充满了长长的走廊，极致地呈现了不断增长的巨大焦虑对白帆的围困和压迫。

《白色病室》中苏警己的梦更隐晦和曲折地表现了他复杂的人格。苏警己是一个精神病科医生，医术高明，卓尔不群。他没有任何伤害秋霞的意念，和秋霞的死亡也没有干系，但却梦见秋霞掐住他的脖子指责他是凶手。这十分令人费解。我们可以这样解释，苏警己的少年时代备受周围人的羞辱欺凌，别人对待他的态度被内化到了他的人格之中，儿时曾百般凌辱他的姜仲季成了他的病人，在他面前怯如羔羊，这让他"体会到了一种做人的快乐"，并且：

> 他隐约地有一种愿望，让姜仲季长久地在他身边待下去，来提醒他从前曾经如何生活过，来医治那颗孤独且伤痕累累的心。

也就是说，一直作为受虐者存在、令人同情的苏警己的人格中隐约也有一种施虐的倾向。但作为一个高贵的个体，他毕竟不同于那些残暴麻木的施虐者，在潜意识中他为自己的这种"隐约的愿望"感到不安，产生了一种负罪感。这种他自己也没有意识到的负罪感在梦中被"移置"到了秋霞的死亡事件中，从而曲折地表现出来。当杀死了给他濒临崩溃的精神以最后一击的白冰雪后，苏警己疯了。他的疯狂是对这个荒诞的、非人的世界的无奈的逃离和愤怒的控诉，也是他对自己所犯过的罪的偿赎。有负罪感存在，人性就没有彻底沦陷。

读懂了苏警己的梦，我们才能明白，姜仲季怒骂苏警己是杀死秋霞的凶手，苏警己怒骂院长是杀死白冰雪的凶手，都不只是疯子的谵语，还是小说要表达的深层真实：死亡，以及疯狂，都不是偶然事件，它们的主谋是病态的文化，每一个无论是主动还是被动地接受和延续这种文化的个体都不能置身事外，都应该领受罪责。有的评论者一针见血地指出，"20 世纪的罪恶是匿名的"，"谋杀是这个世纪一只看不见的手"[①]。苏警己领受了自己的罪责，通过他的梦，他的疯狂。可是，谁会为苏警己的毁灭而心怀歉疚呢？那些逼死了他的母亲，毁掉了他的童年的暴徒，那些承受着他的恩惠却恶意用流言把他推向绝境的庸众看客，那个出身高贵行事高明的郑楠，还有那个毫无立场待价而沽的白冰雪，他们共同毁灭了苏警己，但没人为此感到不安，没有人！漠视和戕害生命的文化让我们自相残杀，并赋予了这种隐形的杀戮行为合理性，这就是冷峻深刻的墨白通过这部作品要

---

① 刘恪：《优雅、色彩及比喻丛丛——墨白印象》，杨文臣编《墨白研究》，河南大学出版社 2015 年版，第 96 页。

告诉我们的，而把握作品意旨的关键正是苏謦己的那个梦境。

梦境对于《一个做梦的人》的重要性，和对于《白色病室》是一样的。金钱和权力把社会变成了一个烂泥潭，在这个烂泥潭中摸爬滚打的孙新春也染上了一身的恶习，为了在情人面前一掷千金摆阔绰，参加了工作的他去搜刮艰辛劳作的农村父母，那段为给情人买鞋和父亲展开的对话无耻到令人作呕。他懦弱、虚伪、虚荣、招摇过市……不过，他的梦境"挽救"了他的形象：

> 在陌生的地方，我时常会听到风声，我知道那风来自街道外一望无际潮湿的原野。原野上下着雨，那种从来不曾停止过的雨。雨水呈现出一种粉红色，弥漫着我视觉里的每一片空间。在潮湿里，有时我会闻到一种在新鲜的蒜泥里加了陈醋后所产生出来的气味。那是我喜欢的气味。我知道那气味与我奶奶有关。奶奶念白一样的诅咒声时常会演变成一种气味，那来自童年的气味不知在我梦中的原野刮了多少年。梦中的粉红色时常像雾一样弥漫着我在原野上走过的田间小路。

一个纯净的、未被污染的、诗意盎然的世界，让我们想到了文宝的梦境，也让我们看到了孙新春的另一面，看到了他的分裂、挣扎和无奈。在这个世界上，人们很多时候不得不向现实屈服，不得不被现实的油彩涂抹得面目全非，但只要他的内心、他的梦境还在反抗，人性就还有希望。

三

墨白关于梦境的文字总是给我们一种特别的审美体验，我们常常在不知不觉中进入他设计的梦境之中，当他把我们从中拉出来的时候，我们尚分不清梦境和现实，和小说中的人物一样有不知身在何处之感。在《映在镜子里的时光》的时光中，他借白静对《雨中的墓园》的评论泄露了他营造梦境的"玄机"：

> ……这个盲人我敢肯定就是作者虚构的一个人物，作者为了达到

某种意图，他使这个人物生活在我们的视野里，让他在那个残破的渠首里等待着我的出现，然后他再告诉我一些我们从来不知道的事情，小说就是这样，他的描写，使我们这些读者真假难分……

之所以这样处理，是为了呈现梦境和现实之间的连续性。墨白相信，梦境和现实事物一样真实，有些梦总是令我们难以忘怀，永远留在我们的记忆中，对我们的精神生命产生影响。而且，梦境和现实的连续性不只是一种理论立场，还是我们很多人都有过的一种真实体验。普鲁斯特在《追忆似水年华》的开头就描述了这种体验：

> 在很早一段时期里，我都是早早就躺下。有时候，蜡烛才灭，我的眼皮儿随即合上，都来不及咕哝一句："我要睡着了。"半小时之后，我才想到应该睡觉；这一想，我反倒清醒过来。我打算把自以为还捏在手中的书放好，吹灭灯火。睡着的那会，我一直在思考刚才读的那本书，只是思路有点特别；我总觉得书里说的事儿，什么教堂啊，四重奏啊，弗朗索瓦一世和查理五世的争强斗胜呀，全都同我直接相关。[①]

醒和梦的界限有时并不清晰，有时我们在做梦的时候还觉得自己是清醒的，有时我们在清醒的时候也会进入梦境之中——那种游离于现实之外的幻想同梦境没有什么区别。当我们忆起多年前往事的时候，人生境遇的巨大改变往往会让我们有恍如隔世、如入梦境之感，我们甚至会怀疑我们是否真的是从那样一个历史时期——而不是从梦境中——走过来的，比如"文革"。但换一个角度，现在的我们对于曾经的我们来说，又何尝不是一个梦境。我们可能都听过老人们这样的感慨：过上这么好的日子，真像是在做梦。

《雨中的墓园》的主体部分就是一个梦境，关于这部小说，我们在词

---

① ［法］马塞尔·普鲁斯特：《追忆似水年华》，李恒基等译，译林出版社 2008 年版，第 3 页。

条"颍河镇"和"时间"中做过讨论。非常明显,"我"的那次苦涩的旅行是"我"的一个梦境,"我"在讲述中多次做出了暗示,比如,晓霞问起旅行的时间时,"我"总是要想一下才给出答案。再比如,那条现实中并不存在的河流:

> 一直到现在我也不知道那条河叫什么名字,从哪里流来,又流向哪里。在后来的许多日子里我都企图弄清这些简单的问题,我查过地图,随后又骑车不停地去寻找,可是在我见到的河流中没有一条是我要寻找的,这真是没办法。于是我只有在不断的回忆里去追忆在潇潇秋雨之中呈现在我面前的那条河流。

还有那行踪诡秘的黑衣老者、白衣女人、盲眼老人,以及那辆白雾环绕的马车和"我"始终没有看清面孔的马车夫,都只能出现在梦中,如果我们不相信灵异事件的话。尽管如此,这次"旅行"却深深地将"我"卷入其中,孤独、死亡、神秘、宿命……表面上看,现实和梦境似乎没有什么干系:现实中,"我"的生活极其苍白,家庭令我心力交瘁,于是"我"沉沦在对情人的欲望中麻醉自己;梦境中,是一起多年前神秘的多人死亡事件,钩沉出那段历史时期的荒诞和疯狂。用心感受我们就会发现,梦境中的那种无尽的孤独、萧索,也正是现实中"我"之于人生的感受,"我"像盲眼老人一样带着倾诉的渴望对着晓霞絮絮述说。轻浮的现实和沉重的历史,二者的组合形成一种独特的张力。当"我"从梦中醒来后,看待现实的眼光已被改变:

> 茫茫的田野,弥蒙的细雨,一些刚刚经历的往事,一切都变得那样的不真实,一切都变得恍恍惚惚,离我们那样的遥远。

从梦境的眼光来看待现实,也就和浮躁庸俗的现实拉开了距离,从而恢复了心灵的自由和灵性,人生也就拥有了审美的意味。这是这部作品在严肃的政治历史思考之外,给予我们的一种审美体验和哲性启迪。

《裸奔的年代》第一部的第三章（以《飘失的声音》为名独立发表过）讲述的也是一个梦，一个每个人的心中都深藏着的梦。相对于《雨中的墓园》，这个梦的细节更加清晰具体，现实和梦境之间的边界更加模糊。当然，作者还是给出了提示：

> 谭渔看着眼前这个陌生的女人，她的长发高高地扎成一个把子，像一个女孩子，但是她的眼角上已经有了细细的眼角纹。是的，你就像我想象的那样，小巧玲珑，你果绿色的毛衣你枣红色的长裙……

"你就像我想象的那样"，暗示了赵静是谭渔的想象。在"欲望"词条中我们谈到过，用弗洛伊德的梦的运作机制理论——移植和凝缩，我们可以解释赵静的出现。她的姓名、职业和谭渔项县的一个女同学重合，她的气质和叶秋接近，而她的善良和包容有兰草的影子，她是谭渔理想中的恋人。现实和理想总是存在着无法填补的沟壑，我们的心中也都有一个"赵静"。通过这样一个梦，谭渔内心深处的迷惘、纠结和悲哀真切地展现出来。

作为一个敏感多情的知识分子，谭渔清醒地认识到了生命的悲剧性，这让他的心灵中弥漫着挥之不去的忧伤，他对赵静说：

> 赵静，你今年三十，我今年三十八，如果再过五十年，那时我们都在哪里？

死亡的到来，对每个活着的人都只是时间问题，没人能留得住时间。这也是墨白本人对生命的看法："人的生命是短暂的。死亡这一阴影使人生充满了永恒的苦涩，所以即使生命里最大的欢娱也潜藏着悲怆的眼泪。"[1] 我们不知道这是不是导致谭渔离开家庭的原因之一，但我们知道，谭渔对此并不心安理得，他的内心深处察觉到了自己的欲望，并因此产生

---

① 墨白：《孤独者》，河南人民出版社 1994 年版，第 179 页。

了负罪感。但他却无力从欲望中挣脱出来，这让他困扰且痛苦：

　　　　离婚，婚外恋，已成为世纪末的时尚，就像现在我们看到的窗外
　　的秋雨那样打湿了我们人类的思想，这或许是一种标志，一种向人类
　　文明过渡的标志，或许经过这场秋雨的沐浴，我们人类将更加成熟，
　　就像秋天里成熟的庄稼一样。而使我们感到悲哀的是，在这场秋雨过
　　后，我们将面临的是寒冷的冬季。是吧，赵静，在我们生活的土地
　　上，无论是你还是我都无法逃脱这个季节，就像现在我无法拒绝你的
　　来访，听到你的敲门声我不得不对你说请进一样。

　　每当赵静谈到真诚、背叛、羞耻感等话题，谭渔都有种如芒刺在背的
感觉，感到对方控诉的正是自己。但他"无法逃脱这个季节"，在内心里
鞭挞着自己的丑陋的同时，又沉陷在对于赵静的欲望和激情中。梦醒之后
的谭渔无比的沮丧，仿佛生命中某个非常重要的部分失去了。我们很难把
握墨白对谭渔的态度，谴责，同情，认可，还是兼而有之？或许，通过这
样一个梦，墨白也表达了自己的困惑：现实总是枯燥的、庸俗的，无法给
我们这些终有一死者以灵魂上的慰藉，我们曾经靠皈依宗教来寻求关怀，
但宗教的关怀是那样虚无。于是，我们通过打破现实的种种束缚——比如
婚姻——来追求自由，丰富自己的生命，但这又于道德不合，而且，"在
这场秋雨过后，我们将面临的是寒冷的冬季"。墨白从不站在道德的制高
点上指手画脚，标榜自己的纯粹和高尚，他愿意敞开自己，讲述自己的痛
苦、困惑乃至欲望。如果我们真诚地拷问下自己，会发现谭渔的梦存在于
每个人的心中，只是我们从未面对或不愿面对。事实上，在任何时代，人
类的存在都有迷雾环绕，我们总是发现自己处于不同的困境之中，如墨白
所说，我们总是从一个迷宫进入另一个迷宫。这正是我们需要文学的原因
之一：揭示人类存在的困境，呈现人类精神上的迷惘和痛苦，帮我们更好
地认清自己。另外，无论我们怎么努力，都不可能使现实臻于至善至美，
梦境将永远是我们精神生命中的重要组成部分。如果没有梦境的滋养，我
们就会被锁闭在现实的牢笼中，生命将失去深度、自由和光华。我们需要

梦境，正如我们需要文学，文学就是我们的梦。

四

墨白说，一个人到了生命的最后，终会明白，原来我们的人生就是一个漫长的梦境。[①] 浮生若梦，这也是叔本华的人生观，在他看来，我们生活在虚假的表象之中，在盲目的意志（欲望）的驱使下挣扎、拼斗，志得意满或失落沮丧，这一切毫无意义。墨白不是一个悲观主义者或虚无主义者，在"权力"和"苦难"的词条中我们已经看到，他从不放弃现实关怀，尽管他认为"人生充满了永恒的苦涩"。笔者更愿意把墨白人生如梦的言论理解成一种积极的观照人生的态度：当我们在人生这场大梦中漂浮的时候，我们受到各种羁绊和琐碎的牵制，无法从中抽身出来，无法用审美的态度打量人生，洞彻生命的本质。而如果我们对人生如梦有了感悟，我们就能跳出其外，从而拥有审美的眼光。这里笔者说的审美是一种诗意的、情感的态度，而不是对苦涩的现实的美化。用审美的态度对待人生，我们会对那些苦难、忧伤和生生死死产生更深沉的体悟、更浓重的悲悯，我们的灵魂也因而提升到一个更高远的境界。

在墨白的很多作品，包括一些写实性很强的作品中，都弥散着梦境的色彩。比如《幽玄之门》的开头：

> 临近腊月的一天，一个名叫狗眼的民间艺人出现在吴庄东边的村道上。那个时候，太阳迷迷瞪瞪地从云层里钻出来，把他眼前的土道照得一片灰白。土道边上有几株秃秃的杨树呆立着，一两片干死的树叶被枝条穿过胸膛，在寒风中一上一下地舞动。狗眼被突然出现的阳光镇住了，他收住脚。阳光照耀下的麦田呈一带灰色，这颜色和他记忆里的秋后旷野没有什么两样。

狗眼是个吹响器的民间艺人，有人去世的时候他那高亢而凄凉的

---

① 墨白：《梦境·幻想与记忆——墨白自选集》，河南大学出版社 2013 年版，第 489 页。

响器声就会响起，因而狗眼的出现是一个有意味的事件，总能引发一种人生如寄的萧索之感。由于做过眼球摘移手术，狗眼看到的是不同的景观，冬日的田野像梦境一般铺展开来，一种令人心悸的惨淡荒凉。十天以后：

> 农历腊月初八，一个名叫狗眼的民间艺人出现在吴庄东边的村道上。……可是，狗眼却没有看到一点绿色，这使他感到迷惘。在狗眼的经验里，这种情景只有在寒冷的冬季才会出现。

这是小说的结尾。十天前，臭迎接狗眼给伯父过周年，十天后，狗眼为他而来。无尽的苦涩、辛酸和绝望，伴随着叠合的画面，定格在我们的记忆中，如同一个遥远的梦境。

夏加尔有段名言："什么样的画都可以，请把它倒过来看看，这样才可以了解其真实的价值。"墨白将其解释为，赋予画面一种梦境般的特质，是夏加尔的追求，也是一种卓越的创造能力。"在他的笔下，花束如星空中的烟火，倒置的小屋使人产生离地凌空的梦想，但这些都能使我们真切地感受到人间的爱情、温柔、罪恶、痛苦和快乐的存在。夏加尔的绘画真实地切入了我们的现实生活，他使我们感动，使我们感到梦境就是我们生活的一部分。"① 和绘画一样，文学也不是对现实的单纯复制，那样只会使我们拘泥于现实的琐屑之中，难以触动我们心灵中最柔软的地方。文学必须拥有诗性，而营造梦境般的审美效果是获得这种诗性的重要方式。

在《爱神与颅骨》和《月光的墓园》等作品中，我们可以清楚地看到墨白的这一追求。《爱神与颅骨》讲述的是"我"和青枝的生死之恋，故事梗概在"苦难"词条中已有介绍，不再重复。在小说的开头和结尾，墨白设置了一个故事的讲述者，如果将这两部分删掉，故事依然完整，但就变成了故事主人公"我"满腹哀怨、喋喋不休的倾诉，虽然故事本身依然

---

① 墨白：《梦境·幻想与记忆——墨白自选集》，河南大学出版社 2013 年版，第 422 页。

能带给我们震撼和感动，可是那种细腻绵长的哀伤、那种梦一般的情致就丧失了。

　　这个凄惨而动人的爱情故事，发生在一所被冬天的寒冷所笼罩着的小院里，如今回想起来，那已是多年前的依稀往事了。如今在我准备记下这个爱情故事的时候才突然发现，这个故事在多年以前就已经开始了，让我忧伤的只是，现在那一切已经无处考证。因为故事的主人公，我的朋友，我亲如手足的兄弟已经乘鹤远去。在那片辽阔的蔚蓝色的天空里，我时常还能听到他那哀丝豪竹般的响器声，他吹出来的乐声风一样终日响在我的耳畔。……

在某种程度上，正是有了这个不知身份的叙事者，这个爱情故事才如同一个凄美的梦境留在了我们的记忆中。

《月光的墓园》中，墨白做了出于同样追求但更加巧妙的处理。因高考失败而被迫混迹底层的老手（"我"）过着一种粗蛮而辛酸的生活，赌博、斗殴、坐牢、配售假农药、洗劫黑心包工头的家……他也曾为了和青枝的未来规划过、努力过，但残酷的现实令他一再受挫，读书生涯中培养起来的理性、修养和优雅被消磨殆尽，于是，他无奈地把自己交付给了非理性，漂浮在湍急狂暴的命运之流中。这样一种底层生存状态我们并不陌生，在咖啡厅、音乐厅、大学、休闲娱乐中心等高档场所之外，那些面孔黝黑、青筋绽露、目光迷惘而又焦躁的漂泊者随处可见，他们身上都有老手的影子。关于底层生活的叙事我们也不陌生，2004年以来，苦难叙事、底层叙事已成为文坛和批评界的一个热点。但毋庸讳言，大多数的底层叙事在审美上是缺失的，沦为苦难的堆积和对粗鄙庸俗的生存状态的展览，这似乎是没有办法的事：底层生活本身是一种非美的状态，忠实于现实的底层叙事又如何能够做到自身的诗意化？然而，墨白这部写于20世纪80年代末的作品却向我们呈现了底层叙事诗意化——不是那种饱受诟病的对底层生存状态的美化和诗意想象，而是一种叙事和审美上的品格——的可能，可惜，评论界没有给予其应有的重视。这部作品中，故事时间在三个层面上交叉展开，一个是当下"我"那种无头苍蝇般乱打乱撞的人生之旅；一个是"我"对于过去的回忆——仇恨、屈辱、挫折、幻灭，这些是"我"之所以成为现在的"我"的注脚；还有一个层面是未来的"我"（2030年）在一个凄凉的秋夜中的回忆，这时等待着死神降临、老态龙钟的"我"已经从仇恨、欲望和盲目的生存意志中解脱出来，怀着无限的沧桑和悲悯回首往事，那些"我"爱的和"我"恨的人，都已逝去，到天空中那轮冰轮里去了。

> ……我满目凄迷地望着眼前的一切，灰雾迷漫，秋风萧索、落叶悲鸣、一片萧杀的景象。青萍，你听，一阵伤心的唢呐声从远处飘荡过来，天上那半个月亮也在浮云里荡来荡去……冰轮是死亡的诅咒/冰轮是故人的脸面/冰轮是焚烧的锡箔/冰轮是奠祭的花环/青萍，我不知道这几句诗会怎么蓦地回到我的记忆里来的，秋末的寒冷侵蚀着我苍老的记忆。月亮又从云层里露出脸来，把黑暗挤进我刀刻一样的皱纹里。……

极富诗意和抒情性的语言，幽寂凄冷的氛围，铺染出"我"（以及企鹅、刀螂、青萍和胖妮）那噩梦般荒诞虚无的人生底色。由于未来的"我"的记忆不断侵入"我"当下的人生中，这就为正在演进中的"我"的人生蒙上了一层梦境般的色彩，消除了其粗鄙庸俗对于读者审美上的压迫和侵犯，使我们能够用一种有距离的、审美的眼光来观照"我"那惨淡的人生。这不仅不会淡化我们对苦难的感受，相反，把一种更强烈的悲悯和更浓重的苦涩灌进了我们的心灵：

> 四十二年后，这个秋叶飘零的夜晚，我看到了一个一望无际的黑色草地，我看到了有两只可怜的灰羊羔在黑色的泥沼里挣扎，它们的身子一点点地往下沉，泥浆已经满过了它们的胸膛，挤压得它们喘不出气来，它们绝望地哀叫着，可是四周洪荒，月球一样荒原而寂静。

　　这正是我们阅读这部作品时的感受，是我们在阅读其他的底层叙事时很难获得的一种感受。卡西尔说，艺术教会我们观看。文学不能单纯地给我们讲述故事，还应该引导我们用诗性的、审美的眼光去感受故事，而要做到这一点，文学本身必须具有一种诗性的品质，这恰恰是墨白所追求的。

寻　找

评论家何向阳在《梦游者永在路途》一文中写道："如果用一个词来给墨白的写作做一个概括，没有比'行旅'这个词更贴切的了。而且，这个词，也完全可在他的主人公身上找到对应，那些寻找，那些向彼在的游走，那些'在路上'，那群不同程度的白日梦患者，好像他们的命运背后有同一只推动的手；在一场场如狂奔的行进中，在总会落得个不了了之结局的寻找后，他们一再执拗地上路，那幅犹疑却又迷狂的神色让人怪异非常，却坚信那场永无终点的行走正是他们的命定。"①

在墨白的小说中，行走虽然总是发生在空间之中，从一个地方到另一个地方，但我们不能因此单纯地在实事的意义上理解行走。作为一个哲学修养很高的作家，墨白要给自己的形而上的思考以可触摸的形象，行走正是这样一个形象。行走的动力和目的是寻找。

在《回家，我们从清晨一直走到黄昏》② 中，墨白写道：

> 我敢肯定他或她是一个漂泊者，或许在他们年轻的时候，就被耶和华从伊甸园里驱逐出来了，他们远离了那株永恒的生命之树，远离了圣洁的精神家园。那个无处可息的灵魂呀，他的一生一世都在回家的路途之中，似乎永远不能到达。可是，我们谁又能停止了自己的脚

---

① 何向阳：《梦游者永在旅途》，杨文臣编《墨白研究》，河南大学出版社 2015 年版，第103 页。

② 墨白：《回家，我们从清晨一直走到黄昏》，《莽原》2004 年第 3 期。

步呢？……我们每一个人，从幼年到老年都在回家的路途之中，从来没有什么能阻挡我们的行走，逢山开路遇河架桥，没有什么能挡得住我们在黄昏来临的时候叩响我们的家门，没有，没有什么能阻挡住我们。

我们都是漂泊者，都是异乡人，我们一生都行走在回家的途中，都在寻找那个圣洁的精神家园。有的时候，寻找是一种在空间中显现出来的行动，舟车劳顿，跋山涉水；有的时候，寻找只发生在精神的层面上，这时寻找是思的隐喻。寻找爱情，寻找自由，寻找温暖，寻找失落了的生命精神，寻找湮没了的人性之光，寻找灵魂的栖居之所……无论是哲学之思还是文学之思，本身就是寻找。

一

《孤独者》① 是墨白很看重的一部短篇，他以《孤独者》命名自己的一部短篇小说集，并把这部作品作为互文性文本写入他的长篇《欲望》中，《红卷》中的赵静和《蓝卷》中的米慧都为这部作品倾倒。多年前的一场大水把孤独者和他的情人卷入激流，情人死死搂住他的脖子，将两人置于极其危险的境地，不得已的情况下，他击打了情人的太阳穴，挣脱了她的搂抱，但当他伸手去拉她的时候，一个浪头打过来，将她冲走了。尽管他的选择无可非议，但他仍把责任归咎于自己：

> 无限的悔恨使孤独者不愿意再留在村庄里，无边的思念催促着他去寻找他的情人。多年以来，孤独者就那样在连绵不断的陌生的土地上行走，行走逐渐地演变成了他的一种义务。

这种寻找是徒劳的，时光不可逆转，孤独者永远不能再回到美好的过去。然而，他停不下自己的脚步，行走成了他的义务、他的命运，除了行

---

① 墨白：《孤独者》，《怀念拥有阳光的日子》，河南文艺出版社 2007 年版。

走他别无选择。我们谁也无法留住逝去的时间，生命中总有些美好的事物无法挽回。大多数人会选择顺应现实，将过去付之于一声叹息，之后就释然了。这种选择固然明智，但生命的激情也在与现实的妥协中慢慢消磨殆尽。而孤独者代表了这么一类人，他们生活在别处，执拗地对抗现实、反叛时间，对梦想始终不渝。他们的寻找注定会失败，但也因此显得无比悲壮。

《重访锦城》① 和《尖叫的碎片》也是对旧日恋人和旧日时光的寻找。谭渔是一个孤独者，一个经常沉溺于过去时光的人，他旅途中带的那本书的名字《往事与断想》向我们暗示了这一点。十多年前与谭渔热恋的锦突然与另外一个男人结了婚，这份痛苦始终积压在他的心里折磨着他。十年后，"无数的决心和计划终于促成了他这次锦城之行"。他不可能重新得到锦，我们不知道——他自己也不知道——为什么要去那个伤心之地。或许，是鄙陋的现实让他希望重温过去的时光，小说很快向我们表明了这一点。

在锦城，谭渔见到了师范学校的同学吴艳灵、赵静和雷秀梅。在师范学校的时候，吴艳灵一身白裙，宛若梨花仙子；赵静被五月的鲜花簇拥，在古老的大礼堂上用甜美的声音歌唱爱情；雷秀梅是个身材高挑不太爱言语的女孩，常常在细雨蒙蒙的天气里沿着校园里栽着万年青丛的甬道行走，让春雨或者秋雨淋湿她的长发。她们和锦是谭渔最美好的记忆。然而，十年光阴的冲刷，一切都无迹可寻。吴艳灵被生活折磨得不成样子，嗓音沙哑，容颜苍老；家境优越的赵静在牌桌旁打发日子；争吵、厮打是雷秀梅婚姻生活的一部分。除了这些，更让他心碎的是锦，锦死了，经历了人世间最不堪的丑陋和肮脏之后。她们的生存状态是谭渔生存状态的折射，所以，他用旅行来回避现实，成了一个"很有经验的旅行者"。为了重温过去的时光，谭渔来到锦城，但他的企望破灭了。从关于锦的那个噩梦中醒来后，谭渔像一条疯狗在锦城陌生的街道上奔逃：

　　　　谭渔盲目地行走在锦城疲惫的街道上，他发现自己在白雪的映照

---

① 墨白：《重访锦城》，《收获》1995 年第 1 期。

下早已迷失了方向，他清醒地意识到自己现在不知身在何处。

何向阳写道："这种狂奔使其从现实诸网络中逃离后，掉入另一种网络——往事的纠缠中，即从空间的超稳定性结构中逃离，不意却落入时间的不确定性关系中，从情感真空的此在落入意识真空的彼在，注定这般行走的人必会迷失于时间之中。"① 现实如此塞涩，又无法寻回往昔，谭渔只能一次又一次地踏上寻找之旅。寻找小慧，寻找赵静，寻找成了他无法摆脱的宿命。

《尖叫的碎片》中"我"的境遇和谭渔类似。二十二年前雪青突然离"我"而去，"我"一直"耿耿于怀"，试图找出其中的原因。为此，"我"关注雪青的一切消息，并去了挪威，寻找她曾外祖父曾经留下过的痕迹，以期走进雪青的精神世界。然而，"我"始终看不清雪青的面目，记忆中的雪青高贵冷峻、清新脱俗，职场中的雪青手眼通天、贪婪势利，而"我"在天鹅湖别墅中见到的雪青矫情炫弄并出现了精神问题。其实，不只是雪青，每个人都是如此，在复杂而残酷的现实力量的撕扯下，人们被改造得面目全非。在某种意义上，"我"寻找雪青是为了找回过去那美好而纯粹的时光，童年的时候"我"和雪青躺在颍河镇的草坡上，满天是灿烂的星斗；可是现在，"在这个看不到星光的城市里，我像一片没根的草叶在街道的河流里漂流"，"生命的焦虑总是无法摆脱"。厌倦了令人眩晕和窒息的现实，雪青踏上了去挪威的灵魂之旅，去感受北极午夜的荒芜和寂静，"我"也将追随而去。同样在喧嚣的现实中却倍感孤独的还有姜嫄，她那条短信是他们这些孤独者的灵魂的诗意写照：

思念是吹过牧场的风吗？它吹得杏花白了，它吹得桃花红了。她数着一朵一朵流云，在杨树下等白了头发，在夜露打湿了衣襟。她是一只无枝可栖的鸟吧，她不知来处亦不知归地，她的故乡就在清冷的月光里端坐，她在清冷的月光下寻找着干净的墓地。

---

① 墨白：《重访锦城》，《收获》1995 年第 1 期。

李乃蔚作品：墨白小说《月光的墓园》插图（原载《当代作家》1991 年第 6 期）

二

在墨白以"寻找"为主题的系列作品中，对"寻找"的意义和本质喻说得最透彻的是《航行与梦想》。小说讲述了萧城（"我"）的两次旅行，一次是去江村寻找与他保持了五年通信但从未见过面的女孩燕子，另一次是去颍河镇寻找他的朋友蓝村在油画《看樱桃花盛开的女孩》中描绘的女孩梅子。两次旅行交织展开，交织在叙事中，也交织在萧城绵绵的思绪中。我们花费一些耐心把两次旅行定位在线性的时间之轴上会发现，二者发生在同一年的春天，江村之行在前，颍河镇之行在后。在接近江村的时候，萧城偶遇了一位满头白发、气质脱俗的老人，老人在那个细雨霏霏的夜晚孤独地死在旅店中，萧城意外地发现她就是燕子。在颍河镇，萧城没有找到梅子，梅子很多年前出走了，他只找到了油画中的樱桃园和关于梅子的传说。萧城再次意外地发现，梅子就是燕子。

为什么要一次次地踏上孤独而感伤的旅途？小说一开始就交代得非常清楚：旅行的意义在于逃离。坚硬而喧嚣的城市，卑小浅陋却不可一世的同类，以及无休无止的烦扰，都让萧城感到厌倦，所以他要逃离，怀着对精神、对纯洁的渴慕。陌生的地方之所以具有吸引力，因为其承载着萧城的梦想。比如颍河镇，在蓝村的油画和他无数次的描述中，那古朴的小镇风貌、醇厚的民风以及阳光照在樱桃和少女面孔上的梦幻场景，令他无比神往；江村也是如此，富有诗意的地名，与他心有灵犀的女孩，还有后者讲述的发生在那片土地上的凄美的故事，都在向他发出召唤。两个地方都有女孩和樱桃园。在这个由男性的权力欲望和攻击欲望主导的文化形态中，女孩（不同于因进入婚姻而被纳入社会权力关系网络中的女人）是纯洁的象征，也是被工业文明所销蚀了的生命精神和浪漫精神的象征。樱桃园在我们的心中唤起对家园、土地、阳光和生命的感受，那沐浴着阳光的樱桃花、散发着甜香的红润莹透的樱桃，和女孩一样，映照出我们在污浊的现代文明和都市中漂浮的生命存在是多么的晦暗和悲哀。

但不幸的是，萧城从未到达过一个能够让他看到梦想的地方：

> 无边无际陌生的土地就似茫茫的大海，村庄和树就似一些海生植物，行走或者劳作的人就似一些游动的鱼类，他们为了生存就那样一边吐着泡沫一边争吃杂草的样子可笑而又滑稽……

这些景象是那样的熟悉，和自己生活的地方没什么两样。根本没有一个承载梦想的世外桃源。颍河镇不是，不仅今天的颍河镇已被欲望糟蹋得面目全非，过去的颍河镇也并非人间乐土，老闷讲述的故事让萧城看到欲望和权力是怎样地毁掉了爱情和生命；江村也不是，所以燕子和萧城一样生活在梦想之中，以此支撑自己活下去。寻找总是以失败告终，但寻找并不因此而失去意义。

因为怀有梦想，因为寻找，人生才超越了苦难和悲哀，现实才被蒙上了一层梦幻的、诗意的光泽。对于我们来说，现实的生活和灵魂的生活同样重要。我们无法得到一种理想的现实生活，至少还可以在精神生活中获得生命的慰藉。最可悲的是，不再拥有梦想，丧失了行走的渴望，任由生命在现实风沙的侵蚀下慢慢荒芜直至湮没。在旅行中，萧城是自由的，他沉浸在用记忆、想象和憧憬编织的世界中。"那不倦的出发与行走本身成为与使梦破灭的现实的一种对抗。"① 虽然结局都是苦涩的，但在行走和寻找的过程中，萧城的灵魂是芬芳润泽的。生命不就是一个过程吗？

但无休无止的行走和寻找仍然会令人疲惫：

> 他们在铺满红石条的码头边抛锚，船帆如鸟的翅膀一样已经合拢，船如同一只水鸟一样不安地卧在水边，长久地航行已经使它感到劳累。

如果能有一片可以扎下生命之根的土地，谁愿意永远漂泊在路上！可是那片土地只存在于燕子的回忆和想象中。我们能够感受到小说中流淌着的感伤和忧郁，甚至是残酷和悲壮。

在《航行与梦想》的正文前，墨白引用了波德莱尔《远行》（也译作《旅行》）中的诗句。在献给旅行家朋友马克西姆·杜刚的这首诗中，我们可以找到和《航行与梦想》在思想上的诸多契合之处。旅行是一种逃离，"有的人庆幸逃离卑劣的祖国，/有的人庆幸逃离故乡的恐惧"。借助逃离，他们和萧城一样坚守着纯洁的人性和灵魂，"为了不变成畜生，他们欣赏着/寥廓，明亮和天上的片片火云"。但波德莱尔并不认为旅行可以找到梦想中的乐土，"从旅行中汲取的知识真悲伤！/世界单调狭小，今天、昨天、明天，/总是让我们看到自己的形象，/恐怖的绿洲在无聊的沙漠间！"所以，波德莱尔对现实的旅行没有多少热情，真正的寥廓并不存在于单调狭小的外部世界，而是存在于人自身的想象之中，唯有想象之旅能让人超越时空乃至死亡的限制，让精神和灵魂沐浴在阳光之下，"如果说天空和海洋漆黑如墨，/你知道我们的心却充满阳光"。这种关于旅行的观念可能也隐藏在《航行与梦想》中。萧城在题为《在心之海或某种宣言》的诗中写道：

> 在岁月之海

---

① 墨白：《重访锦城》，《收获》1995 年第 1 期。

等你

十年

二十年

时间算得了什么

它只能改变我的容颜

在心之海

等你

到铁树开花

至海枯石烂

死亡算得了什么

它挡不住我魂游苍天

"你"对于燕子来说可能是一个人（如果燕子就是梅子的话），对于萧城则是某种难以言说的理想和精神。和"旅行"一样，"等"也是一种寻找，一种在"心之海"的寻找。现实时空中的"旅行"、"等"和"寻找"，都是心灵层面上超越庸俗现实、追慕精神性存在的隐喻。

或许，萧城的两次旅行本身就是他想象中的旅行。如果我们对文本细细追索，会发现作品在情节上有不少"漏洞"。如前所说，两个交织展开的寻找故事中都有女孩和樱桃园，都发生在同一年的春天，这使笔者首次阅读时会常常混淆梅子和燕子两个角色，要暂时中断阅读返回前面篇章去理理线索然后才能继续。梅子和燕子之间存在的这种巧合似乎从未引起过萧城的注意，直到在颍河镇听完老闷讲述的往事，他才为我们揭开谜底。这多少有点不合情理。更不可思议的是，萧城在颍河镇的樱桃园里做了一个梦，梦中他和蓝村在颍河上经过漫长的航行到达颍河镇，亲历了梅子怀孕、葡萄胎、死亡和安葬的过程——现实中没有这次航行，也从未听蓝村说起过这些事。然而，在之后老闷的讲述中，多年之前梅子确实怀过孕，而且恰好就是葡萄胎！这些是作者的疏漏？那么，临近结尾还有一处迷障，显然是作者特意设计的：燕子在给萧城的信中说她的爷爷死于六十年代的翻淤压沙,父亲死于沼气池;但在老闷的讲述中,是梅子的父亲死于翻淤压沙,哥哥死于沼气池。燕子和老闷都不可能记错这样的事实。燕子不是梅子?同样不可能,相同的年龄段,亲人罹难方式的一致,因情人溺亡而出走异地、几十年孤身一人种植樱桃园缅怀所爱的情节逻辑,都显然确证了燕子就是梅子。这真是让人费解。

可能的解释是,"我"并没有严格地在现实意义上进行讲述,正如萧城在旅行中总是沉溺在对往事的回忆和思考中以致模糊了对某些当下的认知一样,"我"讲述的两次旅行已被记忆、情感和想象修改过,过去的某个时刻已被其之前和之后的时间所渗透,比如在颍河镇樱桃园的那个梦境,"我"掺入了之后才获得因而在那个梦中根本不可能出现的信息。或许是因为"我"喜欢这样讲述,"我"觉得这样讲述令人感动,别忘了,"我"本来就是一个生活在梦幻和想象中的人,甚至我自己也"弄不清我在现实中的独旅或者思想中的独旅哪一种更为真实"。如此推衍,所有的情节都可能不是真实的,都渗透了"我"的想象。我们可以由此做出推论:这两次旅行是我在某些材料——几幅油画、信件、传说等——的基础上编织出来的,都只是"我"想象中的旅行,并不曾现实地存在过。

小说在视角人物称谓上的独特处理也支持我们的这种推论。进入文本我们很快就会发现,小说的视角人物有时是萧城("他"),有时是"我",二者频繁地切换。例如:

在那个冬季里我的朋友蓝村给萧城留下了这样一句很有诱惑力的话语,可是夏季还没有来临,他就撒手走了,不再管我,他让我在这个世间独享孤独,让萧城独自一人去完成他们两个人的相约。所以萧城认为这次旅行很有意义,他觉得这是对我的朋友蓝村最好的纪念。

有的论者指出萧城是过去时态的"我",这种说法有一定的合理性,但我们会发现作者并没有严格在时态的意义上区分使用"我"和萧城。也许可以这样解释:"我"是故事(不是真实经历)的讲述者,而萧城是故事中的人物,是"我"在故事中的化身。"我"来谈论萧城不仅营造了一种自我哀怜的忧伤情调，而且在"我"和"我"讲述的故事之间拉开了距离。也就是说，"我"既是这篇小说的叙述者，又是视角人物，而萧城只是"我"讲述的故事中的视角人物，"我"并不完全是萧城。尽管小说末尾时强调，"我就是萧城，萧城就是我"，并不厌其烦地申明我曾亲历过前面讲述过的那些故事和细节，但这不仅不可信，反而令人起疑，同为先锋小说家的马原在《虚构》中正是使用同样的手法消解了叙述者和作者同一的幻象。如果"我"和萧城不是同一的，那么萧城的这两次旅行就出自"我"的想象的可能性就大大增加。作者在情节设计上故意留下的破绽或许正是为了把我们引到这里。

<h2 style="text-align:center">三</h2>

在与评论家张钧的对话中，墨白指出，寻找的意义重在过程，"我们要寻找某一事物，可是偏偏有许多与这一事物无关的事物扑面而来，成了我们生命的一部分，看上去它是那样的毫无意义，实际上它对我们十分重要。我们寻找结果的过程就是对于结果的消解"①。在寻找之先，我们对要寻找的结果是有预期的，这种预期来自我们既有的思维模式、价值观和世界观。在寻找的过程中，这种预期被打破或变得不再重要，就意味着我们的思维模式、价值观和世界观被更新了。寻找的重要性由此凸显。

长篇小说《来访的陌生人》讲述的是富商孙铭寻找旧书的主人也就是他的昔日恋人陈平的故事。多年之前，陈平突然离开了颍河镇，离开了孙铭，杳无音讯。之后孙铭参军、经商，逐渐走到了人生的顶峰。春风得意的他周旋于三个女人之间，但在一个旧书摊上见到属于陈平的那本《而已集》时，他又决定尽一切努力找到陈平，包括雇用私家侦探。然而，在寻找中他发现有一双看不到的手在指挥着一切，他似乎掉进了一个精心设计的圈套之中。随着隐私不断被曝光，他的生活逐渐失控，情人一个死去，一个离开，妻子不依不饶，焦头烂额的他已经顾不上寻找陈平了，这里不动声色地嘲弄了中产阶级自以为能掌控一切的自负心态，也是对他们那种

① 张钧、墨白：《以个人言说方式辐射历史和现实（代序）——墨白访谈录》，《爱情的面孔》，花山出版社 2000 年版，第 13 页。

故作深沉实则虚伪肤浅的情感世界的讽刺。但就在这时陈平却以一个复仇者的身份出现了，并带来一个惊天的秘密：当年向群专指挥部诬告陈平父母收听敌台致二人惨死，后又玷污了年少的陈平使她带着无法抹平的伤痛离开孙铭的那个人，正是孙铭的父亲孙恒德。过去露出了其狰狞的一面，让孙铭无法接受。其实，现实何尝不是如此？孙铭、冯少田何尝不是在丑陋的欲望的驱使下不择手段地行事。正如老徐所说：

> 看上去，这个世界上的一切我们都是熟悉的，实际上我们知道的仅仅是一些皮毛而已。

孙铭寻找昔日恋人，却不期掉入令人震悚的人性和历史的深渊之中。结果已经不再重要，重要的是在这个过程中我们对世界的神秘、人性的复杂产生了体认，我们平庸苍白的想象力在这个过程中得到了提高。

《映在镜子里的时光》中以浪子、丁南为首的剧组是要到颍河镇为以历史小说《风车》为原型的电视剧本寻找外景地，旅途开始的时候相当轻松，他们谈论小说、讲笑话、调情，但随着越来越接近目的地，他们发现自己逐渐陷入时间的迷途之中，小说中神秘事物诸如渠首、扳网、白房子和多人死亡事件等次第出现在现实中，那些过去的恩怨纠葛也渗透进了现实中并左右着人们的行为和命运。历史并未走远，历史就是我们的现实，死神的降临对此做出了最好的诠证。在小说结尾的时候，剧组还没有到达颍河镇，他们的这次寻找由于导演浪子的死亡而告终。但对于丁南和夏岚，对于我们读者来说，这次寻找意义重大，它更新了我们对于时间、历史和现实的观念。

《手的十种语言》的故事主线是寻找画家黄秋雨的死因，视角人物是"我"——刑侦队长方立言。种种迹象表明，黄秋雨不可能是自杀，然而，江局长和省里来的刑侦专家却以自杀结案，可能带来案情突破的线索也在案件背后的那个强大势力和公安局领导的"默契"配合下被切断。从破案的角度，"我"的这次寻找失败了，但"我"却由此走进了黄秋雨的世界，这对于黄秋雨这样一个不被理解的殉道者来说，可能是比找出凶手更大的安慰。开始接触案件时，"我"把黄秋雨当成一个好色之徒，但随着阅读黄秋雨的信件、手稿以了解其他关于黄秋雨的信息，"我"改变了对他的看法。他的痛苦，他的孤独，他的艺术追求，他对于生命和死亡的态度，对于历史和现实的省视批判，都深深打动了"我"。跟随着黄秋雨，"我"开始冲破职业对于视野和思想的圈囿，抛开成见，对爱情、生命、权力、我们这个民族的历史和现实等话题展开了思考。在某种意义上，"我"的人生有了一个全新的开端。那个面孔铁青、桀骜不驯的谭渔也是一个真正的智者，他看得非常清楚："黄秋雨的命案，破，或者不破，对于已经离开尘世的黄秋雨来说，对于已经摆脱了痛苦的黄秋雨来说，意义已经不是太大……"最有意义的事，莫过于让公众进入黄秋雨的"房间"，了解他的艺术和思想。正如黄秋雨在《大师》① 中说的："死，就是结束。而结束，正是开始。"有了方立言这样的个体，黄秋雨的死就有了意义。然而，更多的庸俗肤浅的世人往往应之以冷漠，或者用阴暗龌龊的心理来揣度他，把他的隐私、他的死亡当成酒前饭后取乐的谈资。所以，墨白呼吁我们和方立言一起，去寻找黄秋雨死亡的真相，触摸他那痛苦而高绝的灵魂。

四

《民间使者》是墨白小说的诗性追求臻于极致的一部作品，讲述的是"我"的民间艺术寻访之旅。"我"是一个画家，钟情于超现实主义艺术，而"我"的父亲是一个民间艺术收藏家，"我"和父亲之间存在着莫名的隔阂和敌对，或许是因为"我"没有遵从父亲的意愿继承他的事业，或许是因为父亲对母亲的冷淡和对那个叫冷的民间艺术家的牵挂伤害了"我"的感情。但奇妙的是，在"我"居住的小城中，只有父亲能理解我的艺术，这是一种暗示：在民间艺术中存在着艺术之根。父亲死后，"我"走进了父亲那间光线暗淡的收藏室，那个神秘的房间曾让"我"感到厌恶和恐惧，现在却对"我"发出召唤。慢慢地，"我"被父亲的藏品所征服，尽管"我"还不能理解它们的意义和价值，尽管"我"轻率地毁掉了它

① 墨白：《欲望》，湖南文艺出版社 2013 年版，第 474—478 页。

们。当"我"反反复复地阅读了父亲多年前的一本日记之后，"我"决定重走一遍父亲当年走过的道路，那日记里关于民间艺人的描述让我激动和向往。

在父亲的日记中，记录了那个战火纷飞的年代他去颍河镇寻访面人梁，却与冷不期而遇进入桃园的往事。桃园作为一个象征性的场所，是民间艺术的精神家园，泥泥狗、泥埙、桃雕、剪纸、面人，都来自桃园，那些民间艺人也都和桃园存在着血脉关系。在那些民间艺术形式中，蕴含的是深沉而崇高的生命精神和文化精神（关于民间艺术的形式和精神，我们在"颍河镇"词条中已有分析，此处不再重复），是它们支撑着桃园人熬过了那段凄风苦雨的岁月。然而，在与冷发生了一场刻骨铭心的爱情之后，父亲却离开了桃园。虽然小说中没有直接交代，但我们还是可以找出原因。海德格尔说，人们总是倾向于逃避沉重的存在之思，沉沦到一种无根基的生存状态之中。[①] 父亲的收藏室让"我"恐惧，在他死后"我"轻率地毁掉了他的藏品，"这别怪我，父亲。我必须清除你的痕迹，我才能生存"。但逃避并不能令"我"解脱，"当最后一只泥猴滑落在地的时候，我的胸腹仿佛被掏空了一般，一种失落感深重地笼罩了我"。这或许也是父亲离开桃园的原因：逃避。在桃园和冷姨的父亲"泥人杨"一起劳作时，"父亲艰难而吃力地跟在黑脸汉子后面，看着黑脸宽背上的汗水在阳光下如同乌金一样闪亮，他心里就有一种压抑的感觉"。逃避同样没有让父亲获得解脱，离开桃园后的父亲成了漂泊的异乡人，只能在那些藏品中排解自己的乡愁，直至郁郁而终。

我们沉沦已久，存在之光被迷雾阻断，"我不知道那些忧伤沉闷的细雨从何而来，也不知道辉煌的太阳糜烂在何方"。当"我"追寻父亲当年的足迹，满怀憧憬地登上颍河河堤时，难掩失望之情：

　　　　这就是我父亲笔下出现过无数次的颍河吗？为什么没有远航的白帆和高大的货船？为什么没有赤脚的纤夫和行船的号子？为什么没有

---

① ［德］马丁·海德格尔：《存在与时间》，生活·读书·新知三联书店2006年版，第213页。

窈窕淑女和捣衣的棒槌声？为什么没有开遍堤岸的桃花和在水中逍遥的水鸟？没有，这一切都没有，有的只是光秃秃的被水泥包裹了的岸，清清的河水被上游排放出来的废水所污染。我立在河岸上，嘈杂的人群从河底涌上来，那是一群刚刚对岸过来的人，我听到机帆船无力地在河道里干咳。父亲当年所赞叹的就是这条河吗？

这就是我们生活于其中的世界，诗意褪尽，气息奄奄。"满脸皱纹没有一点表情"的老汉只关心"我"是否买船票，对于"我"神圣的寻访之旅丝毫不感兴趣。当世界失却其深度，在计算性表象思维和技术的支配下沦为生命的容器的时候，生命也蜕变为肤浅的、功利化的存在，灵魂无处安放。我们必须回归，否则就会陷入虚无，焦虑和孤独将像梦魇一样困扰着我们。"我"这次寻访之旅因而意义重大，是对失落了的艺术精神、生命精神的寻找，是灵魂的返乡之旅。

当然，"我"对"我"的这次寻找的意义并没有明确的认识，但这不重要。重要的是寻找本身，是去寻找。寻找一种能力，那些庸庸碌碌却又自以为是的个体是不会去寻找的，他们的目光总是满不在乎地滑过事物的表面，他们的耳朵总是充塞着各种纷纭杂沓的信息，他们的心灵已经涣散麻木，失去了对于世界的好奇和生命的激情。个体必须拥有诗意的想象，必须能够倾听召唤，才有去寻找的可能。这种想象和倾听的能力，本质上就是一种艺术的能力。或者说，唯有艺术，才能带我们的心灵踏上诗意的寻找之旅。

一张被虫蛀遍了的竹桌，在常人眼中只配扔掉，但却唤起了"我"许多的美好想象：

> 但后来当我沿着父亲曾经走过的路途进行了一次漫长的流浪之后，我发现事实的境况和我想象的情景有着天壤之别，那里并不出产竹子，也没有这种竹桌，这使我感到迷惑。但这只竹桌给了我许多美好的想象这已成为事实，也是我最初准备重走一遍父亲当年走过的路的契机，这已经很深刻地体现了这种竹桌所存在的意义，其他的一切

都显得没有必要。

不只是竹桌，父亲日记中的许多人和事都已改换容颜，或消失无踪，但寻找的意义不会因此折损。海德格尔说，追问意味着已有关于问之所问的先行领会。同样，寻找本身已经许诺给了自己以意义。

寻找必然会有所收获。父亲当年去颍河镇寻找老面人梁，始终没有见到，但走进了冷姨的世界；"我"错过了与琳的见面，却意外邂逅了面人梁。当"错过"这一情节重复出现时，显然就具有了隐喻意味。墨白很清醒，由于语境的差异，某些过去的艺术形式、生活方式、道德理想等，很难在当下复现，但我们依然应该展开追寻。我们会错过目标，会陷入迷惘，但总会柳暗花明，事物会因我们执着的追寻而呈现出过去隐匿的，甚至是全新的意义，我们也许会因此而进入一个超出预期的胜境之中。所以，尽管各有曲折，父亲和"我"都到达了桃园。海德格尔告诉我们，思之路径隐晦幽暗，但终将拥我们入于大道之中。寻找是思的隐喻。

父亲离开的时候，淫雨霏霏，一如"我"当时纷乱迷惘的心绪；而冷姨离开的时候，"我"的生命正在关于民间艺术的思考中升华：

> 时间从我的思索里慢慢地滑过，黄昏慢慢地从我吹奏的泥埙的乐声里一步步地走近。当我从思考里走出来的时候，我看到月亮已挂在东方的天空，这是从雨季以来我见到的第一个月亮。月亮朦胧的光辉穿过无限的空间照进屋子里来，照在坐在门边的冷姨身上，我叫一声，冷姨。……冷姨没有回答我，她的手上仍旧握着一把刻刀。

月亮是乡愁的守护者，乡愁是之于家园的眷恋，是对栖居的倾心。尘霾弥漫而又光彩炫目的城市夜晚，我们已看不到月光，我们也不再拥有家园和本真的乡愁。"我"的到来，冷姨的死亡，和小说开端形成了呼应。对于父亲的死亡和琳的到来，作者有意做了一种僵硬的处理，琳没有和父亲见面，她的出现莫名其妙，在窗外向我挥挥手就离开了，与此同时屋里父亲颓然倒地，这之中隐喻了精神层面上的断裂。而冷姨是在月光温柔的照抚下，土埙的吹奏声中，安然回归大地的怀抱，在场的"我"也受到召唤，"异乡人"返还"家园"。

谁是民间使者？就小说而言，琳、"我"、父亲、冷姨和那些民间艺人，土埙、泥泥猴等民间艺术品，在不同的层面上都是民间使者。其实，最当之无愧的民间使者是墨白，他带我们领略了民间艺术的精神和魅力，引领了这次浪漫而深沉的灵魂之旅。不只是《民间使者》，墨白的很多作品都在不同的意义和层面上表达了寻找的主题，他未来的创作也会将寻找延续下去，在他看来，寻找是文学的使命。

神　秘

马克斯·韦伯指出，现代性的历史就是世界被"祛魅"的历史。魅，也就是神秘性，随着理性和科学代替了宗教和巫术成为人们新的信仰，世界在人们眼中失去了神性和灵性，变成了透明的、可以控制的。"只要人们想知道，他任何时候都能知道；从原则上说，再也没有什么神秘莫测、无法计算的力量在起作用，人们可以通过计算掌握一切。而这就意味着为世界祛魅。人们不必再像相信这种神秘力量存在的野蛮人那样，为了控制或祈求神灵而求助于魔法。"[①] 祛魅后的自然不再是人类敬畏的对象，它变成了人类欲望的对象、获取物质财富的资源。人类用什么样的态度对待自然，也就会用什么样的态度来对待人类自身，自然的祛魅因而必然伴随着人类社会的祛魅。通过建立一套科学的、严密的、理性的也是非人化的组织管理体系，我们把社会变成了一架庞大的机器，欲望和利益是它的驱动力。作为机器的一部分，人被改造成了欲望的动物，用功利性的、算计的眼光来看待他人，用冷漠的政治学、经济学法则来指导自己的行为。如此，社会不再是情感、个性和生命激情的培育和寄存之所，它成了一个利益的网络，一个平面的、同质的、单调的、庸常的世界。

20 世纪以来，学术领域中发起了对祛魅世界观的反动。量子物理学指出了世界存在的不稳定性和不可测性，后现代主义强调差异和多元，而非理性主义思潮让我们看到了人性的复杂和晦暗，所有这些都在恢复世界的

---

① ［德］马克斯·韦伯：《学术与政治》，冯克利译，生活·读书·新知三联书店 1998 年版，第 29 页。

复杂性、神秘性，消解工具理性和技术理性带给我们的自负和狂妄。然而，在日常生活领域，祛魅的世界观仍在主导着我们的思维，我们仍旧被束缚在功利、世俗的狭隘视野中，用懒散疲沓、司空见惯的目光滑过世界的表面，失去了探索的好奇和激情。

在这个意义上，神秘是一种世界观，也是一种美学。当下我们的日常世界是一个非美的世界，不是说其中没有娱耳悦目的事物——相反在商业化推动的日常生活审美化浪潮中这个世界包装得声色十足，而是说沉陷在这个世界中的我们失去了想象力和诗性能力，我们沉溺在对物的占有和把玩中，被俗烂、雷同的影视作品轰炸得神智麻木。幸好，还有文学，引领我们穿过包裹在日常世界上的虚假外壳，与深不可测的世界和人性照面，从而唤醒我们沉睡的想象力，扩展我们的心灵空间，恢复生命的激情和自由。墨白说："现实生活中的神秘是我写作的叙事策略，同时也是我的小说立场。"①

一

俄国文学理论家什克洛夫斯基指出，一部作品是文学还是非文学要看它是否具有"文学性"，而"文学性"在他看来就是"陌生化"。熟悉和重复是感知的大敌，一旦我们对某个事物过于熟悉，感知就会变得迟钝，无法再从中捕捉到美感和诗意。日常生活世界恰恰是我们无比熟悉的世界，尤其对于成年人来说，太阳底下没有什么新鲜的事情，我们对一切都习以为常，我们的感知变得疲沓麻木，而这也就意味着生命的诗意和激情的丧失。所以，文学要更新我们对于事物的感知，"使石头变成石头"，让世界在我们面前以新鲜、神秘的面目重新出现。美国批评家兰色姆也指出，"诗歌旨在恢复我们通过自己的感觉和记忆淡淡地了解的那个复杂难制的世界"②，他最推崇的是"超自然的、奇迹般的"玄学诗，这类诗能够最大限度地引起感性上的注意，削弱科学、概念对世界的简化和对感性的压制。

---

① 墨白：《重访锦城·自序》，长江文艺出版社 2000 年版，第 5 页。
② 赵毅衡编选：《"新批评"文集》，中国社会科学出版社 1988 年版，第 74 页。

什克洛夫斯基和兰色姆的言说对象是诗歌，不过，他们的观点对于小说同样适用。墨白很早就意识到，对于小说家来说，讲述什么样的故事固然重要，但更重要的是故事如何讲述，也就是说，叙事才是小说的关键所在。当下，大众传媒铺天盖地，不只是影视作品，法制栏目、调解栏目、各式各样的访谈都在讲故事，甚至选秀也掺入了大量的故事性元素，这些极大地冲淡了我们从小说中聆听故事的需求，在一个"故事泛滥"的时代，小说何以立足？墨白观点的价值由此凸显。通过叙事上的探索，让世界"陌生化"，恢复其复杂性和神秘性，复苏我们被日常生活和俗滥叙事消磨掉了的"观看"的激情，是小说卓异于其他形式的叙事之所在。

选择独特的视角，是墨白营造其小说神秘效果的一个重要手段。《穿过玄色的门洞》[①] 讲述的是我们再熟悉不过的一些事情，在一个漆黑的屋子里，油尽灯枯的二奶死亡，表姐和大哥恋爱，之后参军的大哥抛弃了表姐，表姐喝农药自杀，这几乎是一个"亮红灯"的题材。但在孩子的眼中，那个玄色的门洞是那么的恐怖、神秘：

> 那个玄色的门洞就隐藏在那些混沌不清的树丛之下，树丛黑森森地像一口常年不见天日的墓室，有许多狰狞可怕的眼睛隐藏在里面，使我的头皮发紧。
> 二奶长年躺在那个玄色的门洞之内，这本身就对我充满了神秘。

二奶去世前的那个夜晚，母亲带"我"前去送别，恐惧充满"我"幼小的心灵，"我"无法理解母亲为何"着魔似地"拉着我的手朝那如豆的光亮走去——当然我们明白是怎么回事，平淡无奇的场景从而以怪诞诡秘的面目呈现出来。这样一种叙事手法不仅仅是为了追求趣味性，我们每个人终将面临死亡，死亡无比神秘，但由于我们见过了太多的死亡——在现实中和文学中，我们把它当成一个平常的事件来谈论，我们的心灵已经泯灭了对死亡的感觉，墨白要把我们从这种麻木不仁的状态下唤醒，让我们

---

① 墨白：《穿过玄色的门洞》，《跨世纪文丛·墨白作品精选》，长江文艺出版社 2007 年版。

重新感受死亡、思考死亡，这是我们本真地面对生命存在的前提。

《影子》①讲述了发生在乡村小学的一起离奇事件。老谭和刘老师的妻子荣偷情的时候，有个影子出现在窗户上，这让老谭惊恐万分。很快，老谭接到了以此勒索巨额钱财的纸条，老谭为了掩盖丑事只能不择手段地去凑钱，同时他也在寻找那个影子。接到第二个纸条后，刘老师死去；接到第三个纸条后，老谭的儿子死去。但之后老谭又接到了第四个纸条，这让他崩溃住进了精神病院，后来他离开精神病院死在了刘老师和儿子的坟之间。这部作品在叙事上显然借鉴了博尔赫斯的《玫瑰角的汉子》。故事在"我"的视角下展开，"我"在泥坑边的小路上发现了刘老师的尸体，见证了老谭发疯的一幕，并被学校派到精神病院照顾老谭从而聆听了他那些"胡言乱语"。"我"煞有介事地向读者讲述自己的见闻、感受、猜想和推断，并感慨"奇怪而恐惧的事情就这样一连串地发生在我们身边"。而且，受视角的限制，"我"的讲述在时间上和逻辑上毫不连贯、支离破碎，让读者很费脑筋。高潮在小说结尾到来，揭晓的谜底让我们瞠目结舌：

> 雪不知道什么时候已经停了，我站在白色的雪地里，可奇怪的是，在雪地上，我没有找到自己的影子。

我们追随和信赖的讲述者居然就是幕后人，一种别样的惊悚瞬间袭上心头。

在"寻找"词条中我们谈到的一些小说，诸如《来访的陌生人》、《映在镜子里的时光》、《手的十种语言》等，都带有浓重的神秘色彩。对于这样一种神秘，有论者曾在河南省文学院主办的"墨白长篇小说《手的十种语言》研讨会"上指出，"黄秋雨的死因的复杂性仿佛更多的是叙述者自己营造出的效果，是'我'有意为之，是一种主观的意象化，经不起细细的推敲与情节的佐证。读者更多的是感受到了叙述者的紧张与压抑，而非案子本身。故而，文本的神秘感就更多了几分荒诞的意味，形成了对于现

---

① 墨白：《影子》，《守望先锋——中国先锋小说选》，江苏文艺出版社 2011 年版。

代社会带有隐喻形式的叙述：故作神秘的背后是失去了各种主义的非理性，这又何尝不是现代人心理困境的写照。"① 很有见地。在本节我们谈到的文本中，神秘的不是事件本身的无法认知，而是叙事的效果，是叙述者的一种体验和感受，正如终于穿过了玄色的门洞之后"我"发现，"出现在我眼前的屋子，只有漆黑的四墙，整个屋子空荡荡，什么也没有"。不过，这种所谓的"故作神秘"并不失其意义。墨白指出："对将要发生的事儿我们一点也不知道，所以一切都是偶然和必然的，一切都是自然和神秘的。我们只有跟着那些人到达他们要到达的地方，我们只有跟着他们去经历他们所经历的一切，我们只有跟着他去寻找他们要寻找的一切。可是当我们接近目标的时候，这才发现我们所想象的一切几乎都走了样。这个时候目的对于我们来说已经不重要了，重要的是我们经历的过程，因为我们的经历，一切过程才显示出意义。这就是生活本身。我们的生命因此而产生意义。"② 重要的是过程，用一种神秘的眼光来面对世界，心中就保留了一份激情，就有了探索和寻找的动力，这正是"陌生化"理论的旨趣所在。

二

就事物本身的神秘而言，这个世界上最神秘的当属灵异事件。欧洲的中古时期，占星术、巫术、鬼魂信仰是人们生活中非常重要的一部分。儒家思想主导下的古代中国虽在"子不语怪力乱神"的训诫下不像欧洲那样迷恋灵异事件，但鬼神信仰也从未断绝。现在，我们服膺于科学的世界观，但灵异事件仍像磁石一样吸引着我们。世界各地不断有灵异事件见诸报端，有些被拆穿为骗局，但有些却无法排除其存在的真实性，最常见的可能就是新亡故的人显灵。科学试图对其做出解释，但所做的解释并不完备。或许，灵异现象是局限在自己范式中的科学无法解释的，这倒是符合后现代主义世界观——科学无法把世界变成透明的，永远有未知的神秘之物在我们可理解的范围之外。事实上，科学界已经开始改变原来对灵异现

---

① 杨文臣编：《墨白研究》，河南大学出版社 2015 年版，第 197 页。
② 墨白：《重访锦城·自序》，长江文艺出版社 2000 年版，第 5 页。

吉子作品：墨白小说《父亲的黄昏》插图（原载《清明》
1993 年第 4 期）

象一味排斥的态度，动摇了能够通过科学对其做出解释的信念。①

　　对灵异现象本身的探讨不是我们的任务。墨白把灵异现象作为营造
其小说神秘效果的重要手段，但我怀疑他是否真的相信现实中灵异现象
的存在，当然，这并不重要。在科学昌明的今天人们依然热衷于谈论灵
异现象——尽管并不相信，很大程度上是因为科学满足了人们物质上的需
求，但在精神上少有作为，甚至带来了一定的负面影响。比如，科学对泛
灵论和存在一种死后生活的信念给予了致命的打击，而我们知道，泛灵论
是浪漫主义的思想基础，是诗意想象的源泉；对存在一种死后生活的信念
不仅缓解了人们对死亡的恐惧，还是人们愿意接受道德约束的重要原因。
因为科学，我们的生存空间日益扩展，心灵空间却日益逼仄。我们渴望自
由和永恒，渴望超越时间和空间，渴望超越科学带来的种种必然性的限
制，在现实中这种渴望不可能实现，但在文学中可以，文学也应当满足我

---

　　① 可参见美国著名过程哲学家大卫·格里芬编著的《后现代科学》和《后现代宗教》，作者
在书中肯定了灵异现象的存在，并做了大胆的、富有启发性的言说。

们的这种渴望。

《迷失者》① 借还魂事件组织了一场闹剧，对丑陋的世态进行了辛辣的讽刺。死去的雷邦士的魂灵附在孙儿赵中国身上回到镇子里，在乡人面前讲述生前的种种往事，讲述自己对家庭的付出和遭受的不公正待遇，令身为镇长的继子赵东方羞恼万分却又无计可施。还魂事件非常神秘，但在这部作品中它的神秘性被浓郁的喜剧气息冲淡了不少，毕竟，这一事件本身不是叙事的主要指向。

《神秘电话》② 讲述的是真正的无法解释的神秘。身在锦城的"我"接到了从广州打往商城的电话，请求"我"转告一个叫秋的女孩给他回电话，打电话的男子叫"林夕秋"，林和夕组合在一块就成了"梦秋"。秋总是不回电话，于是请求"我"转话的电话每天都在深夜响起，成了"我"生活的一部分。当有一天电话不再响起时，"我"去了商城寻找秋，却发现秋的电话号码是殡仪馆的，而且对应了一个骨灰盒的位置号码，骨灰盒恰好在昨天被取走了。

> 我的后背穿过一股凉气。我在恍惚之中走出那间灰暗的屋子，到了屋外，灿烂的阳光铺天盖地而来，刺得我睁不开眼。

《迷失者》中的还魂事件在现实中尚有听闻，这个故事则是纯粹的虚构，但我们依然愿意展开猜想并感动其中：林夕秋是生者还是死者？是跨越生死的爱恋，还是死者之间未了的情缘？

《某种自杀的方法》③ 具有同样神秘的特质。精神病医生蒙邂逅并爱上了脸色苍白精神忧郁的锦，蒙曾两次送她回哥哥的住处，但总是在不清醒的状态下回到自己的诊所。锦消失后，蒙找遍了整个城市也没有找到锦，以及锦的住处和他陪伴锦曾走过的道路。后来蒙去了叫锦的小镇寻找锦，却得到了锦已死去的消息，万念俱灰的蒙吞下了锦留下的安眠药。和锦有

---

① 墨白：《迷失者》，《作品》2011 年第 6 期。
② 墨白：《神秘电话》，《神秘电话》，吉林出版集团有限责任公司 2010 年版。
③ 《某种自杀方法》，《世界的罅隙——中国先锋小说选》，江苏文艺出版社 2012 年版。

关的一切都是那么的诡异，或许是一个梦，蒙是梦的谐音；或许是蒙被引入了一个冥灵的时空，根据小说提供的线索我们无法断定蒙遇到的锦是一个生者还是一个魂灵。

《最后一节车厢》① 中的秋雨也选择了自杀，他是殡仪馆的火炉工，每个周末都坐同一车次的火车去锦城找一个叫秋意的女孩。事实上，那个女孩半年前已死于一场车祸，她生前居住的房子已经有了新的住户。对于新住户来说，秋雨是一个极其晦气、无法容忍的不速之客，自然不会给他好脸色，但他依然风雨无阻，"在秋雨的现实生活里，生与死已经没有了界限"。终于，新住户的一场婚礼，让迷失在想象和梦幻中的秋雨绝望了——或许是清醒了，他在返程中从火车的最后一节车厢中消失了。和《某种自杀的方法》相似，我们不知道秋雨何时结识的秋意。如果是在秋意生前，他就是一个活在过去不愿醒来的人；但也有可能是在其死后，如果那样的话，又是一场跨越生死的情缘。

龚奎林对《某种自杀的方法》有过非常精彩的解读，他认为自杀是对生存困境的超越，是对与人类的纯净想象脱节的暧昧世界的报复，"对于小说家墨白来说，他的童年阴影带来的阴郁、孤独的性格是与对死亡的恐惧、着迷（尽管这是一种矛盾）和生命的悲怜相联系的，他把自己这种切身体验融入到小说文本主人公的性格深处，从而在悖论与绝望中刻画了不少底层挣扎着的痛苦的灵魂，当这些灰色人物甚或多余人觉察到荒谬感和虚无感充斥于周边的生存困境中时，自杀与死亡将是他们唯一的出路。"② 的确，《神秘电话》中的"我"，《某种自杀的方法》中的蒙和锦，《最后一节车厢》中的秋雨，都是些孤独、阴郁、自我封闭的个体，在他们身后，是一个暧昧、庸乏、躁乱不堪的世界。墨白无法让他们在现实中安放灵魂，于是让他们游向另一个世界，在那里，他们不再孤独：

> 锦说，我是来接你的。接着他拉着蒙，一同走进晨光里。他们面

---

① 墨白：《最后一节车厢》，《花城》2006 年第 5 期。
② 龚奎林：《疾病的隐喻与生存的困境——墨白小说论》，刘海燕编《墨白研究》，大象出版社 2013 年版，第 220 页。

前的田野被淡淡的晨雾所笼罩，淡淡的晨雾被红色的霞光所浸染。他们停住脚，他们的目光被一片灰红色的雾霭所弥荡。

尽管虚幻，但不失为一种慰藉。可能我们并不相信存在这样一个超现实的世界，但我们愿意信以为真，愿意将自己的想象和情感投放其中，这就足够了，文学的意义和魅力不就在于此吗？

三

偶然性命运是墨白关注的一个重要命题。命运是神秘的，因为总有一些偶然事件在悄悄改变我们人生的进程，把我们引入一个无法预知的境遇之中。出于对确定性、稳定性的渴望，我们的哲学和文学一直在强调规律性、必然性，并以此来指导我们的生存实践。但规律性和必然性只是我们对过去进行选择和简化后的描述，是将主观意愿和逻辑强加于过去之上的产物。尚未发生的事物，对于我们来说是未知的和神秘的，只有在发生以后，我们才能把它整合到规律性和必然性之中。事实上，我们永远无法预测自己的未来。正是在这个意义上，墨白说："一切都是偶然，一切都是巧合，一切又都是必然。这一切我们都无法把握，这就是我们的存在。"①

《错误之境》② 讲述的正是偶然性的、不可预知的命运。从牢里出来的谭四清要去红马寻找诱惑了他又抛弃了他的情人马响，路上邂逅了同样从牢里出来寻找仇人马祥的黑马，于是，一连串的巧合发生了。谭四清和黑马同住一个房间，夜里黑马盗走了谭四清的皮衣、钱包和刀具，杀死了马祥后又还给了他；而一个叫马响的女子（无法确定是不是谭四清寻找的马响）也被神秘地杀死在了学校的宿舍中。两起凶杀案谭四清都有无法摆脱的嫌疑，他百口莫辩，再次被关进了拘留所。

小说题目告诉我们，谭四清去红马寻找马响是一个错误。马响已经抛弃了他，或许早有预谋，所以从不让他送自己到红马，他又能找回什么？

---

① 张钧：《以个人言说方式辐射历史与现实——墨白访谈录》，《爱情的面孔》，花山文艺出版社 2000 年版，第 11 页。

② 墨白：《错误之境》，《重访锦城》，长江文艺出版社 2000 年版。

其实，他的错误很早就开始了：

> ……我看到了她那白花花的如同阳光一样耀眼的大腿，马响的大腿仿佛一只手伸过来在我的心上拧了一把，我不由得打了一个冷颤。这时妻子在屋里喊我，我记得很清楚，就是这个时候妻子在屋里喊我。或许，这对我是一种暗示，可是当时我被马响的大腿所迷惑，硬是没明白。正像妻子对我暗示的那样，我到底还是毁在这个女人的手里……

再往前追溯，他停薪留职办皮革厂就是一个错误，这是他欲望膨胀的开始；他的出生也是一个错误，赶上了四清运动的年代，卑微的出身和辛酸的经历让他坚定了出人头地的信念，所以才千方百计去筹钱。我们可以从两个层面上理解"错误之境"：其一，红马是"错误之境"，这里发生的一系列阴差阳错彻底毁掉了谭四清；其二，谭四清的整个人生是"错误之境"，他总是从一个错误步入另一个错误。

谭四清的境遇具有存在论上的象征意味。面对一次次的人生选择，无论我们如何思虑，也不能确知我们的选择会带来什么，当时认为是正确的日后可能会被证明是错误的，我们往往像谭四清那样从一个错误步入另一个错误，对此，我们无能为力。如墨白所说："人永远都是一个思路清晰的梦游者。"[1] 错误，不是理性可以避免的，它是人类存在的悖论性决定的，无论我们如何选择都摆脱不了。《欲望·红卷》中的谭渔遇到叶秋，可他已经步入了婚姻，谭渔想：

> 人的一生能有几次真正的爱呢？人的一生能有几次被人爱呢？我不知道五十年后我是个什么样子，现在上帝赐给了我这般美好的时光不就是让我要死要活地爱吗？难道这一生中我不可以把情感倾注给第二个女人吗？不！我现在思念一个姓叶的女子并不是不爱我的妻子，

---

① 张钧：《以个人言说方式辐射历史与现实——墨白访谈录》，《小说的立场——新生代作家访谈录》，广西师范大学出版社 2002 年版，第三部分，第 451 页。

并不是不爱我的儿子，难道现在我思念一个姓叶的女子就是不道德的吗？不！我这会儿痴心地去想一个姓叶的女子有什么过错呢？没有，我没有错！

当被叶秋抛弃，像条野狗一样无家可归时，谭渔忏悔了。但如果他放弃了对叶秋的感情，谁能保证他日后不会后悔呢？道德和行为标准都是相对的，没有任何先验的、绝对的法则能保证某种选择是永远正确的。面对马响时的谭四清和面对叶秋的谭渔是一样的，现实中的我们也常常面临同样的选择。

在《博尔赫斯的宫殿》一文中，墨白写道："世人都生存在同一情形的迷宫里，这迷宫往往会挡住我们的视线，使我们看不到迷宫之外的世界。我们阅读的目的，就是为了从这迷宫里走出去，去看看那个为我们所不知的世界的模样，然后再重新回过头来，看一看常常迷惑我们的迷宫。可是，在我们的身边，迷宫不止一座。有些时候，我们费劲从一座迷宫里走出来，可一不小心，又走进了另外一座迷宫里。"① 世界是一个走不出去的迷宫，谁也无法把握自己的未来，人生充满了不确定性。米兰·昆德拉也说，"小说家的才智在于确定性的缺乏"，"小说家应该描绘世界的本来面目，即谜和悖论"②。我们一直在强调，认识和解释世界是文学的重要使命，因而文学要揭示规律性的、必然性的东西，亚里士多德的训诫——诗人的职责在于描述按照可然性和必然性可能发生的事——现在仍是文学的主导观念。这之间并不矛盾。规律性、必然性是作家和读者对于文本的理解，而不是小说人物所能拥有并据以指导自己行为的观念法则。对于小说人物来说，他没有预见未来的水晶球，在阅读没有结束之前，我们也不能，所以我们才会饶有兴致地跟着人物一起去经历和感受。无论在哪种类型的小说中，人物命运的不确定性、神秘性都是小说的魅力所在。现实中的我们，就是小说中的人物，无法跳出语境之外，无法掌握自己的命运。

---

① 墨白：《梦境·幻想与记忆——墨白自选集》，河南大学出版社 2013 年版，第 510 页。
② ［法］安·德·戈德玛尔：《小说是让人发现事物的模糊性——昆德拉访谈录》，见［英］乔·艾略特等《小说的艺术》，张玲等译，社会科学文献出版社 1999 年版，第 76 页。

对此，我们不必沮丧，反而应该庆幸。柏格森告诉我们，正是因为未来无法预测，充满了偶然和可能，我们才逃脱了必然性的控制，我们才是自由的。能够预见故事发展的文学是没有吸引力的，未来一目了然的人生也是乏味无聊的。可是，对规律性和必然性极端崇拜让我们忽略了这一点，不仅误导了我们的文学观念，也遮蔽了我们存在的真相。所以，墨白才强调神秘，强调偶然性，才有了《错误之境》。

四

在与林舟的对话中，墨白把神秘分为自然的神秘和人为的神秘。自然的神秘是不可把握的，比如偶然性的、不可预测的命运；而人为的神秘则不同，比起自然的神秘，它更让我们困惑，而且往往对我们造成压迫。对于人为的神秘，我们要揭示其形成的原因，解除它对我们的压迫性力量。

《讨债者》① 是一部卡夫卡风格的作品，我们可以把它看作《城堡》的中国版本。在《城堡》中，土地测量员 K 费尽周折，最终也没能进入那个神秘的城堡。城堡是权力的象征，它压迫你、控制你，但你无从窥见它那极端复杂、谜一般的运作机制。《讨债者》中，讨债者为了卖蒜的血汗钱苦苦奔波，始终没有见到债主老黄，在围绕老黄构建的重重迷障的人物关系的摆布下，最后他像一条野狗一样倒毙街头。

> 讨债者怀着阴郁的心情接近颍河的时候，那场蓄谋已久的大雪已经下得纷纷扬扬。
> 由于大雪的缘故，讨债者在颍河的街道上迷失了方向。讨债者努力地回忆着前几次来到颍河镇的情景，但那些已失的往事和经验不但没有帮助他，反而使讨债者越来越感到视线上和心理上的迷乱。

"蓄谋已久"暗示了他即将像猎物一样掉入蛛网之中；"迷失"、"迷乱"不只是视线和心理上的，还是存在层面上的。老黄的去向始终是一个

---

① 墨白：《讨债者》，《花城》1997 年第 3 期。

谜，或许他去大连未归，或许他回来就被抓走了，或许他从未离开，就在暗处监视着一切，这一切无从得知。不仅老黄，所有的人都面目不清，他们告诉讨债者一些信息，又似乎在隐瞒着什么，他们的身份和行踪都是那般诡秘，让讨债者无所适从。他不仅迷失在颍河镇的街道上，也迷失在了围绕老黄构建起的人际和利益网络中。讨债者的境遇何尝不是我们的境遇。我们置身无数复杂的网络，政治的、经济的、道德的……各种有形无形的力量撕扯着我们，各种言之凿凿又祸心暗藏的舆论轰炸着我们，我们真的能看清周围的一切吗？不能！我们不知道一层层的官场更迭背后的故事，不知道是什么力量左右着股市和经济的涨落，也不知道城市的夜幕下流淌着怎样的欲望、上演着怎样的交易和罪恶。这些我们都不知道，却又和我们息息相关。一切似乎都是熟悉的，一切却又那样的神秘。

讨债者没有名字，是无数草芥般卑微的底层民众的代表。为了要回关乎身家性命的蒜钱，他或苦苦哀告，或以死相逼，或耍些可怜的小聪明，所有这些都没有用，他是那样的弱小和笨拙，别人轻而易举地就可以把他打发掉。老黄、王院长、税务局和计生办的人员以及其他那些强势的债权人，都愚弄他、欺侮他甚至殴打他，把他推入绝境。江媛说得好，聚集在老黄周围的各色人等形成一个经济的金字塔，讨债者处于最底层，他看不到上面的建筑。"这座看似经济金字塔的建筑实际上是权力金字塔的一个变体，这就像其他小单位的金字塔是权力金字塔的变体一样。这座金字塔无论是穿上经济的外衣还是穿上文化的外衣，都改变不了权力金字塔的真正本质。"[①] 权力是神秘的，它无处不在，监视和牵制着你的一切，你有时可以感受到它的存在，但你无法看清它的面目。权力不一定总是青面獠牙，它有时把自己打扮得温情脉脉，就像老黄的父亲，一口一个老孙，就像王院长，频频举杯相敬。但无论怎样，它不会响应你的诉求，被它吞噬是无可避免的结局。

权力的神秘可能是墨白赋予笔墨最多的一种神秘，因为权力一直是我们生存的现实，各种阴谋、罪恶、疯狂都是权力运作的产物。《霍乱》和

---

① 江媛：《被重重阉割的诉求——墨白小说〈讨债者〉解读》，《郑州师范教育》2013 年第1 期。

《同胞》读来有一种鬼气森森的感觉，在颍河镇阴暗森冷的深宅大院中，隐藏着无数的秘密，不断上演的死亡、绑架、中毒还有人物的离奇失踪，对颍河镇人来说是神秘的，笼罩着重重的迷雾。这些神秘都是人为的，源于对权力的争夺。《梦游症患者》中，手足反目，父子相残，人们操持着他们根本不理解的话语相互攻讦、殊死缠斗，是什么让他们如此疯狂？是仇恨吗？哪来的仇恨？是信仰吗？他们都不知道自己说的是什么怎么会有信仰？小说告诉我们，这一切背后的那个神秘的操纵者是权力，是极权。它利用和煽动人们的欲望，通过无休无止的残酷的运动和斗争，把人们改造成没有思想、没有自我、没有灵魂的行尸走肉。他们认不清自己，认不清别人，更认不清左右他们的那种强大而神秘的力量，他们是权力的玩物。《手的十种语言》中，破案的所有的线索都离奇地中断，黄秋雨的死因真相可能会成为永远的谜，也是因为案件幕后那个神秘的操纵者执掌着权力，权力可以遮蔽一切。

在《流放地·首长》[①] 中，墨白用了一个意味深长的隐喻：

> 我们知道，在那美丽虚幻的景象下面，就是广阔的受风沙侵蚀的盐湖。在那里，盐类和泥沙混杂凝结，我们只有打开褐色盐盖，才能看到雪白晶莹的盐粒。

《首长》讲述的是"我们"在新疆格尔木附近荒野上与首长的一次邂逅，后者在寻找他走失的发疯的妻子。1949 年新疆和平解放，十几万大军屯垦戍边，上万名女性也以各种名义被征召到边疆，组织婚配。这种无视个人意愿的政治婚配自然造成了许多悲剧，就像首长这个一次次走失的年轻貌美的妻子……我们知道这一切吗？不知道！我们知道的是一大批热血青年奔赴边疆，为了一个崇高的使命。在历史和现实中，我们看到的往往是"美丽虚幻的表象"，其下掩盖的"受风沙侵蚀的盐湖"我们看不到，它们对我们就构成了神秘。文学要"打开褐色盐盖"，展示被掩盖的真相，

---

① 墨白：《手的十种语言》，作家出版社 2012 年版，第 166—169 页。

这样我们才不会像讨债者那样，迷失在熟悉的世界中。

五

墨白说，在这世上，我们所遇到的最大的迷宫，就是我们还没有来得及完全认识的我们自己。换句话说，人才是最神秘的，人是我们谈到的所有神秘事件的主角。每个人都是一个房间，一个他人无法进入的房间，对于我们来说，别人房间的一切就构成了神秘。在《尖叫的碎片》中，墨白写道：

> 人的记忆真的就像一个庞大的图书馆，而我们用口头语言所表达的，只是那个图书馆里的某一本书的某一页。或者说，记忆就像我们现在看到的隐藏在黑夜里的海洋一样，而我们的言说只能像那只在夜色里飞翔的海鸥，我们无法穿透它的辽阔。

不只是记忆，人的情感、意志以及沉潜在生命中的巨大能量，都是无法穿透的。雪青是"我"青梅竹马的恋人，但"我"始终无法走进她的内心。《欲望》中，叶秋对于谭渔来说是一潭深不见底的秋水，吴西玉一直不知道妻子牛文藻为什么会选择他，黄秋雨的深刻和纯洁远不是世人所能理解的。对人类复杂的精神世界的探索，是墨白小说创作的重要目标。

《我们……》系列短篇是一组非常别致的作品。不同于其他作品中那种自我意识强烈、情绪化、诗意化的叙事风格，这个系列采用的是客观中性的叙述语言，叙述者都是作为"我们"一员的"我"，而不是作者个人印记明显的"我"。小说总是平静地、朴实地讲述"我们"遇到的一些人和事，但慢慢地就有一种震慑人心的神秘气息从中发散出来，让我们感慨不已。《按摩师》中的胡阳是一个出色的盲人按摩师，小说用了近一半的篇幅谈论胡阳的技艺和名气，直到后来胡阳被抓走"我们"才知道，其真实身份竟然是一个亿万富翁，杀人后才学习按摩潜藏起来。我们深深为之震撼，几年时间他竟然没有露出一点马脚，这需要怎样的胆识和智慧！小说最后写道：

胡阳不止胆识过人，而且注意细节，在他每次带我们出门时，总会把他的帆布包像我们一样从右肩上斜挎下来，可是我们所有的人从来都没有接触过他的帆布包，也从来没有人知道他的帆布包里隐藏着什么。

《赌玉》中，比赌玉更难猜中的是人心，"我们"谁也不相信表哥会拿十万块背着"我们"去赌玉，恰恰他就那样做了。《追捕者》中，"我们"最终失去了目标，我们无法知道茫茫的戈壁中他藏身何处，无法想象一个人如何能够这样强悍。还有《流放地》中的那个孩子，他小小的心灵经受了怎样的痛苦和恐惧，他又如何能够沿着戈壁的边缘孤身走过那么遥远的路程！其实，我们身边的每一个人都是神秘的，我们不知道他们的经历，不知道他们有着怎样的心酸、希冀、痛苦和迷惘。只是，我们对此视而不见，我们的双眼被欲望和名利遮住了，他人只是我们欲望的对象或博取利益的工具。这样，我们不再关怀他人，准确地说，我们失去了关怀他人的能力。

就像《诗人》讲述的那个故事。"我们"在去西宁的火车卧铺车厢中邂逅了一个忧伤而沉默的女孩，后来，一个偶然的契机，她打破了沉默，和"我们"谈论海子的诗、海子的情感和死亡，她说：

> 有些时候，我们需要理解和关怀，比如他在铁轨边徘徊的时候，如果那六个女人之中的某一个出现在他的面前，或许他就不会死，他的生命就会呈现出另一种情景。比如现在，我们坐在前往西宁的列车上，可是在这个世界上，有谁知道我在想什么？有谁知道我被什么所困扰？实际，很多的时候，我们人都是处在孤独之中，我们人需要关怀，需要理解，可我们更多的时候是处在孤独之中……

"我们"对女孩产生了怜惜之情，并试着与她沟通，可是，"我们"的话题总是围着吃、喝、玩、交通等，"我们"的热情反而让她回到了之前的状态。和女孩分手后的第二天，"我们"收到她跳湖死亡的消息。

　　海子的故事在女孩身上重演，现实中无数的人在重演女孩的故事。悲剧一再发生，是因为缺乏理解和关怀。只有在他们死亡以后，我们才受到冲击，才产生了去探视他们神秘的内心世界的想法——更可悲的是，很多时候我们对死亡也漠不关心。如此，我们应该能明白墨白何以频频谈论他人的"房间"（墨白单单以"房间"命名的小说就有三部：《红房间》、《黑房间》、《别人的房间》），这也应该有助于我们更好地理解"文学是人学"这个我们如雷贯耳但仍需深入思考的命题。

多余人

  "多余人"是19世纪俄国现实主义文学大师们对于世界文学的卓越贡献，他们塑造的奥涅金、毕巧林、罗亭、奥勃洛摩夫等形象永远闪耀在世界文学人物长廊中。19世纪上半叶，受欧洲民主思想和先进文明的影响，一些贵族知识分子对没落的封建农奴制、反动的专制政体以及腐化堕落的社会风气深感不满，但受制于严苛的社会现实，以及自身的种种弱点，他们无力把变革现实的想法付诸实践。于是，他们成为痛苦的清醒者，成为无法与社会相认同却又只能沉陷其中的"多余人"。

  "多余人"并不是19世纪的俄国所特有的，它是一种世界性的社会和文学现象。启蒙运动以来，随着人的主体意识、自我意识的觉醒和张扬，在每个时代都会有一些知识分子，他们或者是一些深刻的思想者，或者是一些理想主义者，批判和拒绝所处的社会现实。拒绝社会也就意味着被社会拒绝，如果没有卢梭式的决绝和气概，他们就会为此感到愤慨、忧郁和迷茫，从而滋生一种多余的、被遗弃了的情感体验。有论者指出，18世纪末拜伦诗中的恰尔德·哈洛尔德（《恰尔德·哈洛尔德游记》），20世纪中期加缪笔下的默尔索（《局外人》），也是"多余人"的不同版本。[1] 笔者深以为然。

  对个体来说，"多余"是一种极其强烈而痛苦的精神体验，意味着归属感、价值感的缺失，以及自我的无从实现。作为一种文学现象，"多余

---

[1] 王福和：《世纪病患者的心路历程——从"多余人"到"局外人"》，《外国文学研究》2002年第2期。

人"不是由个体的素质和努力造成的，它是社会和时代的产物。在墨白塑造的众多人物形象中，"多余人"可以说是最为庞大的一个群体，那种灰颓黯淡、焦灼迷惘的多余人式的体验也构成了他小说的主要色调和旋律。无论是对于个体还是对于社会，多余人的存在都是悲哀的。对"多余人"的书写因而不仅承载了墨白之于民众的精神关怀，也是他展开社会批判的重要方式。

一

我们把 19 世纪俄国现实主义文学中的相关人物形象定性为"多余人"，一方面是着眼于他们缺乏行动能力，不能直接推动社会历史进程；另一方面是着眼于他们的存在状态和个人体验。按照这两个标准，"多余人"都是些知识分子形象。这和拥有人文知识分子身份的作家和评论家们的担当和自许有关——在我们的观念中，知识分子尤其人文知识分子在推动社会历史的发展中较之其他阶层的民众起着更重要的作用。而且，我们倾向于认为只有主体意识强烈的知识分子才有能力对自身应该扮演的社会角色与现实存在状态之间的反差产生清醒而敏锐的认识，从而发出"多余人"的喟叹。不过随着时代的变迁，"多余人"的定性标准和指涉对象都需要做出调整。20 世纪以来，以合理化面目出现并不断加强的专业化、体制化和系统化正把社会变成一架日益复杂和严密的机器，加之消费主义文化和大众娱乐文化的风靡，导致人文知识分子被日益边缘化，他们的社会影响力和之于社会历史进程的直接作用都变得极其微弱。如果再按照原来的那种主体性标准对个体进行评价，那么包括人文知识分子在内的绝大多数人都是"多余人"，不仅没有推动或改变社会运行的能力，甚至失去了那种宏愿和抱负，"多余人"这个概念也就失去了意义。所以，我们应该重点从个体的存在状态和自我体验上对"多余人"进行界说。而 20世纪以来社会空间和社会阶层的分化重组也使"多余人"的体验不再是知识分子的"专利"。在不同阶层有着相对独立和封闭的生存空间的情况下，或许"多余人"的体验是知识分子特有的，那些非知识分子阶层的民众，比如农民，尽管身处社会底层，贫贱而卑微，但大家基本可以做到安之若素，因为农村这样一个生存空间可以给他们提供一定的归属感和存在感，除了寥寥几个地主，大家的境况都比较平均。不过，随着市场化、商业化的浪潮彻底打破了原来相对稳定的社会格局和封闭的生存空间，人口流动的趋势加剧，那些被迫卷入陌生而复杂的生存境域中无力开辟出自己的生存空间从而失去了归属感和存在感的个体，也会产生出强烈的"多余人"的体验。

墨白的"多余人"系列中，底层人物占据了相当的比重。在《事实真相》、《寻找乐园》、《苦涩的旅程》等打工题材的作品中，那些怀着对城市的美好想象背井离乡却最终只能在城市的犄角旮旯或城郊结合的夹缝地带苦苦挣扎的农村人，都是一些"多余人"。他们从事城里人不愿从事的工作，搞建筑、收废品、挖下水道，没有他们，就没有城市整洁光鲜的外表，但在城里人眼中他们是多余的，是城市秩序的破坏者和入侵者。《寻找乐园》中"我"（新社）不过是向城里人问个厕所，就被面若桃花的姑娘骂作流氓，长满老人斑戴着治安袖章的大爷用冰冷的眼神盯着"我"，警察带"我"走向厕所时马上就有一群人围上来，在他们眼中"我"这种形象必然是小偷或抢劫犯。《事实真相》中，来喜的铁锨把不小心碰到了一个穿花裤子的女人的屁股，就招来了一顿恶毒的辱骂，和辱骂同样刺痛他的是对方看他的眼神，仿佛他身上有艾滋病毒似的。在城市里，他们是那样渺小，那样多余：

> ……我蓬头垢面，手里提着破旧的绿提包，立在嘈杂的车流里，茫然无主，就像一粒沙子被巨大的波浪冲来冲去，可是那会儿我没有工夫去想象在繁华的省城里自己是多么的卑小，我连那个坐在饭店门口的乞丐都不如……（《寻找乐园》）

> ……日他奶奶，我们这帮熊人，你看看小巧，我们一人手里提着一把铁锨，肮脏的头发像杂草一样在头顶上乍着，衣服上的汗迹就像一些用得破旧的地图，我们用一种萎萎缩缩的目光打量着周围的一切，小巧，你看看我们就这样走在城里人那审视的目光里，我们就这

样走在繁华的街道里，你看看我们都像些什么？劳改犯？从集中营里刚刚逃出来的难民？……（《事实真相》）

不仅没有地位和尊严，连说话的资格也被剥夺。来喜在工地干活时目睹了一场凶杀案的始末，但对这件事他却没有任何发言权。人们把凶案讲述得面目全非，并振振有词地声称自己讲述的就是事实真相，而来喜的质疑和纠正却总是招来嘲笑、不屑和人身攻击。从开始的争辩、愤怒到后来的沉默，来喜对自己在这个城市中的未来已经绝望，他清醒而痛苦地意识到自己对于这个城市来说就是一个"多余人"。

返回家园？也不可能。颍河镇（作为乡土中国的隐喻）已经失去了原来的宁静，那条通往城市的公路每天都把各种真真假假、光怪陆离的消息带回镇上，搅扰的人们焦躁不安。而且，社会转型导致的社会分化使人们留守在镇子上也可能成为"多余人"，就像《仲夏小调》中的麻狗，置身于那些财大气粗、趾高气扬的"新贵"们的阴影下，感到无限的萧索、落寞和屈辱（参见词条"苦难"第四节）。遭受城里人的歧视或许比遭受乡党的歧视更能让人接受。来喜和新社就是出走后的麻狗，他们是回不去的。来喜没有到家就疯了，象征着回乡之路已被阻断；而新社历经生生死死后依然留在了城市，继续着"多余人"的生涯。

二

墨白小说中的另一类"多余人"是知识分子。他们有较高的社会地位和稳定的收入，但出于种种原因，他们都无法或不愿融入社会，对现实持一种疏离和批判的态度。这也让他们感到无比的孤独和痛苦。

《局部麻醉》中的白帆和《白色病室》中的苏警己是医术精湛的医生，病人、领导和他们自己都知道他们的价值，但在精神上，他们漂泊无依，是与周围环境格格不入的"多余人"。白帆看不惯颍河镇人的粗鄙庸俗，看不惯他们对待生命麻木不仁的态度，自觉地在精神上与他们保持距离。他用沉溺于回忆和幻想来回避现实，来忘掉自己周围的世界，这让他忧郁而感伤。但白帆并不强大，和俄国文学中的"多余人"一样，他有软弱、妥协、保守的一面。面对敌对现实的步步紧逼，他无法抗拒，只能勉为周旋。他拼命去满足柳鹅那永无餍足的性需求，对虚伪专横的院长奴颜婢膝，这些又加剧了他的痛苦。白帆不属于这个肮脏纷乱的世界，他是一个"多余人"，最终他选择自戕将自己从这个世界上抹去。白帆在精神上主动弃绝了世界，而苏警已始终是这个世界的弃儿，他从小就像颍河镇的青石板路一样任人践踏，母亲和奶奶死后再没有人关心他，在父亲和后母组建的新家庭中，在求学的城市中，他都感到自己像空气一样，无人在意。苏警已想融入群体之中，但始终不被接纳，这种被抛弃的经历使他没有机会学习那些复杂玄妙的处世之道，无法形成一种社会人格，当然，也成就了他的单纯和高贵。回到颍河镇后，他高明的医术受到颍河镇人的尊重，但他的任性，他的直率，他的不谙世事，依然让他像漂在水面上的油一样无法融入环境中，他还是一个"多余人"，对此他无法理解和接受。当救命稻草一般的白冰雪冷漠地抛弃了他之后，他的精神世界惨烈地崩塌了，他的疯狂是对这个冷漠污浊的世界的强烈控诉。

《欲望》中的谭渔和吴西玉是墨白塑造得更为成功和典型的"多余人"。作为颍河镇最优秀的子弟，他们怀着不平等的城乡二元对立格局带来的精神创伤，以征服者和复仇者的姿态进入了城市。不过，他们并没有在精神上融入城市之中。对于谭渔来说，城市是一个巨大的迷宫，他一个从乡间走来的文弱书生无法走出这个迷宫。这不是因为他没有能力，而是因为他不愿放弃自己的尊严和纯粹的文学追求，不愿接受城市唯利是图的生存法则。在汪洋、二郎们面前，他显得那样单纯、执拗和笨拙，最终被逐出了城市。吴西玉倒是在城市中站稳了脚跟，因为岳父的关系，他令人艳羡地成为大学团委副书记、陈州挂职副县长。但在光鲜的外表后，是无法向外人言说的尴尬和苦楚。在家里，他是妻子宣泄对男人和性的仇恨的工具，整天像犯人一样遭受花样翻新的审问和羞辱，没有一丁点儿温暖，牛文藻冷漠且无处不在的目光已经渗透进了他的骨髓。所谓的事业和家庭一样值得怀疑。原来的大学校团委副书记的位置已被人接替，回来的可能性不大，而现在的挂职副县长只是个摆设，没有任何具体事务。或许会有人眼红他这种免费开着桑塔纳无所事事到处游荡的生活，但吴西玉感觉自己成了一个多余人，"我现在只是一个空壳"，"我成了一个在无边的大海里流浪的漂流瓶，我无处可归"。

无论是谭渔还是吴西玉，都保持着对于城市的疏离和批判。在吴西玉看来，城市就是人类为自己建造的"鸟笼"：

> 城市的楼房就是一片又一片没有枝叶的树林吗？我们人类就是没有翅膀的鸟吗？是谁把人关进那些由他们自己编织的鸟笼里去的呢？

谭渔则把城市比喻成肮脏的河床：

> 街道仿佛一道道交错的河床，白天汹涌着车流和人群，嘈杂的声音和混浊的目光仿佛一些灰白的泡沫漂浮在空间里，到了深夜，这些河床就干枯见底了。

人就是被污染了的河水，是河里的鱼鳖虾蟹。他们渴慕的城市并不像想象中那样美好，相反，丑陋得令人憎恶。值得注意的是，恰恰是谭渔、吴西玉这些"多余人"，这些带有精神创伤又没有泯灭良知和理想的由乡入城的知识分子，更能对现代都市文明采取一种疏离和批判的姿态，更能洞彻现代人精神的空虚和苍白。叶秋算是谭渔的知音，她欣赏谭渔，对谭渔小说的见解非常准确。但谭渔的思想和情感对她来说只是一个"景观"，她无法真正进入谭渔的世界。而对于都市文明，"在春风里行走"的叶秋也不可能像"在灰色的天空中艰难地飞翔"的谭渔那样，在创巨痛深的体验之余展开冷峻的思考。同样，是吴西玉而不是田达或杨景环说出了那句"我们都是些没有灵魂的人"的箴言。也就是说，正是因为谭渔们在乡村和城市的夹缝中苦苦挣扎，他们的生命存在才成为我们这个时代最有价值的标本，才深刻和全面地折射出了我们当下的生存状态和精神图景。

奥涅金们不满但无力摆脱甚至沉沦在其所处的社会秩序和生活方式中，这是他们为世人诟病之处。谭渔和吴西玉也是这样，他们并不"清白"。谭渔的私生活堪称混乱，以爱情的名义，他追逐叶秋、小慧，和小红发生纯粹的肉体关系，每一个漂亮女孩都会唤起他的欲念。对于谭渔来说，进入女人是进入城市的象征。他不愿接受城市的生存法则，不能为城市所接纳，于是试图在女人身上找到认同和存在感。对于谭渔，墨白并不袒护，每每辛辣地对他进行讽刺：

在那个春日的上午谭渔要和一个姓叶的女子去聚会，却一下子想起了他远在乡下的妻子，他的妻子和儿子坐在颍河岸边的草地上，在蓝色的天空下很孤单。

现在他突然感觉其实自己是个厚颜无耻的人。我对谁真诚了？对兰草吗？对叶秋吗？对小慧吗？我真厚颜无耻呀，我还竟然给别人说真诚。

叶秋，我恨你！你抛弃了我，就像我抛弃儿子一样！

不过，我们也能感受到墨白对谭渔深深的同情。一个只能到女人那里寻找认同和人生慰藉的人难道不是很可悲吗？

吴西玉对城市的堕落大加讨伐，自己却如寄生虫般地生活着。他因一组《永远真诚》的诗歌走进了尹琳的生活，但从未打算承担任何责任。从情感上，吴西玉可能比弱小的谭渔更容易招来指责。不过，谭渔的自我哀怜在某种程度上削弱了他对自身的反思，而吴西玉则对自己毫不客气，赤裸裸地向我们坦白了他的懦弱、虚伪乃至阴暗。倾听尹琳的痛苦，他报颜以对：

……我觉得尹琳说的不是余宝童，而是在说我。我和她说的那个余宝童在本质上有什么差别呢？在灵魂深处，我们是一丘之貉。

也正是因为他承认这一点，他不同于余宝童，后者根本不懂得羞愧。

是的，我们不能因为人物精神上的痛苦而回避其道德上的责任。不过，我们也不能因为他们道德上的过错而无视他们精神上的痛苦。以道德理想主义对人进行苛求是有害的，会回避更为重要的社会层面上的审视。谭渔和吴西玉在道德上是有缺失，但和汪洋、二郎、吴大用、白煦然之流相比，和麻木而安然地在污浊的现实中打滚的我们相比，仍有值得称赏之处。除了谴责，我们更应该深入他们的灵魂。墨白在《欲望》的后记中痛心地写道："我清楚地看到，一个人内心的巨大的痛苦，是怎样被我们这些麻木的灵魂所忽视。"谁愿意成为"多余人"？谁愿意浸泡在孤独、挣扎、沉沦和痛苦中？过去我们评价"多余人"，往往指责他们性格上的弱点，或者简单地从阶级的角度外在地对他们展开批评，很少真正进入他们的心灵，感受他们的痛苦。在墨白的谆谆吁请下，我们应该反思。

三

"多余人"往何处去？在俄国 19 世纪文学中，"多余人"不外乎两种结局，一种是随着社会形势的发展加入革命者的行列，现实地推动社会历史进程，如普希金所说："奥涅金或者该是死在高加索，或者是加入十二月党人的行列。"[①] 另一种是因无力找到出路而走向毁灭或痛苦地虚度一生，像奥勃洛摩夫。中国现当代文学中"多余人"的命运大致也是如此，前者如觉新，后者如吕纬甫、魏连殳。

当下这样一个后革命的时代，显然不会为墨白的知识分子"多余人"提供第一种出路。转型为一个不知疲倦的事业开拓者，像奥勃洛摩夫的对立面施托尔茨？也不可能，那样他们就成了钱大用。非常残酷，他们的灵魂只能流浪在乡村和城市的夹缝之中，如果向后返归乡野或者向前融入城市，他们就会失去独立性，失去批判性，那才是"堕落"。我们不能想象谭渔变成二郎，吴西玉变成趾高气扬的小官僚，也不能想象白帆变成麻醉师或者苏警己变成郑楠。在城乡二元格局尚未被打破、唯利是图的法则依

---

① 曹靖结主编：《俄国文学史》，人民文学出版社 1989 年版，第 124 页。

然主导着人们的生存活动的时代，我们不能善良地祈望他们找到归属感，罹受孤独和痛苦是他们高贵的宿命和使命。

当然，如前所论，白帆、苏警己、谭渔和吴西玉都不是理想人物，他们有着各种各样的性格上的缺陷甚至道德上的污点，他们应该领受责罚，应该反思自身，提升痛苦的层次和境界。在《欲望》第三部《蓝卷》中，墨白塑造了一个作为他们的方向的理想人物——黄秋雨。黄秋雨和谭渔、吴西玉有着相近的出身和经历，但他超越了个体的痛苦，勇敢地扛起了整个民族的苦难，成为一个殉道者，一个人间苦难的见证者和经历者。与谭渔们相比，黄秋雨或许更为痛苦，所以他才罹患了"脑瘤"——巨大痛苦的产物和象征。公众不理解黄秋雨的艺术、情感和思想，不怀好意地打量他、揣测他，用低俗恶毒的语言谈论他、诋毁他，这让他感到孤独和寒冷。然而，这不仅不会让他产生"多余人"的哀鸣，反而激起他更强大的精神力量，坚定地与麻木不仁的社会相抗争。或许正是因为黄秋雨的感召，在《蓝卷》中出现的谭渔，不再为能否得到城市的认可而焦虑了。他没有退回农村，也没有向城市屈服，而是扛起了黄秋雨未竟的事业。面对刑警队长方立言审讯式的盘问，他傲骨铮铮：

> 我是不愿意接受你和我谈话的语气，你应该明白，你是在向我了解情况，而不是审讯。我知道，你们可能已经习惯了这种说话的方式，但是，如果是一个人持着强势态度面对另一个人说话，我是不能接受的。我这样说，你可能不愿意接受，但事实就是这样。

这是对权力的挑战，是对平等的伸张和对尊严的守护。与《红卷》中面对王主席的官僚做派时满腔气愤但却表现得唯唯诺诺的谭渔判若两人。当接受了"孤独和悲哀"的命运，不再企求被谁认可和接纳时，谭渔就超越"多余人"的层次。他的独立、不羁乃至铁青的面孔，都有着黄秋雨的影子。

当然，对于来喜、新社这些底层的"多余人"来说，他们没有选择的权利，要想摆脱"多余人"的处境，只能等待社会格局、经济格局向有利于他们的方向演进，只能等待公正的、人性化的社会体制建立起来。一个产生"多余人"——无论哪一种——的时代是悲哀的，一个对"多余人"视而不见的时代就愈加悲哀。要走出这样一个悲哀的时代，要告别"多余人"，首先要关注他们的存在，关注他们的生存境况和精神状态，这正是墨白的"多余人"系列作品的意义所在。

下　篇

内视角

  戴维·洛奇指出:"如何选择故事的视角想必是小说家要做的最重要的决定,因为这会从根本上影响读者在情感上和理性上对小说人物及其行为的态度。"[①] 笔者以为这是关于叙事视角最精辟的一个论断。通常我们说,外部视角便于客观完整、条理分明地呈现一个故事,而内部视角在传达人物复杂的心理和情感上更有优势,但技艺高超的小说家不受此限制,他们使用外视角同样可以通过种种细节披露人们复杂的内心世界,反之亦然。选择哪种视角,如洛奇所说,在于作者希望在读者和他的人物之间建立一种什么样的关系,更进一步说,取决于作家本人和他的人物是一种什么样的关系。

  墨白是一个非常真诚的作家,他在写作中灌注了自己真实的生命体验,从不隐藏自己,不回避自己的阴暗和欲望。因而,他的很多小说都具有精神自传的性质,小说中的人物多多少少打上了他本人的烙印。墨白也是一个富有人道主义精神的作家,对世间苦难的人类充满了悲悯之情,在他看来,人道主义关怀不能只是物质层面上的,还应该包括精神层面。而精神关怀的前提是理解和同情,是进入他们的精神世界。"要想进入他们的精神世界,就不能把他们当外人,就要把他们当成我自己。如果这样,那我就是那个逃债者,整天无家可归;我就是那个胳膊上搭着风衣盛气凌人的市管会主任;我就是那个乡村医生;我就是那个博物馆馆长;我就是

---

  ① [英]戴维·洛奇:《小说的艺术》,译文出版社 2010 年版,第 30 页。

那个榨油的个体户，我就是他们之中的任何一个人，我得先变成他们，设身处地为他们着想，像他们一样去思考问题。"① 墨白本人如此，他也希望在读者和他的小说人物之间建立这样一种关系，所以，他多选择从内部视角展开叙事。外视角的叙事，只能引导读者做一个外部的观察者和评判者，读者和作品人物是彼此外在的。不否认有悟性的读者可以在阅读中融入自己的生命体验，但融入的程度毕竟是有限的。内视角的叙事则不同，读者自然地站在了人物的立场上，和他们一起去感受和经历。这样，不仅能够体验他们的苦难、屈辱和迷惘，也能够对他们的欲望、沉沦和畸变做出公正的评判。

一

视角和人称有着密切的关联，最典范的内视角叙事通过第一人称——"我"——的视角展开，"我"是小说的主要人物或线索人物，也是叙述者，这种叙事在传达微妙复杂的情感和唤起读者和人物的亲密感上具有无可比拟的优势。

我被电话铃声吵醒了。睁开眼睛，我看到自己身处一片黑暗当中。不知道刺耳的铃声已经响了多长时间，我讨厌这铃声把我从睡梦中惊醒。可是那铃声仿佛很有信心，它仍旧响个不停，我只好伸手拿起话筒。我没有听清电话里的那个男人是谁，更没有听清他说的什么，但我肯定他对我说的是一个人的名字，吴西玉是谁？这个名字好熟悉呀。由于我的思想还处在烦恼之中，竟一时没有想起来吴西玉是谁，再加上我特别讨厌在电话里听到男人的声音，所以我就随口对他说，你打错了。还没等电话里的人回话，我就把电话压上了。可是刚放下电话，我就明白过来了，吴西玉就是我，那个人刚才找的就是我！

① 墨白：《颍河镇地图》，杨文臣编《墨白研究》，河南大学出版社 2015 年版，第 4 页。

　　"我"是《欲望·黄卷》中的吴西玉，依仗岳父的关系，仕途亨通，现在是省城一所高校的团委副书记，并挂职陈州的副县长。由于社会语境的关系，这类人物一亮明身份，就会引起我们的嫉妒、仇恨和不屑，我们去理解人物的冲动和热情也会瞬间被浇灭，同情更是无从说起。但墨白要创作一部精神自传性质的小说，写出他们那一代由乡入城的知识分子的心灵史，所以，他选择了从吴西玉的视角展开叙事，以避开其敏感的身份对读者理解和同情他带来的种种阻碍。在这段文字中，我们看到了吴西玉自我认同感的严重缺失。现实生活中，像吴西玉这种身份的人，通常对自己的名头自满到令人反感，他们会在电话中或社交场合中用威严沉稳而又透着得意的声音说："我是××。"而"我"居然"没有想到吴西玉是谁"，那"我"是谁？对此"我"一时失去了意识。尽管这是睡眼惺忪时的反应，但可以见出，吴西玉的存在感是缺失的，他并没有沉醉在副县长的光环之中。"我特别讨厌在电话里听到男人的声音"，这个似乎是不经意间抛出来的情绪同样意味无穷。讨厌男人的声音是一个提喻，实际上吴西玉整个儿讨厌男人而不只是他们的声音。我们的社会仍然是一个男权主义社会，权势、计谋、争斗都是男人的标签，讨厌男人也就意味着对自己所置身的官场的厌恶，对这个物欲横流的男权主义世界的厌恶。如此，吴西玉的身份带给我们的先入之见就被消解了，他原来和我们一样感到卑微和困惑，我们会倾听着他的诉说进入他的真实的生命存在中。

　　《欲望·蓝卷》中的主角是从未正面现身的黄秋雨，而视角人物是刑警队长方立言——"我"。一个人不无忏悔和自我嘲讽地诉说自己的痛苦、迷惘和丑陋，容易唤起人们的同情，但如果一个人要讲述自己的高尚和脱俗，则有自我标榜之嫌，会招致人们的反感。黄秋雨不同于吴西玉，他的私生活是庸俗的公众们的谈资，而他的艺术和思想无人问津，"我"方立言也是这些公众之中的一员。墨白设定方立言为视角人物，是为了让读者和"我"一起进入黄秋雨的世界。作为一个刑警队长，"我"目光犀利、悟性极高，而且，"我"一开始和公众（读者）一样，对私生活"混乱"的黄秋雨并无好感，所以，"我"很容易就博取了读者的信任。在对案件的侦破推理中，在阅读黄秋雨和米慧们的书信中，

原奔阳作品：墨白小说《红色作坊》插图（原载《莽原》1991
年第6期）

"我"的声音无处不在：

> 难道，我们能逃脱像黄秋雨一样的命运吗？也包括我吗？是的，
> 包括。这将是我们世间所有人共有的命运。
>
> 你摊开双手对我说，我没有这样的父亲，你是知道我是在什么样
> 的环境下开始学习绘画的，咱们上小学的时候，我的书杂费都得靠我
> 自己去拾碎铁烂铜。《天使》里那些卖血的孩子？他们有着同样的命
> 运。说完，你又沉浸在对往事的回忆之中。

这是"谭渔回忆黄秋雨的文章"一节中的两段文字。加着重号的句
子是"我"在阅读时的感想，这是墨白对读者的期望，他"不放心"，
所以让"我"来引领读者。这样，在"我"的后面，还隐藏着墨白本
人，从而形成一种独特的"双重第一人称"。跟随着"我"，我们慢慢地
改变了对黄秋雨的看法，对他的爱情和痛苦、艺术和思想有了越来越深
刻的认识。

二

内视角叙事不限于第一人称，也可以用第三人称。如果叙述者放弃了全知全能、无所不在的自由，退缩到一个固定的焦点上，从人物的角度来观察世界，也算是一个内视角叙事。比如墨白的《太阳》，5000多字的一部短篇小说，文中有12处"她想"，11处"她看到"，除了寥寥几句对话，其他内容都是"她"的意念和见闻感受。不过，相比第一人称，第三人称的内视角叙事不那么纯粹，因为在人物之后站着一个叙述者，二者不是完全重合的，这就涉及叙述者的外视角和小说人物的内视角的切换问题。如《太阳》中写道：

> 那双布满了血口子的手仍不停地划动着，把羊肠一根根地刮好，那微妙的声音就从她的指缝里流出来，在空荡的房间里游走，把她消瘦的身子围在里面。先前，她的身体是多么健壮呀，她胸前的乳房也曾经高高地鼓着，是那样的迷人，能把男人的魂勾了去。而现在这一切都不存在了，除了安拉，再没有真神……没有，再没有。她停下酸疼的胳膊……（《太阳》）

第一句话是从叙述者的视角对"她"的描写，后面两句话就转到了人物的内视角，内容接近"她"的内心独白。最后一句又跳转回叙述者的外视角。视角转换了，但人称保持一致，这是第三人称内视角叙事通常的处理方式。有时，作者会省略掉人称代词，以便人物的内心活动更像是自动流出来而不是叙述者转述的，如"现在这一切都不存在了，除了安拉，再没有真神……没有，再没有"一句，这在我们见到的第三人称内视角叙事中已经算是比较灵活的处理了。

但墨白在视角的切换上还有自己独特的处理方式，他大胆地在第三人称和第一人称两种人称之间进行切换。这种切换不是通过我们熟悉的直接引语实现的，而是突然更改人称，如《裸奔的年代》中写道：

是吗？谭渔抬头看着她，就是从那一刻起，谭渔眼里的光发生了质的变化，由于这本书的缘故，把她和他一下子拉近了，是那本书，一下子清除了横在他们之间的障碍。你像我一样熟悉这本书里面的每一个句子，熟悉那些句子里面所包含的意义。

她说，我很早就想来找你……

是的，从她的眼睛里谭渔看到了一种欲望，一种渴望表达的欲望，你的目光仿佛一条清澈的小溪，你的话语从嘴里蹦出来，开始在我思想的河床里叮当作响。

相比第一人称，第三人称自有其优势所在，比如它可以对视角人物的表情进行富有暗示性的描绘，但在进行心理描写时就不那么自如了，尤其是在"叙述者不能越俎代庖地替人物思想"这样一种叙事学理念深入人心之后。而且，在建立和人物之间的亲密感上，第三人称也不如第一人称。所以，墨白采取了在两种人称之间进行切换的方式，兼取二者的优点。《裸奔的年代》总体上采用的是第三人称的内视角叙事，视角人物是谭渔。但在上面的引文中，我们看到，涉及谭渔的心理活动时，墨白舍弃了通常使用的叙述附加语"他想"，从而形成了第三人称和第一人称之间的不断切换。谭渔不仅仅是叙述者摆布的对象，他突然挣脱了叙述者自己发出了声音。读者与谭渔的关系也变得微妙：有时我们外在于谭渔，旁观他的一举一动，有时又成了他的"同谋"，把自己凭附在他身上，和他一起感受喜怒哀愁。

墨白对视角和人称的操作非常娴熟，在《航行与梦想》中达到一种极致。

……起初萧城自以为是地认为光滑的路面就是土地，可是到后来当他面对无边无际的金黄色的麦浪的时候，他低下了头颅，萧城为他的肤浅而感到无颜面对真正的土地，这使他感到惶惶不可终日，因为他觉得我已经失去了根。当然，我对城市还有许多自己的看法，比如城市没有月光，比如城市没有宁静的夜晚，等等。你想想，没有月光和宁静的人类将怎样生活？问题是萧城现在已经没有一点想讨论这个问题的兴趣，萧城现在要离开这个使我已经厌倦的城市，乘船到颍河下游的一个名叫颍河镇的地方去。

从情节上看，萧城就是"我"，但一个是第三人称，另一个是第一人称，二者频繁地切换，让我们颇有些不适。为什么要这样处理？在"寻找"词条中笔者做出过阐释："我"既是这篇小说叙述者又是视角人物，而萧城只是"我"讲述的故事中的视角人物，"我"并不完全是萧城，因而，萧城的旅行可能只是"我"想象中的旅行。这种阐释着眼于主题思想，我们还可以从叙事效果上做出另外的阐释。这部作品也是内视角的叙事，因为使用了第一人称，我们与叙述者"我"得以建立起一种亲密关系。萧城是故事中的"我"，或者说是"我"眼中的"我"，我们和萧城之间的隔阂感因而也消释了，这是单纯的第三人称叙事难以企及的。而用第三人称来讲述萧城的旅行，又留出了营造诗意所需的距离和空间，避开了单纯的第一人称叙事中强烈的密实感对于诗意的销蚀。这样独具匠心的安排，带给读者一种绝妙的阅读体验。

三

在与刘海燕的对话中，墨白指出，他的小说的语言结构由两个方面组成："一是小说人物的视角与意识的有机结合和转换，二是叙事者的外视角和小说人物的内视角的承接与转换。"[①] 第二个方面我们前文已做了探讨。第一个方面有两种理解：如果理解为"某个"小说人物的视角与意识的有机结合和转换，那么他谈的就是内视角叙事中的意识流，关于意识流我们后面有专门词条进行探讨；如果理解为"多个"小说人物的视角与意识的有机结合和转换，那么他谈的就是一种复杂的多视角叙事。这样他谈的两个方面就变成了三个方面。这种"复义"可能不是墨白刻意设计的，他的本意应该是谈论意识流问题，但这种无心插柳的表达却更全面地描述了其小说语言结构的特点。下面，我们就谈一谈他的多视角叙事。

① 刘海燕：《有一个叫颍河镇的地方——与墨白对话》，刘海燕编《墨白研究》，河南大学出版社 2015 年版，第 24 页。

2003 年出版的《来访的陌生人》中，墨白安排了多个视角人物，每一章节变换一个视角，都使用第一人称。三年后翻译成中文出版的土耳其作家奥尔罕·帕慕克的《我的名字叫红》也使用了同样的手法。在墨白看来，现实是人的活动构成的现实，而参与现实构建的个体不是无差别的原子，它们携带着各不相同的情感、隐私和诉求，彼此交织碰撞，使现实无比复杂、深不可测。所谓的客观现实是不存在的，现实具有不同的层面和维度，观看的视角不同，现实也会呈现出不同的面貌。而视角是有限的，传统现实主义青睐的无限制视角，其实也只是视角的一种，而且可能是与现实本身最隔膜的一种。在某种意义上，现实和历史一样①，只能是主观的现实。我们观照现实，观照人的生存状态，就不能忽略构成现实的人眼中的现实。所以墨白致力于书写"带着个人体温的故事"，所以他选择内视角的叙事，而基于多个视角的内视角叙事，最大程度上还原了现实的构成，揭示了现实的复杂性和多元性。

《来访的陌生人》讲述的是寻找旧书主人陈平的故事。陈平是某公司老总孙铭多年前失散的恋人，后者在逛旧书摊时发现了属于陈平的《而已集》，涌出了寻找陈平的强烈愿望，并委托给了一家私人侦探社性质的事务所。不过周旋于妻子和两个情人之间的他并不想泄露自己的隐私，因而对事务所的人保留了很多信息。可是，随着寻找的展开，一次次人为的"巧合"把他的隐私都给抖搂出来，令他焦头烂额。与此同时，幕后人冯少田开始浮出水面，他是孙铭的同乡，后来又是战友、下属，他离婚的妻子是孙铭的情人，落魄的他对孙铭恨之入骨。小说的视角人物分别是事务所的瑛子、孙铭和冯少田。他们谁也看不到事情的全貌，谁也无法控制事情的发展，每个人心中都隐藏着不可告人的秘密。对于瑛子来说，她不知道冯少田为什么和怎样介入这起风波，不知道陈平和孙铭一家到底有着怎样的恩怨；冯少田被仇恨蒙蔽了眼睛，不明白何以孙铭能够俘获这么多女人，也不知道陈平和自己联系的目的是什么；孙铭同样不了解冯

---

① 墨白指出："历史的真相是什么？历史就是某个人从某个带有主观意识的侧面所看到的某个事件的某个方面，历史就是某个人的好恶。"墨白：《我为什么而动容》，杨文臣编《墨白研究》，河南大学出版社 2015 年版，第 15 页。

少田，不知道他对自己的仇恨，和他那无耻龌龊的谋划。除了这三个视角人物，其他人我们也不了解，关于陈平，关于苏南方，我们知道得很少，而那些我们不知道的事情正隐秘地支配或修改着事件的进程，它们构成了现实的一部分。所以，如老许所说："这个世界你看上去都是熟悉的，可是我们熟悉的只是一些皮毛。比如千篇一律的建筑，千篇一律的街道，千篇一律的树木，而真正陌生的是人。比如在大街上，从我们身边走过的人，我们对他们了解多少呢？一点都不了解。他们有什么样的痛苦，他们有什么样的烦恼，我们一点都不知道。"我们不了解他人，我们也无法透视现实。

三个视角人物中，我们和瑛子最亲近，小说开始时我们是跟随她进入这个神秘的事件之中的。孙铭也很快赢得了我们的认同，他的成功、稳重和对昔日恋人流露的深情，让瑛子也让我们产生了好感。唯有冯少田的做派令人反感，他戴着假发，幽灵般到处逛荡，不检讨自己的无所事事，整天怨诽满腹，处心积虑想整垮孙铭。就行为而言，冯少田是一个彻头彻尾的反派，但墨白把他安排成视角人物，给了他"申诉"的机会：

> ……那个时候我的手伸出来和人家的一比就像两个人种，她的手是那样的白，还散发着香气，可我的手呢？是那样的肮脏，手上到处都是冻裂的血口子，我怎么能和她站在一起？我感到自卑，那自卑像一块大石头一直压在我的心上，压得我抬不起头来。可是孙铭却和她住在一个院子里，他们一块儿上学，放学一块儿回家，我跟在人家屁股后面远远地看着他们，这不公平！我永远也不会原谅这个鸡巴社会……

冯少田之所以成为现在的冯少田，和儿时就沉积在心底的自卑和屈辱不无关系，我们不能否认和无视这一点。事实上，这样一种城乡二元格局带给农村子弟的精神创伤是普遍存在的，并对人的一生都有着深远的影响，对此我们在"苦难"和"欲望"词条中做过深入的探讨。当然，这些不能成为他仇视和暗算别人的理由，我们不能因此免除对他的谴责，但我们也应该给予他一定的同情。人性之恶的形成可能有个体自然的原因，但更多地来自社会历史的作用，前者我们无能为力，所以我们要格外关注后者，这就意味着，我们不能把所有的过错无差别地推给个体，不能用简单的道德批判取代社会历史批判。所以，墨白从不苛责他人，而是尽可能地去倾听，去理解和同情，即便那些个体在道德上有种种缺陷。这也是他选择和坚持内视角叙事最根本的原因。

色　彩

墨白的小说有着很强的画面感，这得益于他专业的美术背景。在成为一名小说家之前，墨白曾在淮阳师范艺术专业学习绘画，之后又担任过十一年的小学美术教师。在与诗人雷霆的对话中，墨白指出："对我创作技巧的影响，一些画家要比一些作家更重要，像达利、莫奈等等。这些画家最早地影响了我对艺术形式的理解和认识。"①

在墨白的文字中，我们从未见他提及过伟大的提香、达·芬奇、伦勃朗和安格尔，他萦挂于怀的是莫奈、梵高、蒙克、达利等现代主义绘画大师。现代主义绘画开启于19世纪后期的印象主义运动，后者对传统的学院派绘画的透视法、清晰均衡的构图、准确的细部描绘以及画面的理想化等清规戒律提出挑战，主张按照我们实际所见而不是知识和规则去作画。在马奈、莫奈等前期印象主义画家们眼中，前辈画家们力求每一个细部都纤毫毕现的做法并不能达到艺术真实，因为在现实中我们不可能把那些场面一览无余，在每一个瞬间，我们都只能把目光集中在一处，其余的地方都只能是模糊甚至混乱的。对他们来说，绘画的使命就在于真实地记录下某一特定瞬间所看见的东西，为此画家必须保持一种热情、亢奋的创作状态，迅疾作画，放弃细部描绘，把那种富有意味但转瞬即逝的印象整体记录下来。光线和色彩必须予以特别重视，因为光线对视觉影响重大，在不同强度光线的照射下，呈现在我们眼中的事物

---

① 雷霆：《对文本的探索——墨白访谈录》，《山花》2003年第6期。

的色彩和形状都会发生改变。

前期印象派有明显的客观主义倾向，他们满足于做转瞬即逝的印象的记录者，这引起了以梵高为代表的后期印象派的不满。梵高认为艺术应用主观情感改造客观物象，表达主观感受和情感，在他后期的绘画中，画面的主观性、象征性越来越强烈。另一位后期印象派大师高更同样强调艺术的表现性，认为绘画"是一种暗示性的并不做具体解释的思想"①，想要画出伟大的作品，心灵比眼睛更重要。虽然在绘画理念上实现了突破，但他们对色彩和光线的重视一如既往。在评价同时代的一位叫卢梭的画家时，梵高指出："一个人无法同时置身于两极与赤道，他必须选择一条路。我选的是色彩。"② 高更也在给友人的书信中指出，在构图与色彩之间，"颜色才是最重要的"③。当然，他们对色彩的运用和前期印象派不同，后者从写实出发，而他们注重色彩的象征性、精神性。比如梵高的《向日葵》、《收割者和麦田》，大面积使用黄色，表达了无比炽烈、狂热的生命冲动和热情；《夜间咖啡馆》用刺眼的明黄、青绿和令人不安的血红色营造出一种焦灼、晕眩的氛围，暗示这是一个颓废、堕落、自我毁灭的地方；《星空》则通过金色和蓝色传达出一种内心的紧张，暗示了生命的激情、癫狂和死亡。

对梵高推崇备至的墨白自然非常看重色彩的表现能力。他的名字本身就通过强烈的色彩对比传达了优雅、纯粹而又犀利、坚执的精神个性和美学追求，他的很多小说题目也都和色彩有关：《红月亮》④、《记忆是蓝色的》⑤、《穿过玄色的门洞》、《红房间》⑥、《黑房间》⑦、《幽玄之门》、《白色病室》，等等。如刘恪所说："墨白作为小说家是个好色之徒，色彩在他

① ［法］高更：《高更艺术书简》，张恒、林瑜译，金城出版社 2011 年版，第 138 页。
② ［法］梵高：《梵高艺术书简》，张恒、翟维纳译，金城出版社 2011 年版，第 253 页。
③ ［法］高更：《高更艺术书简》，张恒、林瑜译，金城出版社 2011 年版，第 249 页。
④ 墨白：《红月亮》，《怀念拥有阳光的日子》，河南文艺出版社 2006 年版。
⑤ 墨白：《记忆是蓝色的》，《金潮》1995 年第 3 期。
⑥ 墨白：《红房间》，《花城》1991 年第 2 期。
⑦ 墨白：《黑房间》，《收获》1989 年第 5 期。

那儿毕尽光华。"①

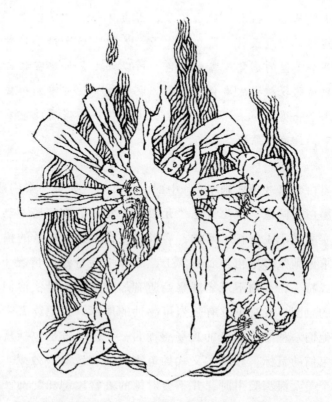

作者不详：墨白小说《风车》插图（原载《花城》2002 年第 1 期）

一

　　林扭过头来，居高临下看到一副由两个身腰微驼的山民抬着的滑竿，两个山民依旧支着走动的姿势立在那里。林似乎感觉到那滑竿仍在微微地颤动，接着林看到了那团白光，那团白光和山民的躯体形成了鲜明的对比。确切地说，最先闯进林的视线里的应该是那团白光，但由于在叙述上的需要，我在这里不得不颠倒了他们的先

　　① 刘恪：《优雅、色彩及比喻丛丛》，杨文臣编《墨白研究》，河南大学出版社 2015 年版，第 97 页。

后秩序。如果按照正常的逻辑，你就不可能很清晰地看到那两个仿佛生来就是给人抬滑竿的山民了，因为林一旦被坐在滑竿上的穿白色旗袍的少妇所吸引，那么那女子身外的一切比如松林枯树山道和山民都会在他的感觉里黯然失色。所以五十多年后在我向你开始耐心地叙述那段神秘的事件的时候，我只能先让你看到山民，而后才看到那个长得像一朵开得正旺盛的山茶花一样美丽的散发着芳香的少妇了，这请你原谅。

这是墨白中篇《俄式别墅》[①] 中的一段文字，如果马奈们能够看到，一定会引墨白为同道。这段具有"元叙述"特征的文字还不动声色地对传统的现实主义小说进行了解构，后者往往在人物和场景的描写上不惜笔墨，力求做到穷形尽相。而事实上，除非极其特殊的情况下——诸如一个侦探或特工，人物不可能观察到所有那些细节，摄住他们身心的是一种整体的氛围，或某个具有强烈可感性的局部。就把读者带入文本世界之中给他们一种身临其境的现场感而言——这一直是包括现实主义在内的小说家们的目标，印象主义式的笔法更能获致这一效果。的确，当我们为一个美女深深吸引时，并不会对她的五官比例和配饰产生明确的意识，俘获我们的是她的格调和风神，是拥有了她的存在而光影婆娑、馨香弥散的整个空间：

晓霞没有回答我，她只是用一只手托着下颌静静地看着我，从窗子里拥进来的光线使我只能看清她从眉骨到嘴唇之间的一段优美的曲线，其余的半个脸全都蒙上了一层神秘的灰色，在那里没有了像她那种年龄的少妇所拥有的红润色彩，但我知道她的皮肤非常光滑，到目前为止我还不能找出一个恰当的词语来形容在我拥有她时的感觉。（《雨中的墓园》）

---

① 墨白：《俄式别墅》，《花城》1994 年第 5 期。

我们很容易找到这段文字和惠斯勒的《灰与黑的协奏曲：画家母亲肖像》① 在艺术上的相通之处。当一种暧昧的感觉在心中升起时，我们真的还需要对于晓霞外貌的细致描摹吗？

印象主义本身就是一个主观性的概念，因为个体总是带着某种情绪与世界照面——寂然无心也是一种情绪，就像白色也是一种颜色。即便是前期印象派的画作，也不像他们理论上声称的那样"写实"，比如莫奈的《艾特大峭壁》系列，既是不同时间和天气下景观的捕捉，也是画者不同心境的体现。我们已经谈到，墨白青睐内视角的叙事——这也和印象主义艺术的影响有关，因而他笔下的场景多是视角人物眼中的场景，是他们某种心境的折射。在种种艺术手段中，色彩和光线受到他特别的重视：

> 娘也愣在那里，太阳就像一炉熊熊燃烧的炭火，在沉落的时候把她神秘的光彩施放出来，大地被那炭火烤得焦赭一片，远远看去就像升腾着一股烟气。臭听到有一种声音从那血色的云朵里发出来，在整个西天里漫荡，那声音说："裹吧。"娘说："裹吧。"娘说着，一边往屋里走一边自言自语地说："只有这摔炮能救你爹了。"

> 臭看着娘的背影消失在门洞里，屋里的光线已经开始发暗。西天里的那片血色的云彩像注了水，那光从天空里流淌下来，把西边大爷家遗留的黑色山墙覆盖了。（《幽玄之门》）

---

① 在《灰与黑的协奏曲：画家母亲肖像》里，母亲坐在房间的椅子上，神态安详、面容慈爱，脖子上围着的白色纱巾，手上拿着白色的手绢，身上黑色的衣裙把整个椅子都遮盖了。大面积的墙壁和地板都是纯粹的灰色，与母亲的黑色衣裙和黑色的窗帘、椅子形成了和谐的对照。窗帘上的白色小花朵，星星点点，仿佛是跳动的音符。灰色的墙上挂着一幅画框，画上白色的背景与画面上另外几处的白色形成了呼应，如同黑色和灰色的交响曲中突然升起的白色音符，对比鲜明、强烈，使画面增添的生机和情趣，也淡化了画面上黑灰两种颜色的过分单调。整个画面中，窗帘和上面的小花、地板、衣裙、墙壁、画框等事物本身的意义已经退居到次要的位置，好像都被画家安排成了不同的音节，随着颜色的增强和层次的变化，发出从低音到中音再到高音缓缓升起的优美音乐。在黑灰两种主要颜色的对撞中，又泛起层层和谐的白色音符，而到了最明亮画框，仿佛达到的最高音。这幅画从造型、构图、形式统统服从于对色彩和谐的追求以及音乐旋律美的衬托，从而营造出了一个充满诗意和神秘色彩的氛围，流畅的色彩和音乐的旋律美在这里被表现得淋漓尽致。这是一幅极能代表惠斯勒绘画风格的作品。

以裹摔炮的危险行当为生的臭一家，无论如何努力，都摆脱不了贫困和死亡的命运。死亡的阴影笼罩着他们，那面黑色山墙是导致大爷死亡的爆炸事故的遗留。故事进行到这里，臭的一家已陷入绝境，摔炮没收，婚事泡汤，父亲被抓，而且面临巨额罚款。一连串的打击让血气方刚的臭处于一种悲愤绝望而又狂躁激昂的状态，在幸灾乐祸的磨墩走出他家门的瞬间，他抬起头看到了血色的残阳和焦赭的大地。眼前的一切震慑了他的身心，似乎在向他昭示着什么，他不清楚。我们知道，那是不甘沉落的太阳所做的最后的挣扎，是他生命即将陨落的暗示。臭一直仇视摔炮的营生，他像笼中困兽般嘶吼挣扎，试图逃离故土，逃离贫困和死亡，但一切都是徒劳，什么都没改变。"屋里的光线已经开始发暗"，"西天里的那片血色的云彩像注了水"，现在，臭那颗不安分的、躁动的心灵开始麻木，生命的激情和热血开始冷却，他坐在了父亲的位置上，不再试图反抗命运。生命之光日渐黯淡，死亡正向他靠近，他即将堕入那永恒的黑色之中，一切都要结束了！

二

墨白的调色板非常丰富，他总能用合适的色彩搭配传达人物情感、营造小说氛围和象征小说主题。对色彩的解析是进入他的作品的一条路径。

《白色病室》和《讨债者》的主色调都是白色。在《白色病室》中，精神病医生苏警己一次次见证了死亡的上演，白房子、白帷幔、白大褂、白色的针灸盒、苍白的面孔和梦境……给了苏警己那本就岌岌欲崩的精神以致命一击的女人也被命名为白冰雪。显然，白色不只是对医院环境的描述，也是死亡的颜色，是这里发生的事件的性质。小说中的死亡都不是自然的，也不是某个凶手所为，病态的社会才是所有死亡的主谋。秋霞的白血病是一种隐喻，肌体对癌细胞的肆虐无能为力，个体也无法摆脱病态的社会的荼毒。她死于服用了过量的氯丙嗪，可喂给她药的姜仲季是个精神病人，而精神病按照福柯的说法是社会实践的产物，是权力的牺牲品。白冰雪死于苏警己之手，但这时的苏警己已经神思恍惚，处在崩溃的边缘，真正应该为白冰雪的死亡负责的应该是把苏警己推向崩溃的那双手。谁为苏警己的崩溃负责？是这个病态的社会。在"梦境"词条中我们提到过：姜仲季怒骂苏警己是杀死秋霞的凶手，苏警己怒骂院长是杀死白冰雪的凶手，都不只是疯子的谵语，还是小说要表达的深层真实——漠视和戕害生命的文化让我们自相残杀，每一个无论是主动还是被动地接受和延续这种文化的个体都不能置身事外。还有那个阴茎充血的老人，他的死亡是谁造成的？不是疾病，而是那些面目不清的围观者，更准确地说是对人的身体、尊严和生命缺乏关怀的社会。医院里尚且如此，外面更可想而知。刘恪说得精妙："20世纪是一个白色的世纪，白色是终极之色，是存在的底色，是一种悲怆与恐怖，是对生命的取消和否定。"①《讨债者》中讨债者在一场纷纷扬扬的大雪中被冻死了，在大雪中，他辨不清方向，也看不到生的希望。"讨债者就这样在冬夜的月光下行走，银白色的月光照花了他的眼，他感到四周都是白晃晃的，无边无沿，讨债者走着走着不知怎的脚下就没有了路眼，脚下软绵绵的。"讨债者想："我这是在哪儿呀？我这是往哪儿走呢？"无路可走，等待他的只有死亡。《欲望》中黄秋雨的死亡被一场大雪掩盖，《映在镜子里的时光》中浪子死在白房子（刷了白漆的水泥船）中，白色真是一种不祥的颜色。

黑色是苦难的颜色，《民间使者》中，泥泥狗、泥人和泥埙都用桃胶做出的黑色颜料作为底色，象征着底层民众那无边的苦难。同时，黑色也是一种死亡的颜色，但和白色相比，少了些神秘与恐怖，多了些伤感和凝重。在白色中降临的死亡总让我们心神不安，似乎死亡并没有宣告终结，那些鬼魂还未散去；而与黑色伴随的死亡，意味着苦难的终结，意味着结局和永恒。

在一幢新起的两层楼前，我见到了一个身穿黑衣的老太太坐在墙壁下晒太阳。西斜的阳光似乎没了一点力量，但老太太仍旧坐在那里一动不动，她手中的竹制拐杖静静地躺在她的腿上。（《民间使者》）

① 刘恪：《优雅、色彩及比喻丛丛》，杨文臣编《墨白研究》，河南大学出版社2015年版，第97—98页。

很安静的画面。如同西斜的阳光，冷姨就要走到生命的尽头。她坚忍顽强的一生饱经苦难，如今，就要皈依大地的怀抱了。冷姨对于即将到来的死亡没有恐惧，她在从容地、静静地等待着，而弥漫我们心间的是淡淡的萧索与感伤。《父亲的黄昏》中，那个叫狗儿的老人和"我"的爷爷，在贫困中熬过了一生光景的两位老人，面对死亡也都显得心静如水。"我"感到震惊，于是有了那首名为《远道而来》的诗：

没有血缘，只有先人的遗嘱
我们来送一个过世的老人入土
一个黑漆的托盘，郑重地
送给你一顶白色的孝布

我们都为此走了许多年
但有人比我们来得更早
在一个无比寂静的世界里
等待着你，和你以外的人

我们大家都是远道而来
不要说在你年轻的岁月里
没有过长眠的经历，总有一天
无边的黑夜会来敲打你的耳鼓

黑漆的托盘，黑色的棺木，死亡是我们最终的归宿，我们终将沉入无边的黑夜之中。"我们"是谁？不是芸芸众生中的随便哪一个，而是那些在充满荆棘和坎坷的人生路上艰难行走的人，是小说中的父亲、母亲，还有"我"灰头土面的兄弟们。如墨白所说，苦难可以成为过去——死亡是苦难的终结，可谁愿意生活在苦难之中呢？尽管老人们面对死亡心静如水，可是我们却感到无尽的苍凉和沉痛，人的一生不应该就这样度过！墨白不像我们日常生活中看待死亡那样把它作为一件普通而自然的事情来讲述，而是把死亡作为社会文化事件来审视，从而表达自己深沉的人文关怀。死亡的两种颜色，白色表达了对戕害生命的病态文化的控诉，黑色表达了对多艰多难的人生的悲悯，在不同层面上，二者都隐喻了对社会历史的批判。

居于白色和黑色之间的是灰色，这种颜色是墨白小说中最常见的色调。阴雨、雾霭、灰尘、阴影、压抑、失落、绝望，这些和灰色相关的意象和情感频繁在墨白小说中出现。灰色，是墨白所关注的那些底层民众的生存状态，也是他们的精神状态，他们的人生都是一种"灰色人生"：

> 我永远忘不了那天的太阳。但至今我也没有弄明白那天早晨的太阳为什么像一个毛绒绒的蛋黄，在那蛋黄发着混浊的光亮被一块灰云彩吞噬之后，天和地都变成了灰色。那个时候我正在异乡的集市上可怜巴巴地喝着那碗稀饭，我看到了太阳痛苦不堪的样子，我听到了那团灰云彩的狞笑声。我的心被凌迟一般。后来我对妻子说："我无能为力。"（《灰色时光》）

> 在他离开校园的时候，他再次听到了吴艳灵那沙哑的声音夹杂在琴声里从某个教室里传出来，他感到她的声音呈现出一种浅灰的色彩，就像头顶上的天空，那种浅灰色的乐声使这场大雪黯然失色。（《裸奔的年代》）

> 尽管种植了一些南方的植物，但这里仍旧到处充满灰尘，这是不易更改又无可奈何的事情。他想，这里的植物就像这里的人一样。（《局部麻醉》）

灰色，涂改和吞噬了其他所有的颜色。蛋黄一样的太阳是"我"的主观意象，当"我"把那天的太阳讲给别人听时，他们都不以为然地说不可能。"我"的人生始终是那般的沉重，"这就是日子，这就是那蛋黄一样的太阳被灰色云团吞噬之后所呈现出来的灰色时光"。在谭渔的记忆中，吴艳灵一袭白裙，嗓音空灵，吸引无数的目光，但生活如此无情，灰色蔓延上了她还很年轻的生命，梨花仙子般的吴艳灵飘然而去，眼前的她苍老而麻木，让谭渔心如刀绞。而在白帆的眼里，灰尘布满了颍河镇的每一处空间，也布满了人们的心灵，一切是那样的污浊、黯淡，毫无生命的气息，金黄的稻田、鲜花般的少女和镜子般明净的池塘只能有在梦中才能出现。灰色是一种压抑、窒塞生命活力和激情的色彩，当灰色不断增加，浓重到一定程度时，就变成了黑色，死亡就降临了。

白色、黑色和灰色三种冷色是墨白小说的底色，但墨白"钟爱"的却是其他一些色彩。比如红色，刘恪的印象中，墨白经常穿着一件惹眼的红衣服在城市中穿行；在《欲望》中，那些可爱的女性们也总是穿着红色的衣服：叶秋是红色的风衣，赵静是枣红色的长裙，尹琳是红色的毛衣，七仙女是红色的羽绒服，还有小红粉红色的睡衣……红色代表了温暖、爱情、生命和希望。可是，这些红色都在生命中一闪而逝，她们有的离开，有的逝去，成为无法释怀的记忆。或者，红色只是在梦中出现，反衬出现实的沉重和无奈，像《一个做梦的人》中的孙新春，梦中的原野上总是飘荡着粉红色的雨丝。再比如蓝色，在《白色病室》中，墨白用着重号突出了这种色彩：

> 多是春天的时候，母亲把四邻在冬天织成的土布染成或深或浅的蓝色，而后再印上白色的桃花和梅花。那条用柳木制成的大案子在苏警已的印象里永远是高大的。……他看到整个案面都被蓝色的土布覆盖了。

然而，这只是记忆中的蓝色，苏警已的母亲多年之前因不堪凌辱自尽了，春天也随着母亲的离开而远去了。还有绿色，墨白用"绿色丛林"来形容觉醒和重建后的人类精神，用"看不到一点绿色"形容社会和人性的荒芜。所有这些色彩，在黑、白、灰三色的包围中，是那样的单薄，因而更值得珍视。我们不难从这种色彩美学中看出墨白创作的旨趣：在弥漫着死亡气息、冷漠麻木的社会中，呼唤生命、温暖与爱情。

意识流

被威廉·詹姆斯创造出并由梅·辛克莱引入文学领域之后，意识流很快成为文学理论和批评中最重要的术语之一。以河流为喻，这个术语揭示出人的意识活动的不间断性，即没有空白，始终在流动。它不是一个个完整片断的连接，也不完全在主体的控制之下，各种信息、记忆、情绪、欲望连续不断地涌现于意识之中，构成人类无比复杂的心理现实。相比传统文学中那种秩序化、逻辑化的"心理描写"，意识流写作更能反映人的心理活动的真实，也更能揭示人性的复杂。20 世纪上半叶，意识流文学蔚为大观，涌现出普鲁斯特、乔伊斯、伍尔芙、福克纳等一批艺术流小说大师。之后，那种典范意义上的意识流写作虽然退潮了，但意识流已经成为一种基本的小说手法，受到了更广泛地推崇和使用。

詹姆斯的心理学仅仅是意识流文学出现的诱因之一，除此之外，柏格森的生命哲学和弗洛伊德的精神分析也起到了非常重要的推动作用。柏格森指出，真实的时间是一种绵延，存在于时间中的人的意识、记忆，乃至个性也都具有绵延的属性，为了表达这种只能直觉而无法用语言准确加以形容的绵延状态，他也使用了河流的比喻："……我们的全部感觉、全部意念和全部意志……在一个无尽的流动中相互延续。"[1] 在他看来，意识流将当下的意识、感觉、幻想和各种记忆的片段高密度地堆积在一起，是呈

---

① ［法］亨利·柏格森：《创造进化论》，肖聿译，译林出版社 2011 年版，第 3 页。

现绵延的最好方式，尽管和真正的绵延仍有差距。弗洛伊德则告诉我们，人的意识领域并不完全受理性的控制和调节，潜意识的意象、本能的冲动也在很大程度上参与到人的意识和心理的构建中。传统的心理描写基本上是一种理性的心理分析，没有把非理性的意念和情绪纳入视野，而意识流则将各种理性和非理性的心理因素并置，能够更好地呈现人内心世界的纷扰、分裂和挣扎。

墨白对时间、现实和人性的独特理解，使意识流手法成为他小说创作的必然选择。在词条"时间"中，我们谈到过，墨白服膺柏格森绵延的时间观，认为每一个瞬间都无比丰富，包含着我们全部的过去、情感和意念，"现实存在于一瞬之间，只有在这个一瞬之间被称作浩瀚的历史才显示出它的意义"①。个体意识的瞬间也无比丰富，无数的记忆会蜂拥而至，构成当下瞬间的心理现实，"时间在我的回忆之中丧失了秩序"，"回忆就是现实"②。现实是什么？在墨白看来，并不存在所谓的客观现实，现实总是人们意识到的现实，它无比复杂，从根本上说，个体一切意识和潜意识都来自现实，也都是现实的一部分。因而，书写人的心理现实应该成为文学追求的目标，而且，这也能最好地体现文学的精神关怀。墨白认为，对小说来说，人性价值比性格价值更重要③，讲述一个人的风趣或沉稳并不重要，重要的是通过对这个人的剖析让我们看到在他（以及我们）的生命中隐藏着的那些创伤、焦灼、欲望、恐惧，等等，正是这些东西构成了我们的生存困境，并直接或间接地支配了我们的行为。要揭示这些隐秘的人性的东西，仅仅着眼于人的外部行为是不够的，因为人的行为受种种社会规范和习俗的制约，往往偏离其真实想法。墨白喜欢直接呈现人的心理状态，他的人物往往带有反思或冥想的特征，总是沉浸在回忆和幻想中。当然，这种特征只是相对于其他的文学人物而言，事实上，墨白的人物是最接近我们的真实存在状态的。墨白对意识流的使用非常频繁，也非常娴

---

① 墨白：《我为什么而动容》，《梦境·幻想与记忆——墨白自选集》，河南大学出版社 2013 年版，第 414 页。

② 同上。

③ 墨白：《孤独者》，河南人民出版社 1992 年版，第 182 页。

熟，形成了自己的特色。

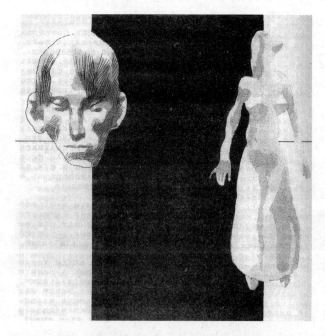

黄穗中作品：墨白小说《最后一节车厢》插图（原载《花城》
2006 年第 5 期）

一

　　一般来说，意识流小说——因其并置了不同时空的记忆片段、理性的
和非理性的意象并在不同意念间突转、跳跃——会带来迂缓、滞涩的阅读
感受，但墨白的作品读来非常流畅，没有丝毫的滞涩之感。这和他对情绪
的重视有关，他的小说中，人物的一切记忆、思绪和意念都被情绪浸泡
着，水一般地流淌。

　　这雨能下多久呢？太阳你躲在哪儿？你不在天上吗？你肯定还在
天上，只是你还在没完没了地睡觉，你现在变得是这样的懒惰，你睡
醒了还赖在床上不肯起来，你不肯起来干活，你懒。所以天上才起了
那么多的云彩，灰色的云彩，弄得老天爷也哭丧着脸，老天爷你就管

不了他？让他在这儿下，下，老是下，我从西安一出来你就这样没完没了地下，你看，你把到处弄的都是雨水。你看，你把一切都弄得湿漉漉的。大雁塔。小雁塔。碑林。古城墙。你看，你把一切都弄得湿漉漉的。和平路。解放路。火车站。哗哗不停的雨水击打在坚硬的水泥地上，把裤腿都弄湿了。那么多的雨伞，红色的。蓝色的。黑色的。紫色的。黄色的。那像一些花吗？一些走动的花。哪一朵才能走向我呢？陈林，你在哪？你现在已经在路上了吗？你为什么还不来呢？你看，现在离开车只有二十七分钟了，你现在在哪？那么多的车。红色的。蓝色的。黑色的。紫色的。黄色的。一些飘动的颜色。可是哪一块颜色才能使我感到快乐呢？陈林，你看，还有十九分钟，你怎么回事？你的车在路上出了故障？要不就再给你打个电话吧。哎，你小子把手机关了？你明明知道我在车站等你你却把手机关了？什么意思？那好吧，你从此也就别想再见我的面，就是见面我也不会再理你，你以为你是谁？你以为你是陈百万？你以为我稀罕钱？你真无耻。你和我不可能有共同的语言，你追求的是钱，而我追求的是自由，是我理想中的爱情，是不加任何条件的浪漫的爱情，你能做到吗？你今天就真的不来吗？现在离开车时间只有十分钟了，我不能再等下去，你以为我就这样没价钱？站在湿漉漉的车站广场上孤零零地一个人在等你，你美死你了！那咱就走着瞧吧！我知道你会后悔的，到时你就是跪在我的面前我也不会理你。可是老天爷，你为什么就这样没完没了地下呢？你看你把一些都弄湿了。华山。潼关。黄河。三门峡。龙门石窟。白马寺。你看，你把一切都弄湿了。车窗。田野。道路。村庄。河流。老天爷，你这样完没了地下，你累不累，你烦不烦？扫雨器。高速公路。《雨中的墓园》。我们要到哪儿去？颍河镇。麻石街道。带出厦的房子。关爷阁。右派分子。丁南，你能找到你的生活原型吗？我要演的那个农村的姑娘是个什么样子呢？五八年。大跃进。人民公社。你遥远的颍河镇。神秘的颍河镇。黑衣老者。看渠首的盲人。守扳网的女人。你烦不烦呢？你整天都在那个阴雨连绵的河道里守着那个扳网，你的食物就是那些活蹦乱跳的蚂虾吗？颍河是个什么样子呢？像长江吗？像长江一样波澜壮阔？像鄱阳湖吗？像鄱阳湖一样浩淼无边？妈妈，你看，那艘客轮，那是从三峡开过来的吗？妈妈，你看，灯光映在水面上，多漂亮呀。九江。美丽的江南小城。长江边上浔阳楼。当年宋江就在这上面喝过酒。《水浒传》上的宋江吗？是的，你小时候把宋江的宋读成了"朱"。宋江就在这儿作反诗。身在西安心在吴，飘蓬江海谩嗟吁，今日已遂凌云志，敢笑男人不丈夫！妈妈也在作反诗，她反了爸爸。……①

　　这是长篇《映在镜子里的时光》中夏岚的一段思绪，非常典型的意识流描写。这时，夏岚的注意力处于一种休歇的状态，放任意识自由地飘荡。尽管这段文字的内容非常繁复驳杂，现实的、想象的、回忆的各种意象和片段被松散地堆积在一起，之间没有必然的因果和逻辑关联，但我们读来并不觉乏味。如同雨水把一切都弄得湿漉漉的，夏岚的情绪把所有的内容整合到了一起。夏岚是一个细腻、内敛并带有淡淡感伤气质的女孩，对现实的庸俗、浮躁有一种天然的免疫力，所以，她看不上矫揉造作的化妆师和大腹便便的老乔，对深沉沧桑有着一股哲人气质的丁南心存好感。在听完白静讲述的《雨中的墓园》的故事梗概后，她沉浸在一种迷茫感伤的情绪之中。聆听夏岚，如同一首感伤的旋律从心头流过，即便你不留意歌词，也会沉浸其中。当然，这个比方并不准确，文字的音乐性本身就是文字营造出来的。这段文字开头用的是童谣般的絮语，非常符合夏岚那种略带慵懒、感伤的小女子腔调。对天气的抱怨（见下划线部分）在文中重复出现，既分割又连缀起了不同的意识，从对陈林的回忆，到记忆和现实中的物象，再到对颍河镇和《雨中的墓园》的想象，在一定程度上减弱了意识的突转可能导致的读者的不适，而且形成了一种自然的、富有美感的节奏。文中还多处并置短语和词组，并以句号相分割（见着重号部分），不仅呈现不同意象在意识中次第涌现的状态，也在节奏和韵律层面上起到了重要作用，非常精妙。意识流不是一种容易的技法，并非打破逻辑关系

---

　　①　下划线为笔者所加。

把一些意象和片段堆积起来就可了事，相比传统的心理描写，它要花费作者更多的心血。如戴维·洛奇所说，意识流虽然看似不着边际，但"它们不但具有自由间接叙述所赋予的弹性，还具有清晰的结构、优雅的旋律"①。杂乱无章、漫无边际只是一种表象，事实上意识流的所有成分都是作家精心选择和组织的，不仅具有"优雅的旋律"，而且这种旋律还必须与人物的性格气质相契合，或者说必须能够塑造出人物的性格气质。此前夏岚的描写只有寥寥数语，这段意识流文字是小说第一次对夏岚浓墨重彩，但这之后我们会喜欢上她，因为我们从中感受到了夏岚邻家女孩般的清丽脱俗，娇慵而又大方、温婉而又洗练，打动我们的主要不是文字的内容——诸如对陈林和父母的评价，而是文字的形式，是在节奏和旋律中流露出来的气韵格调。

我们往往在情绪和情感之间做出断然的区分，认为在人的生命结构中，情感是持久的、深层的，具有本质性、标识性，诸如一个冷漠的人、一个沧桑的人；而情绪是暂时的、易变的，不具有标识性，喜怒哀乐对所有个体来说都是共通的。墨白不以为然，他改变了情绪的外延，认为情绪是一个人的人格、气质的外化，不同个体即便在同一境遇中，其情绪表现也会有很大差异。有的人在欢乐时也会流露忧伤，有的人在忧伤时仍会让人感觉到力量。在这个意义上，墨白推崇情绪，用情绪来组织文本。在一次私下交流中，墨白告诉笔者，他的文本从开头到结尾在语气上都是贯通的。这种语气上的贯通，正是因为情绪的作用。比如《裸奔的年代》中，谭渔沉重的忧伤始终挥之不去，在他进入城市春风得意的时候，在他心猿意马寻欢作乐的时候，这种忧伤也在到处流淌，爬满了整个文本。在多视角的叙事中，比如《映在镜子里的时光》，也有一种主导整个文本的情绪，这种情绪来自时代的精神状态，它渗入了每个人的心灵中。我们来看关于丁南的一段意识流描写：

老乔嘿嘿地笑着往车门边走，他一走车身都在抖动。丁南想，你

---

① ［英］戴维·洛奇：《小说的艺术》，译文出版社2010年版，第53页。

看你像不像个大狗熊？下吧下吧，你不说还好，你这一说我还真想尿尿。跟着老乔下吧。摄影师。美工。小伙子长得多帅，一头长发，远看你就是个女人。艺术家。街头流浪汉。蹲在伦敦或纽约街头为行人作画的艺术家。至少也有一米八的个，你是吃什么长的？苦就苦了我们这代人。浪子，我们都不到一米七呀。不，浪子，你不能和我比。我是二级残废的话你就是三级。下呀，摄影师。下呀，两位女将。白静。她的肌肉富有弹性。吃甘蔗正是好时候，中节。三十如狼四十如虎呀。花雨伞。红雨伞。雨还在下呀，这是什么地方？哪个地方有厕所？就跟着老乔他们走吧，在这儿还会找不到厕所？到处都是田野，哪儿不能尿一泡？唰——这是一辆什么车？奥迪？小舅子开这么兴，慌得就像找不到庙门似的，去吧，去得早了能投个好胎，最起码也能投个正处级当爹。……

这段文字使用了不少的口语，有的字眼相当粗俗，有的则带有性的暗示，非常符合丁南的身份——曾混迹底层，并坐过监狱。夏岚的那段文字是细腻的、伤感的，而这段文字则是一副愤世嫉俗、百无聊赖的腔调，在节奏和旋律上有着明显的不同。不过，在这两段文字中我们还是可以看到一种共同的情绪，那就是迷茫，一种之于浮躁的现实、之于沉重的历史的迷茫。迷茫在夏岚身上体现为忧伤，在丁南身上则体现为无聊。小说最后一句是"一种从来没有过的迷茫像无处不在的雨水一样迷住了他的眼睛"。迷茫的情绪像连绵的雨水一样始终弥漫在文本之中。即便是在《风车》的闹剧中，在渠首的婚宴上，我们都能在喧嚣中感受到那种迷茫的存在。从结构上看，墨白的小说是开放的、发散的，但在情绪上、氛围上，又是统一的、有机的。因为情绪的整合作用，意识流的文字在墨白的小说中并不触目，我们很自然地就进入了人物的意识之中，这正是墨白的高明之处。和其他从西方借鉴来的艺术手法一样，墨白对意识流手法的运用达到了一种极其娴熟圆融的境界。

二

人是极其复杂的，墨白以房间作喻，说每个人都是一个关闭着的房间，我们站在外面根本无从得知里面暗藏着多少的隐秘；他又以迷宫作喻，说人是这个世界上最大的迷宫，我们自己也很难完全认清自己。20世纪以来，文学愈发对人的复杂性产生了深刻的认识，意识流的兴起既是这种认识的结果，也是这种认识的体现。之前文学关注的是人的行为，心理描写作为对行为的解释说明，总是紧扣行为展开，不多也不少。现在人们认识到人的心理要比行为复杂得多。尤其在进入20世纪以后，人的行为不仅受到日益严密的社会管理体系的管制，而且受到消费主义文化和大众传媒的塑造，变得越来越趋同化、日常化，越来越失去了文学所青睐的那种尖锐化、戏剧化的品质。与此相反，人的心理却呈现为一幅极其复杂的图景——崇高而明朗的英雄主义气概和浪漫主义激情失落了，取而代之的是欲望、迷惘、苦闷、孤独、焦虑、绝望……意识和潜意识交错迭合，理性和非理性缠绕不清。于是，文学关注的焦点开始从外向内转移，意识流是这种转移的一个最明显的表征——人的心理成为独立的表现对象。

《事实真相》中，主人公来喜的内心独白占了很大的篇幅——这是墨白小说的一个普遍特征。需要说明的是，戴维·洛奇把意识流和内心独白作为两种不同的技法进行讲述，事实上，二者的界限并不明显，他在"内心独白"中选用的《尤利西斯》的文字片段在我们看来就是典型的意识流。二者的不同在于内心独白保留了"他想"、"他感觉"这类的叙述附加语，而意识流将这些完全省略掉了。如果这些附加语引出的内容是人物的自由联想或下意识的感觉，那么内心独白和意识流其实是没有差别的。有人把第一人称独白作为典型的意识流，把第三人称独白——保留了第三人称叙述附加语但仍对人物意识做了纯粹的呈现的意识描写手法——作为非典型的意识流，《事实真相》以及墨白的很多作品都是在这种非典型的意义上使用意识流的。来喜是一个农民工，他在公共领域中没有话语权，作为一个凶杀案的亲历者，警察不屑于听他讲述，所有不在场的人都振振有词，并用极端蔑视的口吻堵回他的话语。他只能在内心中对着乡下的对象小巧倾诉，"与来喜在外界的沉默形成鲜明对比的是，主体对于来喜内心那穷形尽相的描述。一种意识流般的声音痉挛与狂欢，它暗含着主体针对外界话语蔑视、剥夺自身存在的反拨"①。

在我们的文学叙事和想象中，来喜这种底层小人物的精神世界很简单，或者淳朴，或者麻木，或者辛酸，或者粗俗，或者是这几种类型的混合。墨白让我们看到，他们的内心世界同样丰富。把他们想象和设定为简单，流露出我们面对他们时那种无意识的优越感，尽管表面上我们对他们的简单不无欣赏。来喜在工地上干活时目睹了一场凶杀，"那件事就像身上的一块骨骼，牢牢地长在了来喜的肌肉里"。尽管除了长发、苍白的面孔和黑色风衣之外，他记不起那个被杀害的女人的任何特征，但后者却给他留下了很好的印象：

> 他看到客车追上了刚才那个骑摩托的女人，可是由于她的头盔，这次他仍然没有看清她的面孔。她长的是个什么样？比得上那个女人吗？比不上，那个脸色有些苍白的女人给他留下了极好的印象，我要是能娶个这样的女人做老婆就好了，可惜那个女人死了，被一个手持尖刀的男人杀死了。你个婊子养的！

几乎每看到一个女人，来喜都浮现出类似的意念。对一个和自己毫无关系且已经死去了的女人产生这种情结，显然是非理性的，来喜也不明白自己何以如此。笔者认为，对来喜这种反常意识的书写，是这部作品最精妙的设计之一，它是人物各种复杂微妙的潜意识情愫的表征，可惜墨白的苦心孤诣被评论家们轻率地忽视了。首先，这是一个城里的女人。虽然在内心中对着小巧倾诉时，来喜对城市有诸多的非议，比如怨恨城里人对他的侮辱，指责城里人只认得钱，嘲笑城里那些走路一扭一扭的"鸡"，但他并不纯粹，并不真诚，"我要是能娶个这样的女人做老婆就好了"，他对城市无比的渴望，甚至那些他反感的事物也像磁石一样吸引着他。这里，墨白超越了用自然淳朴的乡土文明对抗和批判贪婪堕落的城市文明的虚假模式，用更冷峻的目光揭示出人性的脆弱和现代性的不可抗拒。为什么是

---

① 李丹梦：《形式的伦理意义——墨白论》，杨文臣编《墨白研究》，河南大学出版社 2015 年版，第 124 页。

那个女人？因为她是受害者，来喜也是受害者，来喜同情她吗？不是，来喜对她并没有任何善意。活着的城市女人都像见到艾滋病人一样躲避着农民工们，除了仇恨——想要"干"也是仇恨的表达——来喜无法对她们产生任何温存一点的念想，而那个女人可以，因为她不会羞辱来喜，她已经死去。也就是说，只有在一个死去的女人身上，他才能安放自己的白日梦。屈辱、卑微、敏感至此，真令人不胜悲慨！还有什么样的伤害能比这更触目惊心？事实上，来喜对于城市已经绝望，如果说对那个女人的幻想表明来喜还残存着最后一丝希望，那么这一丝希望也很快就消散了。来喜开始时咒骂那个凶手是"婊子养的"，后来换成了"这小子，真潇洒，他玩刀的动作就快成了一种艺术了"，不仅为后来击杀黑心包工头二圣埋下了伏笔，也暗示了他已经彻底绝望，对于充满敌对和恶意的世界，他只剩下了仇恨，无差别的仇恨。小说结尾处，来喜疯了：

> 他看到一个女孩骑着自行车从街道里走过来，他就走过去伸手拦住了她，那个女孩害怕地看着他，不知所措。来喜骂了一句，婊子养的，就从裤兜里掏出一根木棍，朝那个女孩的肚子上扎去。那个女孩惊叫一声，丢掉车子就跑了。

"杀"是来喜留给我们的对于这个世界最后的姿态，真让人不寒而栗！

三

意识流的运用还导致了小说结构层面的革命。传统小说按照客观现实时空顺序或事件发展过程结构作品，尽管也有倒叙和插叙，但倒叙、插叙部分的时间起始点和正文部分有着很好的衔接，总的来说，时间的前后承续关系非常清晰，构成情节的所有事件的时间基本是按照发生的先后依次在文本中被清晰地标示出来。意识流小说就不同了，它不是在线性的时间中而是在意识的流动中组织文本内容。意识不受时空的限制，可以在某个当下瞬间自由地穿梭于不同的过去，这就可以把时间跨度很长的故事压缩在一个较短的当下，加大叙事的密度，从而使读者保持阅读的专注度。

墨白的小说大都发生在不长的时间段中。《来访的陌生人》前后不过四天，但却涵纳了此前三十多年的恩怨情仇，这些内容都通过人物的意识零散地呈现出来，当然，零散只是一种表象，实际上经过了作者精心的设计。它们适时出现，看似不经意地传递给我们一些线索，但这些线索又是碎片化的、不完全的，需要我们花费很大的气力在时空和因果关系中给它们定位，并不断调整对情节逻辑的猜测，直到最后才能把所有的内容拼成一幅完整的图画。相比作者把因果逻辑关系梳理得清清楚楚的传统叙事模式，意识流叙事更挑战我们的思维能力和专注度。由于在很多的时间内大量的信息拥塞而至，叙述和阅读的速度都变得很慢，这是一种奇特的体验。

> 我放下酒杯，这才说道："我是什么时候去找你们的？"
>
> 老许说："昨天上午。"
>
> "是昨天上午吗？"我先是对老许的话表示怀疑，细细想一想，就是昨天上午。没等老许说话，我就又接着说："就是昨天上午，可是在我的感觉里那好像已经是很早以前的往事了。"
>
> 老许说："那是因为你想了太多的往事。"
>
> 老许的话不是没有道理，是我的脑海里想了太多的往事，那些往事离我是那样的近，就像近在眼前，伸手可及。我说："是呀，不知为什么，在我的脑海里，一些陈旧的往事越来越清楚，就像昨天刚刚发生过似的。"

孙铭（"我"）的感受也是读者的感受。"昨天上午"孙铭去事务所求助是小说的开端，到"现在"小说的篇幅已经过半，我们不时地跟随着人物的话语和意识走进遥远的过去，以致对故事当下的时间进程产生了错觉。博尔赫斯在诗中说：任何一个瞬间都比海洋/更为深邃，更为多种多样。[①] 每一个瞬间都包含了全部的过去，"任何命运，不管如何漫长复杂，实际上只反映于一个瞬间"[②]。在一个个瞬间不断停留徘徊，填充进大量的

---

① 在中篇小说《月光的墓园》的题记中，墨白引用了这两句诗。

② 墨白：《梦境、幻想与记忆》，河南大学出版社 2013 年版，第 491 页。

信息，带来了叙事的延宕，也造成了"一种本体的密集性"①——这也正符合墨白的观念。

有论者指出，淡化和取消情节是意识流小说之于传统小说的突破。但笔者认为，没有情节就没有小说，即便在意识流小说中，情节也非常重要。尽管的确存在着一些否定情节的实验性作品，但它们没有长久的生命力，它们的价值也值得商榷。因为小说必须观照现实，而现实本质上就是由种种关系构成的，抛开情节，关系就无从得到揭示。意识流小说割断了构成情节的诸事件之间的因果逻辑，将它们打散分布在小说各处，但并没有取消情节本身，读者仍需要自己在头脑中对情节进行重建。墨白不仅没有淡化情节，而且通过意识流在过去和当下建立起直接的联系，在一定程度上还使情节得到了强化。《月光的墓园》中，"我"（老手）看到老曹的妻女在鏊子上烙油馍，儿时的场景马上浮现在眼前，那时母亲在为生产队烙油馍，为了给病床上的父亲争取两张油馍，她被柳根压在身下。

> 后来在我无数次的回想之中，那四条赤裸裸堆叠在一起的腿变得十分的清晰，常常像利剑一样刺入我的胸膛，娘的哭泣声像一支哀曲从天边飘过来，时时敲击着我灵魂。青萍，你不知道，自从我懂得那重叠的腿意味着什么的那一刻起，仇恨就像寒冬腊月的天气注入了我的血液，使我成了一个冷血动物，尽管有时我眼里还能流出一行热泪。

如此，我们便理解"我"何以娶了柳根的女儿胖妮并冷漠残忍地折磨她，何以变成了一个蛮横凶悍的人。在《欲望与恐惧》中，我们可以看到很多类似的表述：

---

① 美国新批评派理论家兰色姆语。他在《征求本体论批评家》一文中这样评价现代主义诗歌："各种意象聚集在一起，没有表示它们相互逻辑关系的字词……这里的效果就是造成了一种本体的密集性，逻辑上的含糊造成了这种本体密集性的存在。"（见赵毅衡编选《"新批评"文集》，中国社会科学出版社 1988 年版，第 81 页。）作为一个诗歌批评家，兰色姆主张诗歌要反映纷繁复杂的世界本体。

　　我不知道牛文藻后来仇恨这个世界仇恨这个世界上的男人和女人的种子是不是那一刻埋下的，但有一点我敢肯定，那一刻她品尝到了饱受耻辱的滋味。

　　那个近似疯狂的夜晚清晰地留在了我的记忆里，同时有一种邪恶的东西也渗入了我的血液。我想，后来我干了许多不知羞耻的事情，或许就跟这场幼年的经历有关。

　　那耳光就像耻辱刻在了我的心里，每当我想到杨景环的时候，就会在我的心里生出一种仇恨来，我恨这个外号名叫杨贵妃的城市女人！

　　……

　　当下的一切，都可以在过去得到解释，而过去是通过吴西玉的意识之流呈现出来的。小说的当下讲述的是吴西玉出车祸前的一段经历，只有短短四五天的时间。虽然这部作品关于过去的讲述并不是严格的意识流形式，而是"我"的回忆，基本上是一个个相对独立的单元，但心理状态的呈现始终伴随着"我"的讲述。前文我们曾谈到，墨白对意识流的运用非常灵活，很多时候他让人物意识的直接呈现与叙述者的描述评说相互交织，这样不仅更全面更深刻地揭示了人物的内心，而且在时空的处理上拥有了更大的自由度，可以方便地在过去和当下之间构建起了种种关联。我们应该谨记，意识流是一种文学手法，而不是文学的目的。意识流理论本身存在着无法规避的困境，如柏格森所说，意识流小说并不像理论家们宣称的那样，能够对意识的绵延做出完全的呈现，它献给我们的不过是"情感的阴影"（参见"时间"词条）；即便可以，对人的意识进行分毫不差的复制就应该是文学的目的吗？不是。墨白说，"现实始终是我写作的基点"，观照现实才是文学的目的和使命。手段永远不能僭越目的。所以，墨白从不拘泥成规，对意识流以及其他一切借鉴来的艺术手法和形式，他都自由地、创造性地加以使用，这是一个卓越的小说家必备的素质和标志。

复 调

　　复调原是一个音乐术语，复调音乐是由若干各自具有独立性的旋律线有机结合在一起构成的一种多声部音乐。苏联时期著名文艺理论家 M. M. 巴赫金把这一概念引入了文学批评领域，在对陀思妥耶夫斯基小说的话语分析中，指出"复调"是其小说的根本艺术特征。巴赫金认为，陀思妥耶夫斯基的小说不同于传统的独白性小说，后者的特征是由众多性格和命运构成一个统一的客观世界，在作者统一的意志支配下层层展开，人物没有独立性，他们的声音都是作者意志的体现。而陀思妥耶夫斯基切断了作者和主人公之间的脐带，确立了主人公的独立性、内在的自由和未完成性，主人公不是作者的传声筒，而是作者对话的对象。"在陀思妥耶夫斯基的作品里，作者议论与纯属主人公而不含杂质的有充分价值的议论，是相互对峙的。"① 这样，一部作品中就回荡着作者和主人公们不同的声音，相互倾听、呼应和对抗，从而拥有了复调的特质。

　　之后，热奈特、昆德拉等人发展了巴赫金的复调理论，尤其是昆德拉，完全超出了巴赫金的理论域限，从小说的文体、叙事节奏、时空架构等层面拓展了复调理论，使复调成为文学批评领域中最受瞩目的概念之一，以至于当下我们在批评实践中运用复调时更多的是在昆德拉而不是在巴赫金的意义上，尽管我们总是抬出巴赫金的大纛。在作者和主人公的关系上，昆德拉和巴赫金的立场明显不同，他喜欢介入人物的意识，这是巴

---

　　① ［苏联］巴赫金：《巴赫金集》，张杰编选，上海远东出版社 1998 年版，第 13 页。

赫金坚决反对的。但在关于复调的不同意见之后，我们还是可以找出精神上的共通之处：我们生存的世界是复杂的、暧昧的、多元的、悖论的，小说要对此进行言说，不能不使用"复调"，复调小说的源头，是对于世界的复调性质的认识——也可以说是一种"复调的世界观"。

在笔者与墨白的交流中，墨白曾抱怨当下文学中主题过于强大。强大（或者说强势）的主题意味着作者的意志支配一切，导致对复杂的世界和人性的简化。在生活世界中并没有这样的主题，善与恶、对与错、美与丑、高尚与卑俗之间并非泾渭分明，人的性格、选择和命运也远不是几句话可以辨明的。墨白用迷宫隐喻历史和现实，强调世界的复杂性、神秘性和未完成性；他喜欢书写人的挣扎、迷惘、困惑；对于他的主人公，他既满怀同情又冷嘲热讽……这些，都体现了一种复调的世界观。墨白又善于把自己对于世界的这种思考通过小说的形式和结构表现出来，从而使复调成了他的小说的一个显著特征。

一

巴赫金复调理论的要旨在于主人公自我意识的独立性，"应该揭示和刻画的，不是主人公特定的生活，不是他的确切的形象，而是他的意识和自我意识的最终总结，归根结底是主人公对自己和对世界的最终看法"[①]。为了凸显人物的自我意识，陀思妥耶夫斯基的小说中作者只承担少量必需的交代情节、连缀叙述等一些提供情况的东西，其他内容上、思想上重要的东西都留给了小说人物，人物的声音——议论、内心独白——受到充分尊重。他们和作者一样什么都知道，别人对自己的看法，自己的处境、性格，人生抉择的后果等，他们都知道。这样，他们才不是盲目的，他们才得以与他人、与周围的生活展开真正的对话。

墨白使用内视角叙事，最大限度地凸显了主人公的自我意识。就像《欲望与恐惧》中的吴西玉，他非常了解自己，"我像个二流子那样到处游荡"，"我是个没用的懦夫"，"我和她说的那个余宝童在本质上有什么差别

---

① ［苏联］巴赫金：《巴赫金集》，张杰编选，上海远东出版社1998年版，第1页。

呢？在灵魂深处，我们是一丘之貉"。他沉溺在与尹琳的婚外情中不能自拔，他为自己的出轨寻找种种借口，但他也知道，离婚和婚外恋的"这场秋雨过后，我们将面临的是寒冷的冬季"。他知道妻子牛文藻"想利用性来表达对我和这个世界的敌意"，也知道现在的人类"就是那些被污染的河水"。不仅是吴西玉这样的知识分子，《事实真相》中的农民工来喜也了解自己对城市的仇恨与渴望，"城市就像一个温度适宜的大染缸，我们都想跳进来改变一下自己这丑陋的面容"。他也知道城市不是想象中的乐园，"一切离我们的想象都是那样的遥远，深秋的风好像在片刻之间就吹焦了城市的空间"。墨白清楚，人物有自己的生命，"我得先变成他们，设身处地为他们着想，像他们一样去思考问题"①。这样，写出的人物才是鲜活的、有灵魂的。

和巴赫金认为的人物和作者的意识彼此独立不同，墨白总是在人物身上融入自己的生命体验。不过，我们不能因此拒绝为其贴上复调的标签。事实上，巴赫金关于复调小说中作者和主人公关系的论断自提出起，一直在遭受质疑。笔者也认为，作为作家的创造，人物的意识不可能摆脱作者意识的制约。作家通过人物的不同声音之间的对话表达了他对世界复杂性的认识，人物的不同声音其实都是作家意识的一部分。当然，这不是说作家和某个人物相等同的，后者局限于文本的语境之中，而作者超出其外。也不是说人物就是作者的玩偶，在遵从创作规律的前提下将自我意识介入作品恰恰有助于创造出有生命力的"自由人"。昆德拉不认为介入会取消人物的独立性，"即使是我本人在说话，我的思想也是跟一个人物连在一起的。我要思考他的态度，他看事物的方式，我处于他的位置去想，而且比他想得更深刻"②。这与墨白的观点如出一辙。

之所以要降低作者声音在小说中的地位，是因为巴赫金对人不信任，因为人很容易自以为是、固执己见，所以他主张借助"人物之见"形成对"己见"的质疑，消除个人有限的视野对复杂的世界的遮蔽。我们要看到，当作家在人物身上融入自己的生命体验时，作家和人物的对话也就包含了

① 墨白：《颍河镇地图》，杨文臣编《墨白研究》，河南大学出版社 2015 年版，第 4 页。
② ［捷克］米兰·昆德拉：《小说的艺术》，董强译，译文出版社 2004 年版，第 99—100 页。

作家与自己的对话，一种自我的审视和批判就形成了，这恰恰是符合"复调"的精神实质的。

因此，我们可以抛开巴赫金的具体论述，以是否具有"声音的多重性"作为判断一部作品是否具有复调性质的标准。那么，《欲望与恐惧》就是一部具有复调性质的小说，它力避简单专断的陈述，在很多话题上都发出了不同的"声音"。比如婚姻，吴西玉、七仙女的悲剧让我们看到了婚姻不人道的一面，而另一方面，通过对婚外情的冷峻的审视，又潜在地维护了婚姻的价值。比如文明，吴西玉对记忆中纯洁的颍河——象征了乡土的美好——念念不忘，但"模拟表演"却向我们呈现了乡土文明粗俗野蛮的另一面。在杨景环、田达等人身上，我们看到了城市文明的优雅华美，也看到了它的颓废丑陋。还有性，它是美好的，也是丑陋的，是人性的一部分，也会导致人性的沦落。在对世界的复杂、存在的暧昧的探寻上，墨白和昆德拉是一致的，后者喜欢摆出哲学家的架子展开议论和思辨，而墨白更喜欢调动小说手段来达到同样的目的。

在通过不同人物视角展开的叙事中，比如《来访的陌生人》和《映在镜子里的时光》，复调性质更为明显。《映在镜子里的时光》中内心独白占了很大比重，丁南、夏岚、浪子纷纷"袒露心迹"，历史和现实在他们的行动也在他们的回忆和驰想中展开。作为一部悬疑小说，《来访的陌生人》的情节非常紧凑，人物的行动和心理都紧紧围绕故事主线展开，不像《映在镜子里的时光》中那样可以自由地回忆、思索和发表感慨。不过，通过人物在故事中的表现，依然可以看出他们关于爱情、尊严和存在意义的不同看法，孙铭、冯少田、瑛子，每一方都处于他者的视野之中，他们不仅彼此交锋，也彼此评价，在他们之外，还有注视着他们一举一动的作者（及读者），各种声音、情感和观念碰撞交织，世界的复杂性从而展露出来。

二

文体上的复调是昆德拉的复调理论的一部分。他高度评价布洛赫在《梦游者》第三部中做出的艺术探索，这部文本由五个不同质的"线"构

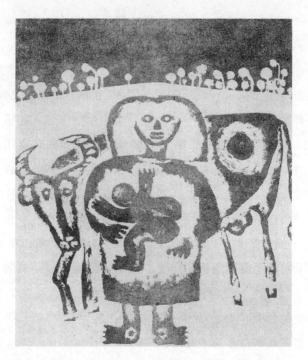

魏根生作品：墨白小说《兽医、屠夫和牛》插图（原载
《清明》1989年第3期）

成：建立在三部曲三个主要人物之上的小说叙述；关于汉娜·温德林的隐
私式短篇小说；关于一家战地医院的报道；关于救世军中一个女孩的诗性
叙述；探讨价值贬值问题的哲学随笔。昆德拉把这种在小说中加入非小
说文类的做法称为布洛赫的"革命性的创新"，并把这样各种文体并举
统一的小说结构称为"复调结构"。他也进一步指出，布洛赫的不足在
于没有把五条线真正联结成一个不可分割的整体，这多少有损其复调的
品质。

较之巴赫金，昆德拉似乎将复调概念简单化了，我们只要把目光从小
说文本上掠过，就能够发现小说有没有包含异质的文类。不过，在精神
上，昆德拉并没有离开巴赫金。同样一个事件，在报道和小说中会大相径
庭，因为它们关注的维度不同，相应采用的叙事手法也不同。因而，不同
文类并举理论上为多层次多角度揭示现实的复杂性提供了可能。墨白的长

篇《手的十种语言》在这方面做到了极致，以黄秋雨命案的侦破为主线，小说收纳整合了各种文体形式，有米慧、栗楠和黄秋雨的书信，米慧和黄秋雨的诗，汪洋的评论，绘画《手的十种语言》的故事和文字说明，林桂舒为黄秋雨写的新闻报道，谭渔为黄秋雨写的悼词，还有黄秋雨写在书本空白处的随笔。所有这些，不仅在叙事的表层获致了众"声"喧哗的效果，而且，它们就像一部完美的交响乐中的不同声部，哪一个都不能缺少，它们具有同等的重要性。——在昆德拉看来，这是小说是否拥有真正的复调性质的关键所在，布洛赫《梦游者》第三部的缺陷就在于某些"声部"只具有点缀或陪衬的意义，而某些声部可以拿掉而无损小说的意义与可理解性。《手的十种语言》则不然。在世人眼中，黄秋雨是一个玩弄女性的登徒子，那些信件让方立言（和我们）看到了黄秋雨和那些女性们之间是有着真诚的爱情的。米慧的诗大大方方地宣告，和爱情相结合的性无比美好，反击了世人操持着一副伪道学嘴脸对黄秋雨的攻击。黄秋雨的文字，让我们看到了一颗痛苦而又博大、高尚的灵魂。谭渔的悼词、汪洋的评论和林桂舒的报道，帮助我们理解黄秋雨的艺术和人生。围绕这些不同的、不可或缺的"声部"，对话在层层叠叠地展开。比如，阅读黄秋雨的文字时，方立言和黄秋雨形成了对话关系；谭渔为黄秋雨写的悼词，和黄秋雨本人的文字也形成了对话关系；而方立言在阅读谭渔的悼词时，又通过谭渔和黄秋雨的文字形成了第二重的对话关系。围绕米慧的诗，方立言、米慧、谭渔也形成了类似复杂的对话关系。这重重的对话，都围绕认识和理解黄秋雨展开。黄秋雨不仅是一个超越世俗的艺术家，还是一个历史和现实的批判者，理解黄秋雨也就是理解我们生存的世界。

　　昆德拉还从节奏和时空上对复调理论进行了发展。必须指出，在昆德拉那里，节奏和时空不是各自独立的，节奏的变化可以消除叙事的单调性，仅仅节奏本身不是形成复调的充分条件——传统的"独白"小说也有节奏的变化，节奏必须与不同空间的营造结合起来。我们知道，昆德拉善于使用"并置"的手法，即将一些表面上没有逻辑关系，却都和主题密切相关的事件平行并置在一起，如同一个个橘瓣围绕在橘核周围，不同的事件使用不同的叙事节奏，从而形成不同的情感空间。这样，主题，或存在（"一个主题就是对存在的探寻"①），就在情感和空间的变奏中得到了充分的探讨。节奏与空间的复调与文体的复调也是有关联的，不同的文体也就意味着不同的行文节奏情感和不同的空间。

《映在镜子里的时光》是我们在此必须要谈及的一部长篇。在主线故事中，墨白穿插进了两部中篇小说，此外还有关于方舟（《风车》和《雨中的墓园》在小说中的假托作者）和《风车》的两篇评论以及读者写给方舟的信件。两部中篇小说在语言风格和行文节奏上完全不同，《风车》的语言是轻松的、调侃的，《雨中的墓园》的语言是忧伤的、沉重的；前者节奏明快，后者节奏舒缓。作为文本中的文本，它们受到"当下"的人们的评论和言说，复杂的对话关系于是产生了：评论家和读者们通过自己的文字与文本对话，丁南、白静他们既通过直接阅读与文本对话，又通过阅读评论文字与文本进行着双重的对话。更精妙的是，历史并没有走远，过去的阴魂仍在当下盘旋，丁南们很快发现小说中的事件和环境纷纷出现在现实中，而且来自过去的记忆和恩怨仍在影响着他们，甚至带来了死亡。他们被卷入了小说，当下被卷入了历史。三个时空复杂地纠缠在一起，使历史、现实、存在、时间都变得暧昧不明，充满了不确定性。无论是从文体上、节奏上、空间上，还是对世界、存在的复杂性的探寻上，《映在镜子里的时光》都拥有了复调的特质。

三

昆德拉没有局限于巴赫金，我们也不必局限于昆德拉。当然，这并不意味着无限制地拓展复调概念的外延，以致使其无所不包而丧失意义。我们前文谈到，小说复调的实质是思想上、审美上的复杂性和多样性，只要我们对复调的使用没有离开其本质，就是"合法"的。这里，笔者想从语言的层面上来谈谈墨白小说的复调性。

墨白的小说语言有一个非常明显的特征，那便是典雅、诗意的书面语

---

① ［捷克］米兰·昆德拉：《小说的艺术》，董强译，译文出版社 2004 年版，第 105 页。

和粗俗、芜杂的方言俚语掺杂在一起，尤其是在那些书写底层民众生活的作品中：

> 企鹅说，到时走不掉呢？我朝企鹅骂道，稀屎了？大不了就是一小盆血吗！刀螂说，不会的，我们半夜里动手。企鹅说，要是他在家咋办？我说，那正好，他依了我们算完，不依，我们就先给那龟孙放放血！

这是《月光的墓园》的开头，人物的语言粗野鄙俗，很符合"我"下层小人物的身份，但当"我"展开内心独白时，诗人都会为"我"侧目：

> ……青萍，你看，身后当年我亲手盖起来的那三间崭新的瓦屋就像我一样已经老态龙钟了。一片片焦黄的叶子从天空中飘落下来，一次次叶柄脱落枝头的声音毫不留情地敲击着一颗苍老的心。我浑浊的目光看到头顶的太阳就像一支将要燃尽熄灭的蜡烛，我看到从东方飘过来一片漆黑的云，直扑那烛光而去，那烛光哆嗦着就被吞噬了。太阳被淹没了，清冷的月光就要来抚摸这冷漠的大地啦。……我满目凄迷地望着眼前的一切，灰雾迷漫、秋风萧索、落叶悲鸣、一片肃杀的景象。青萍，你听，一阵伤心的唢呐声从远处飘荡过来，天上那半个月亮也在浮云里荡来荡去……冰轮是死亡的诅咒/冰轮是故人的脸面/冰轮是焚烧的锡箔/冰轮是奠祭的花环/青萍，我不知道这几句诗会怎么蓦地回到我的记忆里来的，秋末的寒冷侵蚀着我苍老的记忆。月亮又从云层里露出脸来，把黑暗挤进我刀刻一样的皱纹里。……

两种不同质地的声音编织在一起，形成了复调的效果，既带给读者不同的审美享受，又大大增强了文本的表现力。

有论者对这种复调式的语言风格提出批评："其间充满了文人的趣味与精致的气息，这与他着力渲染的粗粝的欲望描写构成了极大的抵牾，对于阅读（接受）者来说，它已不能用'张力'这样的措辞来包容了。……

我们最大的感受是主体的精致冲动（诸如神秘、荒谬的体验）与内容是割裂开的。"① 这种批评是不公允的。墨白在与林舟的对话中这样解释："书面化和口语化在一个文本里出现的时候，就像一幅黑白木刻，空白之处是艺术的形式，而线条就是所要表现的内容。写作的书面话语言是最能体现艺术形式的语言，而写作时的口语化则是最能体现生活本质的语言。内容的现实感与艺术的探索性，历来都是小说写作中一对难以调和的矛盾。这两种相同的特征在我的小说里都很明显，这也是小说写作的基本方式：用书面化语言来进行艺术形式的探索，用口语化来体现现实的生活。"② 因为墨白对形式和内容的使用和我们通常的理解有不小的差异，所以这段话颇显晦涩。我们可以这样理解：口语是线条，表达的是内容和现实，承载着人物身份和地域色彩；而书面语是留白，表达的是艺术家独特的探索和发现，文学之精妙主要系于此。墨白并不轻视口语的表达力，他认为"一个作家要诚心向民间学习语言"③，并始终保持着与底层民众的联系，熟悉他们的生活和他们鲜活的语言。不过，完全让人物使用自己的语汇说话和思想是不可能的，那样的话，小说就不成其为小说了，就成了现实中某个人的谈话实录。不仅审美的属性丧失殆尽，揭示人物丰富、微妙的内心世界的意图也无法实现。不只是小说人物，几乎除了作家之外的所有人，所拥有的词汇的表达力都是有限的，他们和我们都无法准确生动地言说自己的所见所感。墨白要设身处地地进入人物的心灵和精神，但他只能用精致的文人语言来进行表达。你可以说，这样写出的人物就不是人物本身了，可是如果我们阅读《月光的墓园》同与一个打工者（假设他和小说中的老手有着完全一样的经历）聊天得到的东西完全一样，这部小说还有存在的必要吗？归根结底，墨白要进入人物的视角，但他也要把自己的视角和语言"借"给人物。

---

① 李丹梦：《形式的伦理意义——墨白论》，杨文臣编《墨白研究》，河南大学出版社 2015年版，第 4 页。

② 林舟：《以梦境颠覆现实——墨白书面访谈》，刘海燕编《墨白研究》，大象出版社 2013年版，第 12 页。

③ 刘海燕：《有一个叫颍河镇的地方——与墨白对话》，刘海燕编《墨白研究》，大象出版社 2013 年版，第 12 页。

哲理性语言与叙事性语言的交织构成墨白小说语言的另一种复调性。墨白非常看重小说的思想性，他的人物大多带有冥想的特征。在小说中大谈哲理曾是欧陆小说的传统做法，但现在已经过时，对于陀思妥耶夫斯基、萨特和昆德拉的小说，我们也已不像以前那样顶礼膜拜，尽管我们依然折服于他们思想的深刻。不谈思想但思想性很强的小说才是我们现在所推崇的。墨白却频繁使用"我的思想"字样的表达，这几乎成了他的标签，诸如：

由于我的思想沉浸在对某种事物的思考之中，我没有看到那台吐着黑烟的蒸汽机车是怎样驶进白马车站的。（《错误之境》）

由于雾气的缘故，这个人没有走进我的思想里。（《俄式别墅》）

但我可以告诉你，那个时候我的思想已被那场春雨淋湿了。（《母亲的黄昏》）

我的思想在漫长而没有尽头的时间隧道里毫无目的地奔走。（《民间使者》）

墨白喜欢让他的人物发表一些哲理性的言论，但我们并不能因此给他贴上"概念小说"或"哲理小说"这样带有讥讽意味的标签。和昆德拉动辄让人物摆出一副哲学家的高深姿态不同，墨白的那些哲理性言论都是来自人物对自身境遇的真切感受和思考，并且带有他们个体的鲜明印记。高明的是，墨白总是在我们没有察觉的情况下让他的人物褪掉了个体身份，转换成了整个人类的发言人。比如：

在相识的第一个夜晚里，我和尹琳就被欲望之火熔化了。可是除去我们的肉体，我们又真的相互了解多少呢？她靠一组《永远真诚》的诗歌走进我的生活，那个时候我们相识还不到八个小时，我们就被

生命体内最原始的欲望之火烤化了……（《欲望与恐惧》）

"生命体内最原始的欲望之火"显然超越了个体上升到了整个人类的层面，吴西玉反思的不仅是自己的行为，也是精神空虚、欲望膨胀的社会现实。再如：

……没有意义本身也是一种意义，这种意义的本身就是生命的延续。实际人都在旅途中，在生命的旅途中。在那个初秋的雨季里，当我在青台遇到了种种出乎意料的事件之后，我深深地懂得了这一点。（《雨中的墓园》）

蓝村对萧城说，让我们的生命充满忧郁吧，让我们离开沙漠去寻找大海吧，大海才是我们不死的精神！可是呢，大海又是那样地充满着苦涩。人谁也逃脱不了这苦涩的海水对其肉体和精神的浸泡，这当然包括萧城，这一点我很清楚。在那个细雨霏霏的夜晚萧城立在已经接近江村的那个名叫通许的小城的马路边时，就深刻地意识到了这一点。（《航行与梦想》）

不仅是上述作品中以知识分子身份出现的主人公，就是《事实真相》中的打工仔来喜，也能出言不凡：

通过不停地晃动着的车窗，来喜看到街道两边高大的楼房越来越少了，那些大楼在夜间看上去怎么就像树林呢？不，不像，像鸡巴，一根又一根林立在城市当中的鸡巴。那些风呢？那些不知从什么地方刮过来的风就是巨大的手臂吗？那些风在一下又一下地撩拨着那些鸡巴，一到夜间满城的大楼都在手淫。来喜不由得暗自笑了一回……

这段看似粗俗的话，却深刻地揭示出城市文明的本质：男性的文明、欲望的文明。墨白小说中的哲理性表达多是一些诗性的格言式陈述，很少做层层推衍的思辨性论说，并且，与小说流淌的情绪和色调谐和无间，丝毫没有"概念小说"的枯燥生涩。这些哲理性的语言是对小说主题的深化和拓展，同时它们的内涵又需要小说的叙事予以充实，这样，哲理性语言和叙事性语言在小说中相辅相成，和谐地统一为一个整体。

题　记

　　在小说中引用诗句作为题记在 19 世纪的西方小说界是一个普遍、时髦的做法，司各特、吉卜林、乔治·艾略特对题记都非常青睐，这不仅可以显得他们学识渊博，而且在暗示和拓展小说的主题、渲染气氛、烘托情感等层面都可以起到一定的作用。墨白不仅是"一个具有诗人心性的小说家"（刘海燕语），他本身就是一个诗人，在《父亲的黄昏》、《裸奔的年代》、《手的十种语言》等作品中他都展露了诗人的才华。博学多识的墨白对中外的诗歌名作非常熟悉，他也喜欢引用诗句作为小说的题记，而且，他把作为小说元素的题记发展到了一种极致。

　　直接对应正文的主题、气氛和情感是最简单的一种题记类型，它可以使读者预先对小说的主题和格调有所领会，并迅速进入一种氛围，一种理想的阅读状态。比如，在《幽玄之门》中，墨白引用了俄国诗人古皮乌斯《白昼》中的诗句：

　　　　浓重的寒冷是大地的被单，
　　　　浓重的寒冷渗透了我的灵魂。

　　题记和正文之间是一种"无缝衔接"，正文一开头呈现给我们的意象便是"临近腊月的一天……太阳迷迷瞪瞪……灰白……秃秃的杨树……干死的树叶……寒风……"读完全文，我们会发现，这两句诗也是小说主题的完美诠释。《蒙难记》引高尔基的话做题记告诉我们，这部小说的主题不是励志，而是苦难：

　　　　死亡会带来安宁，死亡对于我们穷人来说，就是解脱。

　　《琳的现实及其以后的生活》中题记和正文的关系就要复杂一点。题记是法国象征主义诗人瓦雷里《纺织女》中的诗句：

　　　　春梦中的少女纺着孤独的相思，
　　　　那轻柔的幻影在她纤纤的手指下，
　　　　神秘地编成发辫向着梦的深处延伸。

　　琳的身份现在和纺织女是一样的，高考落榜的她现在就是一个乡下女孩。在气质上，爱文学、爱幻想、沉默忧郁的琳也和纺织女很接近。不过，抛开纺织女的种种象征意义，这是一个纯粹的、慵懒的、诗意的形象，不沾染一点世俗烟火。可是，琳却处在现实的围困之中。她向往城市，不甘心在穷乡僻壤——不只是物质上的贫穷，还有精神上的匮乏——度过一生，可是，她无路可走：那个给了她莫大希望的男同学彭雯是个骗子；她种蒜收蒜，希望劳动致富改变命运，可是行情大跌，她的蒜开始发芽霉变，而收蒜的钱是她大胆挪用的彩礼钱，那桩她坚决拒绝的要把她钉死在这片土地上的婚姻又要向她进逼……纺织女和琳形成对照，表达了墨白对琳的无限怜惜之情：琳这样的女孩本应被诗意和浪漫包裹，可是，无情的现实风干了诗意，她挥汗如雨仍节节败退，那个残酷的结局似乎无可避免。

　　《蟾蜍》引美国诗人爱伦·坡《乌鸦》中的诗句为题记：

　　　　仿佛有人在轻轻叩击，
　　　　轻轻叩击我房间的门环。

　　在爱伦·坡的诗中，乌鸦是邪恶和不祥的象征，它狰狞丑陋，傲慢地站在智慧女神雅典娜的半身雕像之上。"我"虔诚地向它询问日思夜想的美丽少女丽诺尔——希望的象征——的消息，它总是死寂默默地回答"永不复还"。乌鸦来自幽暗的冥府，可它不再回去，它栖留在了这个世界上，让"我"陷入深不见底的绝望。蟾蜍和乌鸦是同一类型的意象，是邪恶的象征。围绕蟾蜍的生意，世界展现出无比丑陋的一面。山东佬和老万让哑巴在店里看管蟾蜍，他们却趁机去占有哑巴的哑巴老婆，并彼此交恶；而作为受侮辱者的哑巴，也没有一点自尊，他向世人隐瞒自己所受的屈辱，因为可怜的一身冬衣和一百七十二块钱；他还对山东佬的离去感到失望，忘记了他的屈辱是怎么来的。蟾蜍爬满了哑巴的屋子，也爬进了人们的心灵。这是一个丑恶的世界，令人绝望。

《爱神与颅骨》与波德莱尔的一首诗同名，这部小说讲述了"我"与青枝之间跨越一切、生死相随的爱情。题记引用了波德莱尔诗中的第一节：

> 在人类的颅骨顶上
> 坐着小爱情
> 这个俗物在宝座上
> 厚脸笑盈盈

这个题记很有意思，讥讽爱情是"俗物"，但小说中讲述的爱情恰恰相反。在小说结尾，叙述者"我"骂道：波德莱尔，你这个可恶的洋鬼子啊。意图很明显：用一种相反的论调来突出爱情的高贵和伟大。不过，如果我们通读了波德莱尔那首诗，情况就会变得微妙。波德莱尔善用反讽，他"诋毁"爱情，是因为沉醉于爱情中的人会不顾一切，会和爱情一起陨灭："因为你，杀人的怪物，／你残忍的口／向着天空到处撒布／我的脑、血、肉！"字面上是爱情"杀人"，其实真正的凶手是让爱情像泡泡一样破灭的功利、坚硬的世界："圆泡明亮而且易碎，／往上冲得猛，／破了，吐出纤纤灵魂，／仿佛黄金梦。"爱情在波德莱尔的眼中其实是高贵的，绝非"俗物"，所以他才用"黄金"做喻。"破了，吐出纤纤灵魂"，是的，爱情会被毁灭，忠于爱情的人也会随之毁灭，就像"我"与青枝，但毁灭的实质是肉体——"脑、血、肉"，他们却因此拥有了灵魂。没有爱情，没有灵魂，生有何恋！对爱情的歌颂和对毁灭爱情的现实的批判，是波德莱尔和墨白共同的立场，有意思的是波德莱尔故意"曲解"爱情，而墨白故意"误读"波德莱尔，以追求更强烈的表达效果，其间趣味颇为精妙。

有的题记不仅仅是正文的陪衬，还与正文形成互文，拓展小说的主题和空间。当然，这种题记发挥作用的前提是读者必须有相当的文学素养，熟知和题记相关的文学背景知识。《纪念》是一部超现实主义色彩浓郁的短篇。某个清明节的傍晚，"我"——一个为了校对书稿而羁留在异乡的作家——想起从未见过面的太奶麻婆，便买了几叠火纸去一个街口祭奠她。她死于抗战时期的一场大火，她的丈夫也就是"我"的太爷因不愿给死去的日本人扎花圈被杀死了，她也在杀死了一个强暴她的日本小队长后点燃了自己的房子。在街口，"我"邂逅了一个一脸凄伤的女孩，她在为她死于车祸的男友烧纸。后来，她把"我"带到公园湖边的一条长椅上，"我们"聊天、做爱。她告诉"我"她叫罗燕，在印刷厂照排室工作，"我"的书稿就是她打的。第二天，"我"去找她，却听说半个月前她在公园投湖自尽了，原因是被去日本留学的男友抛弃。小说情节上的种种巧合很吸引人："我"的那本书稿是纪念抗战的，麻婆在反抗日本人的强暴后死去，公园里的那个湖从前是日本人掩埋尸体的"万人坑"，罗燕男友去日本留学导致了她的被抛弃和死亡。凭借这些巧合，我们可以展开种种猜测，"我"的这次经历是神秘的灵异事件，还是"我"的一个梦境？引发读者的猜测，让读者兴致盎然地去破解悬疑，是这部小说魅力的一部分。除此之外呢？墨白这部小说就为了讲一个诡异的故事吗，还有没有深层的表达？似乎有，但无从捕捉。这时，题记的价值就体现出来了：

> 活的，也未曾死，我什么都不知道，
> 望着光亮的中心看时，是一片寂静。

这是 T. S. 艾略特的《荒原·死者葬仪》中的诗句。《荒原》描绘的是一个死寂沉沉的世界，干旱让大地变成一片荒原，"枯死的树没有遮荫"，"礁石间没有流水的声音"；更可怕的是人们精神领域的荒芜，没有信仰和理想，沉沦情欲，灵魂空虚，活着如同死去。有学者指出艾略特的伦敦堪与波德莱尔的巴黎相媲美：这些城市白天会出现幽灵和死亡的阴影。艾略特在诗中不断强调，伦敦城是一座"无实体的城"，暗示对它的描绘隐喻了人类普遍的存在状态。"并无实体的城，/在冬日破晓时的黄雾下，/一群人鱼贯地流过伦敦桥，人数是那么多，/我没想到死亡毁坏了这许多人。/叹息，短促而稀少，吐了出来，/人人的眼睛都盯住在自己的脚前。"活着的人萎靡麻木，形同鬼魅；死去的人不得安息，阴魂不散。整个世界弥漫着阴郁、死亡的气息，隔膜、绝望的情绪四处弥漫。墨白用《荒原》的诗句作为题记，是要我们把阅读《荒原》形成的视野和心境带入《纪念》的阅读中，那样我们就会超越浅表的故事层面，体悟到小说更深层的意蕴。幽灵出没总是让我们对身处的世界感到不安，隐隐感到它出了什么问题，才会搅扰得这些死去的魂灵不得安息。"我"之所以和那个鬼魂发生了这段故事，是因为"我们"都很孤独，都渴望交流。孤独也是当年麻婆的心境，小说开头不久就指出：

　　我现在的情景和五十年前的麻婆有些相似：孤单。

　　孤独的情绪像水一般在小说文字中流淌。海德格尔说，此在意味着与他人共在。人类需要在交流中构建起一个有意义的、能给个体以安全感和情感慰藉的生存世界。可是，我们却在自己和他人之间树立起一道道有形无形的屏障，我们制造出了无穷无尽的战争、仇恨、猜忌和死亡，我们的世界变得隔膜、冷漠、死气沉沉。麻婆的孤独与战争有关，丈夫被杀害了，她孤立无援。战争结束了，但战争的根源——人性的贪婪——仍在，人们彼此算计、钩心斗角，"战争"在社会生活各个领域和层面中仍不断上演。"回忆人类的往事使我感到凄伤，心中空荡荡的无所依靠。"过去和现在并没有本质上的不同，所以，"我"也是孤独的、迷茫的。罗燕被去日本留学的男友抛弃，暗示了当下被功利性生存法则所统治。人们蝇营狗苟，虽生犹死，正如题记中写的："活的，也未曾死，我什么都不知道。"
缺失了爱，缺失了情感，现代社会也就失去了生命的气息，纷繁喧嚣又毫
无生气——"望着光亮的中心看时，是一片寂静"。可能是篇幅限制，小
说对当下的社会生活着墨不多，《荒原》恰好构成了它的互文性语境。烧
死麻婆的大火、万人坑、罗燕的投湖自尽，死亡的意象不断出现，令人悲
慨万千！所以，"我"买了火纸，不只是为了麻婆，也是为了人类，为了
已经死去和仍然活着的人类。因而，灵异故事只是小说的外壳，其真正的
意旨在于表达对人类生存境况的忧思。

　　博尔赫斯是墨白最喜欢的作家之一，他的诗句也常常出现在墨白小说
的题记中。《俄式别墅》以鸡公山上的马歇尔别墅为背景，讲述了两个相
隔五十年但却产生了一定重叠的爱情故事。1938年六月中旬的某个黄昏，
油画家林在山上邂逅了国民党驻信阳某师少将参谋长涂云年轻貌美的太太
萍，两人一见钟情，但这注定是个悲剧，第二天上午，涂云砒霜中毒死
去，林被当作凶手吊打而死，萍也随之跳崖殉情。五十多年后，"我"前
往鸡公山写生，在信阳车站邂逅了同样去写生的芳，对艺术和生命的共同
见解让"我们"一见如故，于是结伴前往，并住进了当年涂云下榻的马歇
尔别墅。一个行踪诡秘、脸上长疤的老人似乎如阴魂一样在尾随着"我
们"，让"我们"惴惴不安。第二天，"我们"听看管别墅的陈姐讲述了当
年的那桩公案，断定老人就是和涂云之死有着莫大干系的刘副官，他铁青
的面孔下隐藏着对萍深深的爱慕，他或者是唯一的凶手，或者是在心领神
会地协同林作案。当"我们"赶到位于萍坟旁的老人住处时，发现他已经
死去，坟前摆满了发黄的油画，其中一幅是一位少妇的肖像，和芳惊人的
相似。叙事在林和萍、"我"和芳的故事之间穿插进行，时间和空间上都
高度契合，最后由刘副官把两个故事系在一起，让人感觉像是一对跨越了
轮回的恋人再续前缘——这种桥段电影中很常见。墨白可能是刻意借用了
这一桥段来营造一种神秘而感伤的效果，我们不必当真，值得我们重视的
倒是两个故事在表达人的存在境遇层面上的重叠：爱情让人不能自已，但
因为婚姻的阻碍，林和萍、"我"和芳的爱情都无法实现。萍的婚姻自然
不能触碰，"我"的婚姻同样如此，道德的、现实的种种压力是"我"难

以承受的。如果我们把婚姻作为阻碍我们实现爱情、自由的各种现实力量的提喻，那么，墨白把两个相隔五十多年的故事叠合起来，就是为了表明：人类的生存境遇总是悖论性的。人生如此短暂，如此孤独，我们需要爱情，但现实容不下爱情，它阻碍相爱的人走到一起，或者，如芳所说，会将爱情侵蚀掉。林和萍在相爱中死去，这种结局也许并不是很差，"我"和芳能有更好的结局吗？我们不知道。小说的题记是博尔赫斯《外地人》中的诗句：

> 他在一条街上和自己相遇，
> 你也许会发觉他颀长灰白，
> 茫然地望着周围的事物。

《外地人》写的是一个梦境，"他在一条街上和自己相遇"。博尔赫斯还有一部短篇《另一个人》讲述了类似的情景：一个上午，"我"在河边的一条长凳上遇到了另一个博尔赫斯，他坚持"我们"所在的时空是 1918 年的日内瓦，而"我"坚持是 1969 年的剑桥。"我们"进行了一番交谈，谈起"我们"曾祖父房间的陈设、曾祖母的死亡和"我们"的小说创作，确证了"我们"是"同一个人"，但"我"比他年长，知道一些他尚没有经历的事情，"我们"对某些事物的认识也有着差异。最后，"我们"约定第二天再见面，以确定"我们"不是在梦中，但双方都没有去。我们想当然地会认为叙述者是视角人物"我"——年老的博尔赫斯，当下是 1969 年，然而，并不一定如此。分手前，"我"递给他一张美国纸币作为证物，他惊诧地看到纸币上印有 1969 年——他坚信当时是 1918 年。接着作者用括号插入了一句意味深长的注释："几个月后，有人告诉我美元上不印年份。"这暗示了"我"并不了解美元甚至没见过美元，那么，括号注释中的"我"——我们愿意相信他是叙述者——就不是拿出美元的"我"，而是正文中的"他"。如此，我们可以解释为，括号中的那个"我"，即年轻的博尔赫斯，才是叙述者，他在 1918 年的日内瓦梦见了 1969 年的自己，小说却是别出心裁地以梦中人的视角展开的。即便非要坚持括号内外的

"我"是同一的，那"我"拿出的美元是不真实的、梦中的物件，"我"也应该是被梦到的人。小说最后一句话"现在我明白了他梦见了美元上不可能出现的年份"。似乎也在暗示 1918 年的博尔赫斯才是做梦人。《外地人》似乎也存在着同样逆转的可能，诗的最后几行是：

> 就在这个城市，布宜诺斯艾利斯，
> 对于我梦中的外地人来说
> （我在另一些星辰下曾是外地人）
> 它是一系列模糊的形象，
> 仿佛专为遗忘而设。

"我"是叙述者，但我们无法确定前面一直是诗中的主人公和视角人物的"他"到底是"我梦中的外地人"中的"我"还是"外地人"。就题记的中几句，似乎只是佐证了《俄式别墅》中"我"和"芳"就是轮回中的林和萍。但不是这么简单。《外地人》中，"他真正的生活在远方，/岁月把他带到此地"，人们可以超越现实的时空，通过想象和梦境过一种理想的、不受限制的生活，"西部地方包括地球，/在从未去过那里的人们/梦中得到反映"。我们可以生活在过去，也可以生活于未来，就像《另一个人》中，1918 年的博尔赫斯可以和 1969 年的博尔赫斯对话。如墨白所说，博尔赫斯把想象变成了一种生活。[①] 想象让人超越时间、超越生死，真正幸福的生活只存在于想象之中，所以来自 1969 年的博尔赫斯认为惠特曼在短诗中写到的那个真正幸福的夜晚只能是他的向往，事实上并没有实现。在这一点上，博尔赫斯和墨白达成了共识。《俄式别墅》告诉我们，现实中很难有完满的爱情；从根本上说，人生是悲剧性的：

> 我一到大自然里就感觉到人太脆弱了，太渺小了，是不是？我们

---

① 墨白：《博尔赫斯的宫殿》，《梦境·幻想与记忆——墨白自选集》，河南大学出版社 2013 年版，第 510 页。

人站到大山的面前像什么？像一只蚂蚁？你想大山就这样成千上万年地站着，我们人能活几天？人的一生太短暂了！

强烈的时间意识和死亡意识让"我"孤独而忧郁。如果说死亡是可以超越的，那只能是在精神的层面上，就像耶稣：

耶稣死在十字架上，从那一时刻起死亡就永远被征服了，他的生命结束了，可是他的精神永存。艺术也是一样，是生命延续的一种方式。所以我把一切看得都很淡，这是你的那是你的，像我这样的年龄再过五十年什么是你的？什么也不是，只有一把黄土，所以我们要再造一种精神，就像达利，就像梵·高。

生存境遇的悖论性决定了人只能在想象和艺术中寻找永恒和完满。博尔赫斯一生遨游在书籍之中，"天堂应该是图书馆的模样"，墨白也是如此，认为想象和幻想"是人类思想自由的种子"。由此，我们可以把《俄式别墅》解读为"我"的一个幻想或梦境。因为深受和芳的关系的困扰，"我"想象出了林和萍殉情的凄美故事，林就是"我"的化身，如题记所说，"他在一条街上和自己相遇"。那个活着的刘副官，就是柯勒律治的"那枝花"——《另一个人》中有这么一段话："我突然又记起柯勒律治的一个奇想。有人做梦去天国走了一遭，天国给了他一枝花作为证据。他醒来时，那枝花居然还在。"① 或者是，有感于林和萍的传说，"我"想象出了"我"和芳的故事。这样的解读可能会招来牵强的指责，但其对于文本没有任何损害，而且符合并拓展了小说的主题和审美意蕴。

---

① ［阿根廷］博尔赫斯：《博尔赫斯全集·小说卷》，王永年、陈泉译，浙江文艺出版社2006 年版，第 393 页。

元小说

元小说是关于小说的小说，是对于叙述的叙述，它不再像传统小说那样致力于讲述一个完整的故事，而是着力呈现故事是怎样被结构和讲述的，凸显小说的虚构身份。小说的叙述往往在谈论正在进行的叙述本身，并使这种对叙述的叙述成为小说整体的一部分。戴维·洛奇指出，元小说并不是源自当代的小说艺术，它的始祖是 18 世纪英国小说家斯特恩的《项狄传》，这部小说中作者喋喋不休地谈论自己的话语，并与想象中的读者对话，"目的是为了凸显传统写实小说所要隐藏的、艺术与生活之间的鸿沟"①。20 世纪 80 年代，"元小说"这个术语开始得到公认，但无论创作还是批评，都羽翼未丰，到 20 世纪 80 年代末，大批雄心勃勃的批评家和学者进入了这个现在属于文学基本原理的领域。②

元小说的兴起和 20 世纪后期后现代主义思潮的汹涌激荡是分不开的。在后现代主义者看来，并不存在绝对客观的历史和现实，只存在关于历史和现实的种种解释，也就是说，历史和现实都是我们构建起来的，都只存在于文本之中。然而，那些被种种隐秘的力量权威化、经典化的文本，却试图擦去自己的文本属性，将自己等同于历史和现实本身，从而形成了对历史和现实的遮蔽，在束缚人们思想的同时导向了政治上的保守甚至反动。后现代主义致力于将历史和现实文本化，以消解各种以真理、权威为名的种种宏大叙事对思想的压制。在文学理论和批评领域，后现代主义者

---

① ［英］戴维·洛奇：《小说的艺术》，译文出版社 2010 年版，第 30 页。
② 林秀琴：《元小说》，《文艺评论》2003 年第 2 期。

对现实主义的真实性诉求持怀疑态度，无论后者多么真诚，他们都没有能力——谁也没有能力——像他们宣称的那样真实地反映现实并做出相应的诊断。至于现实主义营造真实性幻象的做法，后现代主义者非常反感，认为这是一种美学上的欺骗，它隐藏了自己虚构的本质，误导了读者的认知和判断。所以，他们激赏元小说，认为通过效仿、反讽和自我消解，元小说将文本（文学的和历史的）的虚构本质触目地呈现在读者面前。

墨白始终对压制性、欺骗性的意识形态心存警惕，因而在历史和现实的问题上站在了后现代主义的立场上。"历史常常用一种假象来迷惑我们这些无知的人"[①]，"我们看到的历史有着极大的不可靠性；而我们的现实，恰恰是建立在这个错综复杂的历史迷宫之上"[②]。历史和现实都是复杂的、多层次的，需要我们不断地去探寻、去言说。对于元小说，墨白自然也不陌生，他的很多作品都带有元小说的色彩。不过，就像墨白并不对后现代主义亦步亦趋一样，墨白也不受元小说模式和窠臼的束缚，他的"元小说写作"有自己的特色。

一

墨白作品中，最接近典范的元小说的是《尖叫的碎片》。

这部作品的当下情境是叙述者"我"和小女友江嫄在咖啡馆里就我正在写作的一部小说展开的对话，而以雪青为主角的这部小说的一些片段则构成了作品的主体，当下的对话与小说片段被巧妙地编织起来，交错呈现。江嫄的角色、谈吐和性格都很像墨白的一个比较亲密的朋友江媛，后者是一个诗人，出版有《喀什诗稿》，思维敏捷，语言犀利，是墨白谈诗论文的一个很好的对象。"我"是一个作家，一个学过绘画的作家，老家在颍河镇，这些都符合墨白本人的身份、经历。如此，很容易让读者相信"我"就是墨白本人，"我"与江嫄的这场对话是墨白人生中的一个真实场景。如果是这样，那么"我"正在写的这部小说就是真实的。雪青是颍河镇人，和"我"青梅竹马，"我"对雪青家族历史的了解直接来自她的曾

---

① 墨白：《梦境·幻想与记忆——墨白自选集》，河南大学出版社 2013 年版，第 424 页。

② 同上书，第 486 页。

外祖母，等等。读传统的叙事作品，我们往往倾向于这样信以为真，以为故事中的一切都曾经在现实的时空中发生过。

元小说的首要意旨就在于拆解掉这种真实性的幻象。作者一方面在局部细节上刻意引导我们，给我们以真实的期望和幻觉；另一方面又在文本中巧妙设置了许多的矛盾、断裂，以及貌似闲淡的杳深之笔，将一切变得可疑。我们追索下去，会发现整部文本罅隙横生，每个人的面目都不清晰，所有的情节都存在含混之处，正如作品题目所标示的，成了一地"碎片"。

陈承是"我"为了完成小说而虚构出来的一个人物。为了表明人物的真实性，"我"煞有介事地告诉江嫄，陈承就在他们现在所在的这个维多利亚咖啡馆向"我"讲述了雪青的故事，"我"手里还有陈承和雪青的真实谈话录音。但江嫄不是普通的读者，她先是指出了《长兴岛号》部分在叙事上的混乱——第一人称有时是叙述者"我"，有时是向"我"讲述的陈承，纠缠不清。混乱倒不是因为无法确定每处第一人称的所指，而是因为两个第一人称在语言风格上完全一致。语言是一个人的重要特征，两个人的语言风格完全一致，他们的真实性是值得怀疑的。"我"承认存在叙事上的重叠，两个第一人称都可以指"我"、陈承或者另外一个人，这就暗示了小说中的人物以及人物之间的关系存在虚构的可能。之后，江嫄又对"我"整理的陈承与雪青的谈话录音的真实性提出质疑，因为谈话中只有雪青的独白，没有陈承，除此就是"我"的回忆。"我"只得坦白陈承是虚构的，陈承其实就是"我"本人。陈承不存在，也不存在什么陈承与雪青的谈话录音，这些事物都是"我"为了叙事需要虚构出来的。不过，"我"依然向读者宣称，关于雪青这个人物，"我"与雪青的关系，都是真实的。"我"之前的撒谎，是为了避免刺伤江嫄的心；"我"去过天鹅湖别墅，并记下了一些关于雪青的文字。

通过"我"的那些虚构的或者声称是纪实的文字片段，我们会发现，雪青这个人物是模糊不清的。"我"的记忆和想象中，雪青高贵脱俗、冷峻孤独；"我"的小说一稿中，雪青喋喋不休、世故贪婪；"我"关于天鹅别墅的纪实文字片段中，雪青是一个渴望重温旧情的矫情而可怜的富婆，一个令人同情的精神分裂症患者。我们无法把这些弥合成一个完整的性格。"我"就小说一稿对江嫄谈论道:"其实,雪青是个内向的人,她不会这样对别人喋喋不休。所以我觉得这样的叙事方式不但不适合表现雪青的性格,反而离她本人越来越远。""我"知道雪青是个什么样的人吗?内向的性格不过是"我"的记忆和想象。如果关于天鹅湖别墅的文字是真实的,"我"在一稿中虚构的雪青的独白反倒是有几分可信。雪青的形象是破碎的,她周围的人同样面目不清。通过"我"的文字,我们看到的雪青的情人——"张"——是一个恃权骄横、虚伪贪婪的人,这是张的真实面目吗?有没有经过"我"仇恨的歪曲?"我"甚至不愿提及他的全名。如果没有,雪青怎么会爱上这样一个人?还有二郎,他是什么样的人,他又有着怎样的欲望和诉求?小柯和张都死于车祸,是偶然还是人为?如果是人为,小柯死于谁的手中,张、二郎还是他的那些"哥们儿"?张又死于谁手,二郎、雪青、"我"还是另有他人?那个给"我"送票的朋友也遭遇车祸,是偶然还是有人要阻止"我"前往挪威?这一切都是隐秘的,我们无从得知,每一个问号都可以给出几种不同的答案,我们无法从文本中确切地推出哪一种才是真实的。

"我"真的是关于雪青的这部小说中的"我"吗?在天鹅湖别墅中,"我"告诉雪青,"那个给你送花的人已经死了";而一年后收到雪青从挪威寄来的明信片和支票,"我"却迫不及待地想要动身前往,这两种态度显然无法在一个"我"身上统一起来。如果天鹅湖别墅中的"我"是虚构的,如果那么一直在宣称与其是同一人的"我"的真实性也是值得怀疑的。对文本进行细细追索我们还会发现,在张和雪青身上都有"我"的影子,雪青和"我"都有一个麻烦的孩子,张和"我"都在离异后和前妻保持着联系。江嫄和当年的雪青一样"像断了线的风筝飘出了我的视野",二人在"我"心中都是那么的孤傲冷峻。或许,关于雪青的故事是"我"基于自己的生命体验的一种虚构、一种投射?那么,"我"、江嫄也就不是墨白、江嫄,而只是虚构的故事中的人物。所有种种的矛盾、裂痕、人物之间的重叠,都在侵蚀掉文本的真实性,一切都变得可疑,都呈现出虚构的特征。这正是元小说的典范形态,"先确立一统化的秩序,然后又通过其完全的即时性、互文性还有经常存在的支离破碎性对这一秩序进行质疑"①。

无论是历史还是现实，都是无法在完全、绝对的意义上进行认知的，因而那些经典叙事所呈现的秩序、必然性、现实性都是一种幻象。这是后现代主义的立场，也是元小说写作所要揭示的。在《尖叫的碎片》中，那个复杂得令人眩晕和窒息的"长兴岛号"船舱就是无法穿透的现实、世界以及人类记忆的隐喻。"其实，我们就是卧在井底的青蛙。"

元小说写作瓦解了传统叙事追求真实、真理和一统化的虚妄，打破了它们的话语霸权，使我们意识到了历史和现实的复杂性、多元性，对于思想和文学的解放都具有非常重要的意义。然而，当它满足于把文本自我拆解为碎片，从而宣告认知历史和现实的不可能时，就走向了我们称之为虚无主义的另一个极端：把叙事从真实性的负轭下解放出来，使其成为语言的游戏和狂欢。但在墨白看来，虽然每个人都有自己的局限性，但我们依然要执着地对现实、历史和人性展开追问，唯此我们才能破除自己的局限性，才能接近表象后掩盖着的复杂和神秘。复杂和神秘是阻挡我们认知世界本来面目的障碍，也是召唤我们去追问和认知的动力。而且，我们是有可能进入人性和世界的隐秘地带的。

如前文所提到的，面对江嫄关于第一人称使用混乱的质疑，"我"回答说，不是混乱，是重叠，这一回答暗示了陈承是"我"的虚构，陈承就是"我"，除此，还有另外的深刻意味：不同个体在精神和灵魂层面是可以产生遇合的。"我"可以是雪青，尽管"我"并不真切地知道在雪青的生命中发生的一切，但"我"能够理解她为什么要去挪威，"我"能够体会她在耶斯维尔那无边的白夜下的孤独和痛苦。"我"可以是蒙克，蒙克重复地通过艺术表达自己对生命的焦虑，而对"我"来说，"生命的焦虑总是无法摆脱"。雪青也可以是蒙克，"我不知道雪青在看到这幅《呐喊》时，会有怎样的理解和感受，但我相信，雪青肯定读懂了蒙克。因为她和蒙克的童年，有着太多相似的地方"。还有雪青的外祖父，他和蒙克、雪

---

① ［加拿大］琳达·哈琴：《后现代主义诗学：历史·理论·小说》，李杨、李锋译，南京大学出版社 2009 年版，第 157 页。

青一样也受到精神疾患的折磨；在江嫄身上，我们分明看到了雪青的影子……探索人类精神和灵魂的奥秘，是艺术的使命，艺术能够也唯有艺术能够承担这一使命。"我"的关于雪青的小说，墨白的这部《尖叫的碎片》，在情节上都存在着断裂和空白，并没有展示出事件和人物的全部真实，但是，它们在碎片化的叙事中切入了人物的精神，揭示了普遍的眩晕、焦虑和无从摆脱的存在困境。纳博科夫的《塞巴斯蒂安·奈特的真实生活》中，"我"费尽周折，也没能复原哥哥塞巴斯蒂安的生活细节，甚至没有弄明白他何以痴迷地爱上尼娜那样的女人以致付出生命的代价，但最终"我"认为自己了解他，"不管他的秘密是什么，我也了解到一个秘密，那就是：灵魂不过是存在的一种方式——不是一种恒久的状态，因此任何灵魂都可能是你的灵魂，如果你发现了它的波动并进行仿效的话"，"我就是塞巴斯蒂安，或者说塞巴斯蒂安就是我，或许我们两人是我们都不认识的某个人"①。显然，纳博科夫和墨白的立场是完全一致的，他们都超越了元小说：虽然自命真理的一统化叙事是一种虚妄，不可能给我们对世界和历史的完全的认知，但文学依然是有承载、有重量的，它能够帮助我们潜入人类的精神和灵魂之中，文学的使命只能是揭示灵魂的真实、存在的真实。

二

在"寻找"词条中，我们曾对《航行与梦想》做过比较充分的阐释。此处，我们将在前文的基础上，从元小说的角度对这部作品做进一步的分析。

这部小说的元小说特征并不明显，"我"从未承认萧城的两次旅行是虚构的，从未承认萧城是"我"编造的故事中的人物而不是"我本人"，相反，"我"坚称"我就是萧城，萧城就是我"，"故事确确实实是萧城本人所经历的"，尽管那些"事实"仿佛梦境一样"缺少真实细节"。不过，"我"的这些声明并不可靠，反而有虚张声势欲盖弥彰之嫌。小说一开始

---

① ［美］弗拉基米尔·纳博科夫：《塞巴斯蒂安·奈特的真实生活》，谷启楠译，上海译文出版社 2010 年版，第 216 页。

魏根生作品：墨白小说《兽医、屠夫和牛》插图（原载《清明》1989 年第 3 期）

就写道：

> 在旅途中萧城往往会想起另外一些他曾经亲身经历过的往事，那些稀奇古怪的有关死亡的往事往往很清晰地切进他的现实之中，使现实和往事混为一团，使他弄不清我在现实中的独旅或者思想中的独旅哪一种更为真实。

"现实与往事混为一团"，也就是说，下面关于萧城的旅行的文字并不是客观的事实，因为其中掺入了他的回忆。最后一句则暗示我们：萧城的旅行，与其说是我在"现实中的独旅"不如说是我"思想中的独旅"。而在"我"的讲述中，萧城的两次旅行存在着一些逻辑上的破绽，比如，萧城居然对梅子和燕子之间存在的巧合视而不见；比如，萧城在颍河镇樱桃园的那个梦居然和后来才从老闷口中听到的事情相吻合；再比如，小说最后告诉我们燕子就是梅子，但燕子和老闷讲述的亲人罹难的往事却不相同，燕子说她的爷爷死于翻淤压沙，父亲死于沼气池，但老闷却说梅子的父亲死于翻淤压沙，而哥哥死于沼气池。这些无法修补的破绽瓦解了整个叙事，表明萧城所谓的两次旅行，都可能只是"我"想象中的旅行，是"我""思想中的独旅"。"我"并不完全是萧城，他是"我"想象出的故事中的人物，是"我"在故事中的化身。"我"信誓旦旦的真实经历，最终被拆穿为"我"的想象和虚构，这正是元小说的套路。不过，相比其他一些元小说，它的处理比较含蓄，导致其元小说品质不易辨识，但这恰好避免了元小说理论诉求过于强烈而诗性意味淡薄的弱点。

和后现代主义专注于解构和破坏一样，"元小说的所作所为只在于揭示小说'虚构'的本质，即话语的本质"①。不可否认，这种对小说与真实关系的拆解，对现实主义成规的破除，具有重大的思想意义。但元小说之后，文学的意义何在？这在元小说的视野在外。有学者指出："元小说以暴露自身生产过程的形式，表明小说就是小说，现实就是现实，二者之间存有不可逾越的差距……叙事与现实的分离，使文本不再成为现实的附属品，文本阐释依据的框架不再来自于现实，文本的意义不再是对现实的'反映'，而来自于纯粹的叙事行为，文本因此拥有了前所未有的自治权利，从现实和'真实'的桎梏之下获得彻底解放。"② 这段话非常精彩，颇见学术功力，但我们依然困惑：纯粹的叙事行为是不是意味着语言的游戏？拥有了自治权力、彻底解放的文本到底能给我们带来什么？它与现实、与人生还有何交涉？墨白认同后现代主义对一统化叙事和绝对真理的颠覆，也相信我们不能对历史、现实做出完全的阐释，但他并没有走向后现代主义的极端，没有走向虚无主义。③ 他依然对主体和理性抱有信心，相信通过不断的批判和追问，我们能够不断接近历史和现实本身，能够做出正确的选择。墨白借助元小说的形式反对肤浅的、虚假的现实主义，但又认为文学必须涉及现实。作为一部元小说，《航行与梦想》对现实主义进行了不动声色的戏仿和拆解，而且，它也是关于墨白创作的"元小说"——表达了墨白之于文学的一些基本看法。

"我"是一个孤独和忧郁的人：

---

① 林秀琴：《元小说》，《文艺评论》2003 年第 2 期。
② 同上。
③ 虚无主义是对后现代主义最严厉的指控。当后现代主义消解一切，质疑一切，将一切话语都还原为意识形态话语而不加信任时，就失去了拥抱一种更好的未来的可能，因为着眼于未来而变革现实的方案也是一种意识形态话语，也不具有绝对的真理性，和现有的社会方案一样不能加以信任。这样，以思想解放为出发点的后现代主义，就走向了虚无主义，失去了信仰，也失去了变革现实的可能。

蓝村对萧城说，让我们的生命充满忧郁吧，让我们离开沙漠去寻找大海吧，大海才是我们不死的精神！可是呢，大海又是那样地充满着苦涩。人谁也逃脱不了这苦涩的海水对其肉体和精神的浸泡，这当然包括萧城，这一点我很清楚。

这些正是墨白对生命的理解。在短篇小说集《孤独者》的跋中，墨白写道："人的生命是短暂的。死亡这一阴影使人生充满了永恒的苦涩，所以即使生命里最大的欢娱也潜藏着悲怆的眼泪。"① 而且，现实中又有着生命似乎永远无法摆脱的困境，权力、苦难、伤害、疾病、神秘、恐惧、欲望、仇恨等，都是永恒的话题。生命渴望永恒、自由和完满，但这些永远也不可能在现实中实现，实现它们的唯一途径是想象。唯有想象，能够超越时空的限制，能够摆脱现实的苦难和悲哀，让被现实湮阨的生命得到滋润。就像蓝村，可以在想象中和梅子相爱，拥抱美好；就像燕子，可以在想象中逆转时间，留住逝去的生命；还有"我"，在想象中与萧城一起踏上感伤的旅途，将生命安放在那一个个细雨霏霏的日子里。在这样一种想象中超越现实，虽然虚幻而令人绝望，但对于人类必不可少，文学的使命正在于此。波德莱尔说，"诗的本质不过是，也仅仅是人类对于一种最高的美的向往"，是"纯粹的愿望、动人的忧郁和高贵的绝望"②。这应该也是墨白之于文学的看法。

在这个意义上，《俄式别墅》和《欲望与恐惧》也具有元小说的性质，如果我们把小说的题记和后记都作为小说一部分来看的话。《俄式别墅》我们在词条"题记"中已做过分析，通过两个不同时空的爱情故事，墨白展示了人类永恒的悖论性生存境遇：人生如此短暂，如此孤独，而现实又总是充满了种种无奈，自由、完满和真正的爱情可望而不可即。只有文学（和艺术），能让我们超越现实的束缚，超越时空的限制，获得精神的永恒和完满。博尔赫斯说，"天堂应该是图书馆的模样"，文学就是我们的天

---

① 墨白：《孤独者》，河南人民出版社 1994 年版，第 179 页。
② ［法］波德莱尔：《波德莱尔美学论文选》，郭宏安译，人民文学出版社 2008 年版，第 187 页。

堂，没有了文学，人生将黯淡无光。《欲望与恐惧》的《正文》部分并没有元小说的特征，但作者把《序言》和《后记》放进了书里，使它们成为正文的一部分，小说的结构和性质就被改变了。《序言》中，墨白写道：

> 我的写作极为关注这种在黑暗之中燃烧的精神历程。我用什么来完成这种叙述呢？我用我的亲历和感受来剖析我所看到的一切，这种剖析是真诚的，我把刀子首先对准自己的胸膛。我认为这种真诚极为重要。您在阅读这部小说的时候，面对的就是我，尽管作品的主人公名字叫吴西玉，但您不妨可以把他看成那就是我，尽管小说的情节和人物都是虚构的，但我和吴西玉对生命和人生的感受有着很多相同之处，比如我同吴西玉一样曾经有手淫的经历，我毫不保留地对您讲述产生手淫的原因和动机，剖析自己的灵魂，这就是我的真诚。①

作者坦承，小说的情节和人物都是虚构的，这正是元小说的姿态。不过，虚构并不意味着就与现实无涉，也不意味着和真实性脱离了干系，"我和吴西玉对生命和人生的感受有着很多相同之处"，借助吴西玉这个人物，作者表达了自己真实的生命感触和精神历程，对自己进行了真诚而严肃的剖析和批判。就此而言，这部作品是真实的，也只有这种精神的真实、存在的真实才是文学应当追求的。

---

① 墨白：《欲望与恐惧》，长江文艺出版社 2002 年版，第 4 页。

构　架

　　"构架"是新批评理论家约翰·克娄·兰色姆使用的概念，他用这一概念指代诗歌的逻辑结构，用"肌质"指代诗歌意蕴丰富、闪闪发光的细节，"诗歌是大量的局部组织连缀起来的一种松散的逻辑结构"①。兰色姆认为，对于诗歌来说，重要的唯有肌质，构架无足轻重。肌质是项链上的颗颗珍珠，而构架不过是串联起珍珠的那条线。兰色姆的主张有自己的考虑，而且不乏深刻。② 不过，他显然轻视了构架的作用。诗歌的那些肌质不是一模一样的珍珠，用不同的方式排列显然会带来不同的审美效果，而不同的排列顺序就是构架。所以，兰色姆遭到了他的学生们诸如克林斯·布鲁克斯和艾伦·退特的激烈反对，后者立足传统的有机整体观，对构架和肌质给予了同样的重视。

　　作为一个先锋小说家，墨白在小说的各个层面都进行了卓有成效的探索，其中最触目的便是"构架"层面——即小说的表层结构，通常我们就是在这个意义上来谈论结构，但鉴于现代文论和批评中结构一词有着更丰

---

　　① ［美］约翰·克娄·兰色姆：《征求本体论批评家》，见赵毅衡编选《"新批评"文集》，中国社会科学出版社 1988 年版，第 73 页。

　　② 兰色姆认为，诗歌本体是世界本体的反映。世界本体是多元的、繁复的、神秘莫测且难以把握，但这一世界本体受到了支配一切的科学和逻辑的简化和损害，我们生活的世界因而日益变得条理但枯燥，我们的想象力也正在不断衰退。重视逻辑结构的散文反映了科学和逻辑对世界的统治，而诗歌"旨在恢复我们通过自己的感觉和记忆淡淡地了解的那个复杂难制的世界"，它必须反抗逻辑的统治。所以，兰色姆不仅认为肌质与构架是分裂对立的，而且主张肌质可以溢出、逾越构架，自由地呈现自己。对于散文和诗歌的区别，兰色姆还意味深长地使用了政治隐喻：散文是"专制政府"，而诗歌是"民主政府"。几十年后，兰色姆的主张在解构主义文论中得到了回应。

富的内涵，它还包含了本书词条"视角"、"复调"和"意识流"中的内容，因而笔者在选择词条名称时借用了兰色姆的"构架"。以长篇小说为例，《梦游症患者》中梦境和现实交叉互渗，《来访的陌生人》中不同的内视角并行，《裸奔的年代》用五个时间切面来结构故事，《欲望与恐惧》由现实的瞬间切入历史……每部作品都有着不同的构架，带给了读者不同的阅读体验。

一

《梦游症患者》的叙事在梦境和现实的穿插交织中展开。现实部分讲述了"文革"时期，失去了自我、面目不清的颍河镇人在一种神秘的力量和意志的驱使下盲目地厮杀争斗，酿出了一幕幕的令人难以置信的闹剧和惨剧。这部分文字采用了第三人称的外聚焦叙事，故事进展很快，叙事稠密，给人一种窒息般的感受。梦境部分（第 1、4、10、13、21、26、31章）讲述了疯子文宝的梦境，使用的是第一人称的内聚焦叙事。如果把梦境部分去掉，其余各章依然能够完整地衔接在一起。不过，梦境部分散淡而清丽的文字极大地缓解了现实部分带给我们的紧张和压迫，从而形成了张弛有序的节奏感。更重要的是，文宝那些荒诞不经的梦境和看似懵懂却深刻的话语构成了对疯狂的现实世界的消解和颠覆。

小说的第一章"梦中的乡村"描绘的是文宝和姥爷乘木船驶往故乡的梦境，在姥爷的讲述和文宝的想象中，故乡是一个世外桃源般的所在——颍河镇也的确曾经是这样的所在，有蓝色的天空和无数的水鸟，有满载着故事的老房子，有肥沃的土地，有放风筝和扭秧歌的人群。但走出梦境后，我们看到的颍河镇却是一个晦暗喧浊的地方，面目不清的人群像鬼影一样游荡，到处弥散着一种疯狂躁乱气息。墨白没采用按时间顺序讲述的流俗做法，而是借助文宝的梦境把颍河镇的过去和现在并置在一起，带给我们一种独特而绝妙的审美体验：站在歇斯底里的当下回望，那充满情趣的过去如同一个美好的梦境，令人追怀叹惋；而感受过去的美好时，当下又如同噩梦一般不真实。除了强烈的批判效果，墨白还通过这样一种并置引发我们思考，曾无比美好的颍河镇何以会变得如此不堪？第 15 章

"把戏"也是文宝的一个梦境，他和姥爷在街上看把戏，高跷、灯笼、龙灯、旱船……锣鼓喧天，熙熙攘攘。突然，场景扭曲了，人群像疯了一样跑动，映红天地的灯笼变成了红旗，这让文宝惊骇不已：

　　姥爷笑了，姥爷说，别怕，他们是玩把戏。

　　他们在玩把戏，玩把戏，姥爷你说玩把戏就不当真了吗？姥爷你说把戏都是假的吗？姥爷，人脸都是假的吗？男人的脸是假的吗？女人的脸是假的吗？你的脸是假的吗？姥爷。我的脸是假的吗？人都在玩把戏是吧？姥爷。姥爷，你看西街里过来的那群扛着红旗的人呢？他们敲着鼓来了，姥爷，他们也是假的吗？他们也是在玩把戏吗？姥爷，他们来了，咚咚锵咚咚锵，姥爷，你看，他们来了，你快看哪，把戏来了，姥爷。

　　作为民间艺术形式的"把戏"被"革"掉了，人们却在生死场中玩起了"把戏"，玩得自己也辨不清真假，玩得残酷而疯狂。第31章"劳动"描绘了人们在田野中辛勤劳作的场景，"我"和姥爷在田野上走着，走过了春夏秋冬，走过一代又一代人的梦想，走着走着，土地就一片苍白了，"秋雨浩浩荡荡绵延不断，下湿了我们归家的道路"。我们为什么迷路了？我们为什么会掉进"把戏"中？这是整部作品致力于解答的问题。值得一提的是，文宝梦境中的姥爷不是现实中的三爷，他是未成为三爷之前的王老三。在梦境中，姥爷陪伴着文宝，他是一个像土地一样慈爱宽厚的形象；而现实中的三爷昏聩愚昧、权势熏心，他始终没有见到文宝。梦境内外，同一身份的人以不同的形象出现，个中趣味颇值得思量。

　　小说第一章讲述了少年文宝的还乡，而最后一章"飘失"讲述了中年文宝的还乡，小说的首尾因而形成了照应和承接。这时，"文革"早已结束，那段荒诞的岁月已经飘失，逐渐被人们遗忘，一如当年迷失在"文革"的疯狂中的人们遗忘了他们曾经拥有的质朴而纯净的日子。文宝醒来了吗？但愿没有，如果醒来意味着遗忘的话。墨白给了小说一个开放的、暧昧的结局：春天来了，"在灿烂的阳光下他看到了对岸的镇子里泛着一片清新的绿色",然而,我们真的永远告别那场噩梦了吗?老房子都扒掉了,过去的人和事包括文宝已经淡出了人们记忆,但只有铭记过去,才能清醒地面对当下。小说最后写道:

> 在他有些昏花的视线里,满眼都是在阳光下行走的涂着红嘴唇的年轻女人,从影视厅里传来的枪击声像风一样充满了他所看到的街道。

这样一个结尾,隐约散发出一种令人不安的气息。

二

完整性是传统叙事的追求,亚里士多德关于叙事的完整性和封闭性的教谕①一直为后世所奉行。20 世纪以来,各种反本质主义、后现代主义风起云涌,持该论者致力于消解实体,打破边界,强调事物和世界的流动性。作为对哲学诉求的响应,人们在文学领域中开始尝试打破叙事的完整性和封闭性,构建起碎片化的、零散的、不连贯的文本形式。不过,这种尝试大多只具有文学史的价值,在具体文学接受层面上的表现很是惨淡。一方面,是根深蒂固的阅读习惯制约了读者对新的文本形式的接受;而更加重要的方面是,这些文本形式的理论诉求过强,忽视了文学本身的审美的、情感的属性。

墨白的《映在镜子里的时光》是这类探索性文本的一个成功的典范。小说的结构是发散性的、开放性的,许多零散的、没有因果逻辑关联的枝枝杈杈附着在一个主线上——摄制组去颍河镇寻找电影拍摄的外景地,很容易让人想起兰色姆的那个项链隐喻。而且,整部作品没有亚里士多德意

---

① 亚里士多德指出:"悲剧是对于一个完整而具有一定长度的行动的模仿(一个事件可能完整而缺乏长度)。所谓'完整',指事之有头,有身,有尾。所谓'头',指事之不必然上承他事,但自然引起他事发生者;所谓'尾',恰与此相反,指事之按照必然率或常规自然的上承某事者,但无他事继其后;所谓'身',指事之承前启后者。所以结构完美的布局不能随便起讫,而必须遵照此处所说的方式。"(见 [古希腊] 亚里士多德、[古罗马] 贺拉斯《诗学 诗艺》,罗念生、杨周翰译,人民文学出版社 1962 年版,第 24 页)

义上的那种支配故事发展的矛盾冲突，摄制组的人员，除了丁南和浪子是老相识，其他人都是临时组建起来的，他们之间没有个人恩怨，也暂时没有利益的纠葛（或许因性格原因存在着一点心理上的芥蒂但基本构不成矛盾冲突），一群人轻松愉快地踏上旅程，向那个神秘的颍河镇进发。在小说临近结尾时，导演浪子意外死亡，虽是个让人震撼的事件，也是一个重要的"功能性"事件[①]，但也不足以统领整个文本，它在小说中的份额和地位与小说的其他内容——诸如插入的小说文本和丁南、夏岚的潜意识——并没有太大差距。由于他们最终没有到达目的地，他们的旅途的全部就构成了小说的意义所在。

以一个矛盾冲突为中心展开叙事的小说通常是封闭性的，因为人物和情节的设计都要求围绕矛盾冲突展开，所有和中心无关的枝蔓都会成为累赘。而一旦没有了对人物和情节形成牵制的主导性矛盾冲突，小说就打破了封闭性，向着无限广阔的社会和历史开放。我们看到，在《映在镜子里的时光》中，所有的内容片断都拥有相对独立的意义，各自关联着自己的社会场域，它们被"松散地"编织起来，使文本的内容、意义无比丰富，宛如灿灿流动的星河。比如，小说第四部分首先描写了夏岚和丁南的潜意识，在夏岚的潜意识中，我们看到了一个或许并不是个案的当代"多余人"——她的爸爸，从风华正茂、踌躇满志到牢骚满腹、畏畏缩缩，"爸爸，是什么改变了你？"夏岚向爸爸和自己发问，也在向我们发问。我们看到了这个时代不同的价值观，"陈林……你真无耻。你和我是不可能有共同语言的，你追求的是钱，而我追求的是自由"。或许陈林更能代表主流，后面还有浪子和他呼应。还有，一种看似激进但却引人深思的婚姻观和道德观，"既然没有了感情那就离，为什么还这样捆在一块，那多不道德。爸爸，你不是常常说起孔子那句话吗？仁者爱人。你都不爱了，还待在一块儿干什么，你那不是让人家受罪吗，你看着人家受罪那才是不仁，如果没有了爱还把人捆在一块儿，那还不如磨把刀子去把人杀了

---

① 现代叙事学根据事件在文本中的作用将其分为功能性的和修饰性的两种，功能性事件起推动情节发展的作用，像导演浪子死亡事件，加速了小说结尾的到来。修饰性事件的作用在于塑造鲜明生动的形象，不直接推动故事情节的发展。有些事件可以兼具功能性和修饰性两种作用。

更有道德"。丁南的潜意识中既有因沧桑苦难的过去而产生的心酸，也有对浪子和浪子的跟班老乔的讥讽和不忿，但更多的内容是对白静和夏岚的性幻想，从中我们看到了现代人精神世界的庸陋和浮躁。同样在第四部分，老乔和浪子讲的民间笑话，虽然荒诞不经，极尽戏谑之能事，但却也折射出了当下政治生活中的弊秽；而丁南讲的笑话则把讽刺的锋芒指向了"文革"。随着一行人的走走停停，途中的种种各不相干的见闻、话题和人物意念都被收纳进来，使文本构成显得极为驳杂。作者蓄意延宕叙事进程，他带我们走进废弃的工厂，走进葡萄园，走进渠首……剧组最终没有到达颍河镇，也就没有一个传统意义上的结尾来收束全文，小说因而呈现为一种彻底的开放性和发散性的非闭合结构。

不过，这部作品的可读性依然很强。首先，每一个细节作者都做了精心的处理，让我们乐意流连其中。小说中插入的文本《风车》和《雨中的墓园》本身就是非常出色的中篇，还有剧组人讲的那些笑话，神秘的废弃工厂、葡萄园和渠首，都给予了我们不同的审美享受。墨白的语言功底非常深厚，散乱琐碎的人物意识，在他的笔下被赋予了节奏和韵律感，让人读之如饮甘醴；那些看似普通的场景，在他的经营下也都变得隽永别致、趣味盎然。可以说，小说中那些"枝枝蔓蔓"的细节都拥有了珍珠的品质，自然不会让我们感到厌烦。其次，兰色姆的项链隐喻并不完全适用于这部作品。尽管小说的结构是开放的、发散的，各种细节看似杂乱无章，但有一种内在的情绪统领着整部作品，使作品拥有了一气贯通的整一性。这种情绪就是迷茫，一种之于浮躁的现实、之于沉重的历史的迷茫。《风车》的结尾是："那霞光把眼前的一切都弄得迷迷茫茫。"《雨中的墓园》让夏岚感到迷茫，"一切都变得那样不真实，一切都变得恍恍惚惚……她像刚从睡梦中醒来一样，两眼变得惺忪"。迷茫在夏岚身上体现为忧伤，在丁南身上则体现为无聊。小说最后一句是"一种从来没有过的迷茫像无处不在的雨水一样迷住了他的眼睛"。迷茫的情绪和连绵的雨水一样始终弥漫在文本之中。值得一提的是，用情绪来统领作品，不是这部作品特有的，它内在于墨白所有的作品之中。

另外，在《映在镜子里的时光》中，除了情绪的统领，还有一种因素也起到了整合文本的作用，那就是时间。过去与现在、记忆与幻想，一切都处在时间的绵延中。对此本书词条"时间"已有详尽的论说，此处不再重复。

<h1 style="text-align:center">三</h1>

墨白对小说结构的探索，也鲜明地体现在了他的扛鼎之作《欲望》三部曲中，每一部他都采用了不同的结构。

《红卷·裸奔的年代》用了五个时间切面来展开故事。第一部"漫长的三天"分别讲述了谭渔重访项县，寻找小慧，以及与赵静的一夜情。三个故事都发生在一天之内，时间分别为"1993 年 1 月 18 日"、"1995 年 12 月 3 日"和"1996 年 11 月 6 日"。第二部"两个短暂的季节"讲述的则是"1992 年春"和"1998 年深秋"谭渔的两段生命历程，前一个季节他进入城市并与叶秋相恋，后一个季节他被叶秋抛弃也被逐出了城市。几部分内容并不是按时间顺序排列的，且各自相对独立，作者没有在它们之间做出情节承续方面的说明。如何把它们整合起来，形成关于谭渔生命和精神历程的完整序列，就交给了读者。这个工作并不轻松，读者需要调动自己的想象，并进行艰苦的思索，但也能从中获得一种独特且充满乐趣的阅读体验。

重访项县时谭渔的重情重义和他苦涩的初恋让我们印象深刻，这时关于他的家庭和工作情况我们一无所知。寻找小慧的故事中我们知道了谭渔有家有小，还和一个叫叶秋的女子有貌似不浅的交往，他以爱情为名寻找小慧却和小红发生了关系，所谓爱情的面目昭然若揭。至于与赵静交往的谭渔，我们已经很难持一种中立的道德立场上来看待他，他自己也在不断谴责自己的虚伪和堕落。我们对谭渔的印象每况愈下，但我们还不能理解，他到底在追求什么？他为什么痛苦？读到第二部的第一个季节，我们才完整地了解了谭渔的身世，他的精神创伤，进入城市的艰难，以及他和叶秋的恋情。我们会问，为什么一进入城市他就迷恋上了叶秋，这是一种真正的、理想的爱情吗？此时我们需要结合第一部的内容——时间上是在和叶秋相恋之后——进行思考。他背弃了家庭，也并没有忠诚于叶秋，他沉沦了，但他也是孤独和痛苦的，何以如此？如果说寻找锦是为了深藏心中的那份情结，那对小慧和赵静呢？是什么力量驱使着他有了叶秋还不满足，还要去追逐新的异性？直到读完最后一部分谭渔被逐出城市，我们才能明白，谭渔并没有真正进入城市，他不能适应城市坚硬的生存法则，他在迷宫般的城市里感到眩晕，找不到归属感，所以他到城里女人那里寻找安慰。这不是爱情，而是一种补偿，用进入女人象征性地补偿进入城市的渴望。由于始终没有进入城市，这种补偿性的手段因而被一再重复，他也由此沉沦在欲望的迷途之中了……这是一部需要我们反复去阅读和思考的作品，文本的很多细节都为我们填补各部分之间的空白和断裂提供了线索，而我们也只有把握了各部分之间的内在关系，才能更好地欣赏遍布文本各处的隐喻、象征以及看似闲淡却意味深长的伏笔和隐笔。

《黄卷·欲望与恐惧》在每个章节里都是由当下的瞬间切入历史。小说的当下讲述是吴西玉出车祸前的一段经历，只有短短四五天的时间。由于每一个当下瞬间都是全部历史的产物①，因而，这四五天的经历勾连出几十年的人生历程，一个在脑海中不期闪过的人名，一个瞬间的感觉和意念，都改变了叙事的方向，把我们带入对往事的回忆中。我们都有过游览历史博物馆的体验：从入口通向出口的走廊其实不长，但由于我们要不断进入走廊两侧的展厅里，因而我们的感觉中这段路程很长。每一个展厅都由很多勾连回环的房间组成，我们忘情地流连其中，往往是看到出口的指示后，才意识到回到走廊中了，但很快我们又会进入下一个展厅，进入另一段过去。阅读这部作品和游览历史博物馆的体验有些相似，不同的是博物馆的物件是严格按照年代排列的，而小说中穿插的历史没有那么有序，所有的过去都相互渗透，形成一条绵延不断的河流，涌入当下，造就了当下的吴西玉——他的懦弱、他的虚伪、他的颓废、他的痛苦和他最终的悲剧结局。这种由当下瞬间切入历史的叙事结构，使叙述者可以自由地进入不同的时空，从而方便地在当下和过去之间建立起种种关联，人物的性格

---

① 在《映在镜子里的时光》中，墨白借丁南的口指出："我们说中华民族有五千年的文明史，可是这么长的时间在哪里？就在我们这说话之间。"关于墨白时间观的详细论说，请参见本书词条"时间"。

发展逻辑也因此得到了清晰的呈现。

《蓝卷·别人的房间》使用的是侦破小说的形式，以黄秋雨的命案为主线展开情节，但与我们所熟悉的通俗侦破小说有很大不同。后者的结构是封闭式的，通常出场的人都和案件有着显在的或隐秘的关联，所有的内容也都指向案件的结局，有时，作者会故意设计一些迷障将侦破引入歧途，以增强故事的曲折性和悬疑性，但和那些迷障相关的人和事只具有延宕案件侦破的功能性意义，随着真相的出现，他们就失去了意义而被遗忘。《蓝卷》的结构是开放式的，和黄秋雨的命案真相同样重要的是黄秋雨是一个什么样的人，我们应该如何看待他的情感、思想、艺术。黄秋雨的命案其实很简单，是一场蓄意谋杀，因由是他和市委书记陆浦岩的妻子林桂舒有染。小说开始后很长时间，"我"（刑侦队长方立言）的视线都停留在那些和案情无关的事物上，诸如米慧的诗，米慧和黄秋雨的来往书信，黄秋雨关于《手的十种语言》的草图、文字和历史故事，等等。"等到这宗案件侦破以后，我们才发现，其实，最初我们所关心的，所考虑的许多线索和案件几乎没有丝毫的关系。"不过，这些无关黄秋雨命案的事物却并不因此而失去意义，它们各自都有着独立的意义，米慧的诗唤醒了我们对情感生活的感受，那些书信让我们看到了爱情的力量和美好，《手的十种语言》的文字让我们感受到思想的深邃，而那些历史故事则向我们呈现了正被麻木地遗忘的罪恶、荒诞和疯狂……所有这些，都把我们引入了黄秋雨的精神世界。随着我们越来越多地了解黄秋雨——一个高尚而伟大的艺术家、思想者和殉道者，我们也越来越多地超越了原来狭隘的自己，开始像黄秋雨一样用深邃批判的眼光去反省历史、审视现实。"死是生的开始"，从这个意义上说，黄秋雨的这种死亡或许比自然死亡更有价值，至少他唤醒了一个方立言。当然，从另一个层面，黄秋雨的死亡也是他的事业的价值的最好的证明，提醒我们依然生活在一个什么样的世界中。跟随着方立言，我们展开了一场追凶之旅，更重要的是，我们接受了一场精神和灵魂的洗礼。

当我们把《欲望》作为一部完整的小说进行看待时，红、黄、蓝三卷之间又呈现为相互补充且层层递进的完美结构。谭渔、吴西玉、黄秋雨

"三位一体"，共同谱写了一代由乡入城的知识分子的心灵史。他们三个同年同月同日生的兄弟，颍河镇最优秀的子弟，怀着不平等的城乡二元对立格局导致的精神创伤，逃离了日益颓败、匮乏的故土，走进了梦寐以求的城市，但都陷入了存在的困境之中。谭渔只是进入了城市的外围，获得认同感和归属感的艰难让他沉沦于欲望之中，用进入城市女人来补偿进入城市的渴望，他在《红卷》结尾被逐出了城市，但对于未能真正进入的城市尚存有幻想、心有不甘。吴西玉进入了谭渔渴望进入的城市内部，并拥有了尹琳——谭渔梦境中的理想恋人赵静的现实版，然而，他也因此而认清了城市的丑陋和苍白，他比谭渔更加感到绝望和幻灭，《黄卷》结尾时他"选择"了自戕，以沉于"温柔而美丽的黑暗"中。谭渔和吴西玉的经历是对黄秋雨的一个补充，躺在尸体解剖台上的黄秋雨想必经历过同样的焦灼和痛苦，不过，他从中超脱出来了，绝世独立，敢爱敢恨，以无比强大的精神力量承担起民族的苦难，以单薄的身躯与社会的冷酷和贫乏相抗衡。经历了前两卷的焦灼、沉沦、绝望和幻灭，《蓝卷》中我们终于看到了"由人的尊严生长出来的绿色丛林"，五十多万字的《欲望》，终于在经历了对历史、现实、人性艰苦卓绝的透视和思索之后，完成了精神的重建。

后　记

在词条"神秘"中我们谈到，偶然性命运是墨白小说的一个重要主题。这本书也是一个偶然机缘的产物。2013年9月，笔者所在的信阳师范学院文学院的吴圣刚院长组织人员进行河南文学研究，笔者是靠一篇美学论文获得的文学博士学位，此前从未涉足过文学批评领域，也没有这样的打算，但我的同事吕东亮博士力劝我参与进去，并建议我把墨白作为研究对象。

吕东亮博士眼光非常敏锐，这件事是一个很好的体现。笔者阅读的第一部墨白小说是《裸奔的年代》，在谭渔身上，我看到了自己的人生轨迹，在农村长大后又回到农村教书然后进入城市，谭渔的自卑、焦虑、迷惘、沉沦也都真实地在我的生命中发生过。那些刻骨铭心的记忆在阅读中一次次浮现，让我如梦如痴，唏嘘不已。然后，我才知道，这是墨白自传性质的小说。也是在吕东亮博士的牵线搭桥下，我见到了墨白，然后是一次次愉快倾心的交流……在鸡公山星湖的栈桥上，墨白说："我们各自走了好多年，就是为了今天的相遇。"对于命运赐予我的这次相遇，对于促成这次相遇的那些人和事，我永远心怀感激。

杨文臣

2015 年 11 月